CLAUDIA KELLER

Einmal Himmel und retour

Buch

Äußerlich ist alles in Ordnung in den jeweiligen Ehen von Laura und Philip. Wenn da nicht immer wieder diese beunruhigende Leere im Leben wäre, dieses Kribbeln, dieses Gefühl: Das kann doch nicht alles gewesen sein! Der Blitz aus heiterem Himmel trifft Laura und Philip in der Caféteria ihrer Firma, als beide gleichzeitig nach einem Spritzgebäck greifen, das ausgerechnet »Flammendes Herz« heißt. Und das erste fröhliche Lachen löst eine Lawine aus, die nicht mehr zu stoppen ist. Beide brechen sie aus ihrem alten Leben aus, verlassen Ehepartner und Kinder und wagen das Abenteuer einer neuen Ehe.

Denn beim zweiten Mal wird alles besser, meinen sie …

Autorin

Mit dreizehn Romanen und einem Band satirischer Geschichten hat sich Claudia Keller, Trägerin mehrerer Literaturpreise, seit Jahren in die Herzen von Lesern und Buchhändlern geschrieben. Der Beweis: Die Gesamtauflage ihrer Bücher beträgt eineinhalb Millionen Exemplare! Als Sproß einer echten Künstlerfamilie verbindet sie ihr ironisches Erzähltalent mit einem unverfälschten Blick für die kleinen und großen Ungereimtheiten des Beziehungsalltags. Claudia Keller lebt in Frankfurt am Main.

Von Claudia Keller liegt im Taschenbuch bereits vor:

Ich schenk dir meinen Mann. Roman (43595)

CLAUDIA KELLER

Einmal Himmel und retour

ROMAN

BLANVALET

Umwelthinweis:
Alle bedruckten Materialien dieses Taschenbuches sind chlorfrei und umweltschonend.
Das Papier enthält Recycling-Anteile.

Blanvalet Taschenbücher erscheinen im Goldmann Verlag, einem Unternehmen der Verlagsgruppe Bertelsmann.

Taschenbuchausgabe Juni 2000

Umschlaggestaltung: Design Team München
Umschlagmotiv: The Stock Market
Druck: Elsnerdruck, Berlin
Verlagsnummer: 35342
Lektorat: Silvia Kuttny
Herstellung: sc
Made in Germany
ISBN 3-442-35342-4

3 5 7 9 10 8 6 4 2

1

Du hast ein Recht auf dich!

Als die Kinder endlich schliefen und Phil, ihr Mann, sich die Wiederholung eines Krimis ansah, schloß Britta sich im Bad ein, griff in das Versteck hinter der Wanne und angelte nach »Joy of Sex«, jenem Ratgeber, in dem sie zu Anfang ihrer Ehe ein paarmal geblättert und den sie dann vergessen hatte. Sie hockte sich auf den Badewannenrand und schlug die Kapitel »Tricks gegen die Langeweile« und »Varianten für den besonderen Abend« nach. Dann ging sie ins Schlafzimmer und sprühte ein bißchen Parfum auf ihr Kopfkissen. Später stöhnte sie an genau den richtigen Stellen und versuchte an Phil zu denken und nicht an den Quilt aus zweiundachtzig Flicken in verschiedenen Blautönen ... Sie versuchte an Phil zu denken und nicht an den Töpferkurs, der in der Woche nach Ostern beginnen sollte ... Sie versuchte an Phil zu denken, doch durch ihre Gedanken wogte das Meer von Sonnenblumen, die sie in diesem Jahr an die hintere Grundstücksgrenze säen wollte ...

Nachher sagte sie nichts, als Phil sich im Bett eine Zigarette ansteckte und sie gedankenvoll rauchte, während er mit diesem neuen leeren Blick gegen den Kleiderschrank starrte.

Aber als Britta aus dem Bad kam, wandte er sich nicht ab, sondern nahm sie in die Arme, nachdem sie das Licht gelöscht hatten.

Vor dem Einschlafen schmiegte sich Britta fest an seinen Rücken, wie sie es schon lange nicht mehr getan hatte, und fühlte sich geborgen und glücklich.

Es war alles in Ordnung.

Morgen würden sie das alte Laub verbrennen und Birkenzweige aus dem Wald holen. Sie würden alle zusammen zum Landgut Hasselbrinck gehen, um vierzig Eier und den Lammbraten zu bestellen. Sie würden auch in diesem Jahr Kressesamen auf Watte säen. Nach Ostern würde sie in die Stadt fahren und nach blauer Seide suchen, mit der sie den Quilt füttern wollte; und er würde wie ein heiterer blauer Sommerhimmel auf dem Bett liegen, wenn er erst einmal fertig war. Britta nahm sich vor, das Studium von »Joy of Sex« wiederaufzunehmen und sich zu bemühen, wieder mehr Frau zu sein. Phil war schon in Ordnung. Er war ein bißchen nervös in letzter Zeit, aber das würde sich geben.

Kein Grund zur Besorgnis.

An seinem vierzigsten Geburtstag war noch alles wie immer gewesen.

Phil hatte mit Genugtuung festgestellt, wie viele Freunde er besaß und daß sein Haus groß genug war, sie alle einzuladen.

Britta hatte die Terrassentüren weit geöffnet, so daß man hinaus in den Garten sehen konnte – eine liebevoll gebändigte Wildnis, die sich in den Rosenkugeln spiegelte. Das Buffet war von »GummS« geliefert worden, jenem Partyservice, der ein wenig ideenreicher war als seine Konkurrenten und nicht nur die schweren Silberplatten, sondern auch die Bedienung stellte: einen jungen Mann von ausgesuchter Höflichkeit. Er sprach die Frauen mit »Madame« an und sah ihnen direkt in die Augen, wenn er nach ihren Wünschen fragte. Daß er schwarz war, bedeutete für das Neuerschließungsgebiet Neuweststein beinahe schon Avantgarde.

Die Frauen erwiderten das breite Lächeln des Schwarzen und beobachteten das Spiel seiner Muskeln unter dem dünnen Stoff des Hemdes, wenn er den geräucherten Lachs von der Platte nahm und mit einem Klecks süßer Sahne garnierte. Daß ihnen ein Schauer über den Rücken lief, wenn beim Zureichen des Tellers ihre Fingerspitzen die des Schwarzen berührten, hatte nichts zu bedeuten. Es war nur ein Beweis dafür, daß ihre eigenen Männer an Erotik verloren hatten. Mit den Jahren hatten sie etwas von der Ausstrahlung ihrer Arbeitszimmer angenommen, die sie unterhielten, um sie von der Steuer absetzen zu können.

Irgendwie, dachte der Schwarze, waren sie sich alle so ähnlich wie die Häuser, die sie bewohnten, aber er hatte einen ungeschulten Blick und bemerkte die feinen Unterschiede nicht so.

Phil, zum Beispiel, sah immer noch gut aus; ein wenig blaß vielleicht, aber das war er immer gewesen. Er wirkte jünger als vierzig. Britta war sechsunddreißig, und an guten Tagen sah sie aus wie sechsundzwanzig. Sie konnte noch immer enge, in der Taille gegürtete Hosen tragen, ohne den Bauch einziehen zu müssen, und wie es aussah, würde sie sich noch weitere zehn Jahre halten. Ihr feines, rotblondes Haar kräuselte sich in alle Richtungen und umgab ihr Gesicht wie ein knisterndes Gespinst.

Früher hatte sie viele Stunden damit zugebracht, dieses Gespinst zu bändigen und das Haar zu glätten, weil sie wie eine Femme fatale aussehen wollte und nicht wie ein rothaariger Rauschgoldengel. Britta besaß viel Sinn für Selbstironie, und diese Bezeichnung hatte sie sich selbst verpaßt.

Aber eines Abends, als sie wieder einmal vor dem Spiegel stand und verbissen versuchte, ihre Locken zu striegeln, war Phil hinter sie getreten und hatte in einer Weise, wie er es noch nie getan hatte, sein Gesicht in ihren Haaren vergraben.

Von diesem Tag an war sie zufrieden, nur noch wie »Britta, die Frau von Phil« auszusehen, aber das mag damit zusammengehangen haben, daß sie schwanger geworden war. Nach der Geburt ihrer ersten Tochter Sandra hatte sie es aufgegeben, zum Friseur zu gehen, weil das Gefummel an ihrem Kopf sie plötzlich nervös machte. Sie sah trotzdem gut aus, und das war etwas, das ihr die anderen Frauen in Neuweststein übelnahmen.

Wenn Britta in späteren Jahren, als sie alle damit zu tun hatten, die Dachgeschosse ihrer Häuser auszubauen, und entsprechend hektisch waren, in ihren langen engen Hosen, die Mitte gegürtet, den Kopf von der ungebändigten Haarfülle rotgolden umsponnen, die Straße entlangkam, an jeder Hand ein kleines Mädchen, das ebenso ungebändigtes Haar hatte wie sie selbst, blieben die Frauen wohl stehen, um ein wenig zu plaudern, aber wenn sie weitergingen, hatten sie Mühe, ihr Gleichgewicht wiederzufinden.

»Die Kinder werden Sommersprossen kriegen«, beruhigten sie sich selbst. »Sie werden nie ein schönes Dekolleté haben!«

Oder: »Sicher hat sich Phil einen Sohn gewünscht, heimlich tut das doch jeder Mann!«

Anschließend fiel es ihnen dann leichter, ihre Schnittlauchkästen zu gießen und die Terrassen zu fegen.

Phil und Britta hatten sich an der Uni kennengelernt, wo beide Betriebswirtschaft studierten; aber zu dem Zeitpunkt hatte Britta bereits beschlossen, das Studium aufzugeben. Sie eignete sich nicht für eine Karriere, die sie mit der diffusen Vorstellung verband, sich morgens um acht über eine verstopfte Autobahn zu quälen, um den Tag in einem stickigen Büro zu verbringen. Phil hatte gelacht, als sie ihre Gedanken äußerte. Er hatte auf der Stelle beschlossen, sie zu heiraten, weil sie seine Zukunftsvorstellungen auf so wunderbare Weise teilte: Haus, Kinder, Familienglück und Immer-füreinander-da-Sein! Es gab nicht viele Frauen an der Uni, die so dachten und zusätzlich so verflixt knisterndes Haar hatten.

Als Sandra geboren wurde, hatten sie noch in der kleinen Mietwohnung gelebt, aber das Haus war bereits in greifbare Nähe gerückt. Britta verbrachte viele Abende damit, auf dem Sofa zu sitzen und in Wohnzeitschriften zu blättern, wenn das Baby gebadet war und in seinem Bettchen lag. Phil verbannte die Bände mit amerikanischer Literatur, für die er sich mehr als für irgend etwas anderes interessierte, in die hinteren Reihen der Regale und konzentrierte sich statt dessen auf die Fortbildungskurse, die er besuchte, um voranzukommen.

Britta hatte sich warm und geborgen gefühlt, und alle Artikel, die sich mit der Gestaltung eines Gartens und seiner Pflege beschäftigten, hatte sie herausgerissen und in einem grünen Ordner abgeheftet.

Sie kauften schließlich ein Fertighaus in dem Neuerschließungsgebiet vierzig Kilometer vor der Stadt, aber das Haus war trotz der Fertigbauweise richtig gemauert und stabiler, als solche Häuser es gewöhnlich sind. Außerdem besaß es Extras wie einen Kamin und einen Wintergarten. Dank des intensiven Studiums, das Britta betrieben hatte, war der Garten schon im zweiten Jahr fertig angelegt, und im dritten war die Heckenrose über die Eingangstür hinausgewachsen, so daß sie einen Bogen aus duftenden Blüten bildete. Inzwischen hatte Sandra eine Schwester bekommen, und so stiegen Sandra und Kim jeden Morgen in den gelben Schulbus, und Britta stand lachend auf der Straße und winkte ihnen nach.

Im sechsten Jahr hatte Neuweststein den Charakter eines Neuerschließungsgebiets so gut wie verloren. Die Häuser waren inzwischen in das Grün ihrer Gärten eingewachsen, und die Bewohner der künstlichen Straßen bildeten eine Gemeinschaft. »Ich habe es anfangs nicht glauben wollen«, sagte Britta, wenn Phil und sie Freunde in der Stadt besuchten. »Aber ich möchte nirgendwo anders mehr wohnen.«

Zu diesem Zeitpunkt waren sie so zufrieden mit ihrem Leben, daß im kommenden Frühjahr ein weiteres Kind geboren wurde: Lisa. Auch Lisa hatte rotgoldene Locken, aber im Gegensatz zu Kim und Sandra hatte sie die dunklen Augen ihres Vaters geerbt. »Na, endlich ein Zeichen, an dem man merkt, daß ich am Entstehen dieser Großfamilie einen gewissen Anteil hatte. Das beruhigt mich!«

Phil hatte gelacht, als er diese Worte sagte, und natürlich hatte er sie nicht ernst gemeint.

Die meisten Frauen von Neuweststein nahmen Halbtagsjobs in der Stadt an oder jobbten stundenweise in dem großen Dienstleistungscenter, zehn Kilometer von Neuweststein entfernt, aber so etwas hatte Britta immer abgelehnt.

»Ich möchte für meinen Mann und meine Kinder da sein«, sagte sie, »und den Garten und das Haus genießen, wozu haben wir es schließlich gebaut?«

Anfangs hatte sich Phil darauf gefreut, am Abend nach Hause zu kommen. Er arbeitete in der City und hatte eine gute halbe Stunde Fahrzeit über die Autobahn, bei schlechtem Wetter oder bei Stau konnte auch einmal eine Stunde daraus werden, aber das war die Ausnahme. Wie die anderen Männer auch, nahm Phil die Ausfahrt Obermörlen und bog später auf die 456 ab. Dann dauerte es nicht mehr lange, und man konnte schon Neuweststein sehen, wie es sich vertrauenerweckend von der Silhouette der bewaldeten Hügel abhob. Es war dann immer ein erhebender Augenblick, wenn er in die Narzissenstraße einbog und auf sein Haus zufuhr, das ganz am Ende lag, und ihm das warme gelbe Licht des Wintergartens entgegenleuchtete. »Es ist einfach ein gutes Gefühl, nach Hause zu kommen«, hatte er gedacht.

Es war zu der Zeit gewesen, als es ihm noch Spaß gemacht hatte, die Rolle des Familienvaters zu demonstrieren und am Samstagmorgen mit seinen drei rothaarigen Töchtern über den Usinger Markt zu schlendern. Dort konnte jeder sehen, wie er, die beiden Großen rechts und links, die Kleine krähend auf den Schultern, mit den Marktleuten scherzte und dabei nach und nach den großen Korb füllte. »Schaut her, ich bin der fröhliche Typ des neuen Vaters«, sagten alle seine Gesten; aber schon damals hatte er das Gefühl, daß er eine

Rolle spielte und ihn die Gewißheit, die Rolle gut zu spielen, mehr befriedigte als die Beschäftigung mit den Kindern als solche.

Wenn sie dann am Nachmittag zu fünft durch Neuweststein gingen, der dunkelhaarige Phil und seine vier rothaarigen Frauen, alle in Sweatshirts, Baumwollhosen und Joggingschuhen, dann war es Phil, der sich um die Kinder kümmerte, ihnen die Stirnbänder zurechtzog und die Nasen putzte, derweil Britta mit einem stillen, stolzen Lächeln hinterherlief.

»Man muß die Männer sanft, aber unnachgiebig in ihre Vaterrolle hineinschubsen«, klärte sie ihre Freundinnen auf, wenn sie sich zum Frühstücken trafen. »Während der Woche vergessen sie es leicht, und selbst so ein wunderbarer Vater wie Phil ...« Aber zum Glück hatte Britta ihren Phil nicht allzuoft schubsen müssen. Er war langsam, aber stetig in die Vaterrolle hineingewachsen, so wie er in die Rolle des Ehemannes hineingewachsen war und in die eines Neuweststeiner Bürgers.

An seinem vierzigsten Geburtstag hatte Phil also alles geschafft, was er sich vorgenommen hatte. Er war Abteilungsleiter mit gutem Verdienst. Er hatte eine attraktive Frau, drei schöne Töchter, ein eigenes Haus und einen Wagen mit hoher PS-Zahl.

Er konnte sich zwei Urlaube im Jahr leisten. Im Winter mieteten sie ein Chalet in den Bergen und im Sommer eine schwedische Styga am See. Britta und er entgingen gern dem Massentourismus, und besonders Phil war es wichtig, sich bei allem, was er tat, von der Allgemeinheit zu distanzieren. Das war ihm bis jetzt auch immer gelungen.

Oder doch nicht?

Phil kamen jetzt manchmal Zweifel, ob er in seinem bisherigen Leben nicht etwas Entscheidendes übersehen hatte. Aber dann ergab sich die Gelegenheit, die Styga, die sie immer gemietet hatten, käuflich zu erwerben, und Britta und er kamen drei weitere Sommer über die Runden, ohne daß der Zweifel in Phils Herzen Gelegenheit gehabt hätte, sich auszubreiten. Es machte viel Spaß, das schwedische Domizil originell einzurichten, und im Winter saß Britta wieder auf dem Sofa und blätterte in Zeitschriften, die Beispiele für optimal gestaltete Sommerhäuser brachten.

Der Erwerb der schwedischen Idylle war eine Zeitlang das Zentralthema, wenn sie sich mit den Nachbarn zum Saunen im Sport- und Freizeitcenter trafen, und Phil überlegte bereits, ob es nicht sinnvoll wäre, zusätzlich eine Berghütte in der Nähe eines nicht allzu überlaufenen Skigebietes zu kaufen.

Es hatte irgend etwas mit dem Kauf dieser Berghütte zu tun, daß Phil von einem Tag auf den anderen von dieser unerklärlichen Mattigkeit überfallen wurde. Die bunten Bilder, die ihn stets vorangetrieben hatten, schienen sich zu verändern. Anstelle einer romantisch möblierten Berghütte, die, eingebettet in Kissen von Pulverschnee, auf sie alle wartete, sah er plötzlich vor seinem inneren Auge einen mit Bauernschränken und allerlei Gerät vollgeladenen Laster, der kreischend eine vereiste Straße hinaufkroch. »Der Weg ist das Ziel«, sagte Timm Fischer, mit dem Phil jetzt immer Samstag nachmittags zum Joggen ging. Timm war Psychiater und ironisierte seinen Berufsstand gern ein wenig.

Und: »Es ist nicht das Chalet, das du ablehnst, sondern die darin verborgene Falle.«

Und: »Du wirst eben auch älter!«

Und: »Wo immer du auch hinfliehst, einer ist schon da«, er grinste und boxte Phil freundschaftlich in die Rippen, »der früh ergraute Familienpapa!«

Phils immer noch dichtes schwarzes Haar war lediglich von ein paar Silberfäden durchzogen, und für sich selbst war er irgendwo Anfang der Dreißig stehengeblieben. Gut, an manchen Tagen zeigten sich links und rechts der Mundwinkel tiefe Falten, und die Augen lagen in dunklen Höhlen, aber an solchen Tagen sah er einfach aus wie ein Dreißiger, der einen anstrengenden Tag hinter sich hatte. Und war es etwa nicht anstrengend, unter der Woche Tag für Tag genügend Geld für die Bedürfnisse eines Fünfpersonenhaushaltes herbeizuschaffen und seine wenigen Mußestunden mit drei quirligen kleinen Mädchen zu verbringen?

Phil kam selbst aus einer großen Familie, und sein Vater hatte für eine siebenköpfige Schar sorgen müssen. Aber, dachte Phil, es war doch etwas anderes gewesen. Seine Eltern hatten einen kleinen Baubetrieb gehabt, und er hatte sie eigentlich nie müßig gesehen; aber letztendlich waren sie der vielen Arbeit besser gewachsen gewesen. Der Druck war noch nicht so stark, die Konkurrenz schwächer und ein Wort wie Streß noch gar nicht erfunden. Die Kinder waren halt irgendwie groß geworden, nebenbei!

Phil hatte jetzt manchmal das irritierende Gefühl, immer ein wenig hinterherzuhinken, wenn es um das Besondere ging, auf das er so großen Wert legte. Was war im Grunde eine Styga in Schweden, wenn im Club bereits jede dritte Familie eine alte Mühle in Italien renovierte und Bernd und Gerhard zum Angeln nach Alaska fuhren?

Er wäre auch gern zum Angeln nach Alaska geflogen, aber mit fünf Personen ging das schlecht. Im Grunde war es schon schwer, fünf Personen mit Gepäck in einen ganz normalen Wagen zu kriegen, aber schließlich – dachte er wütend – wollte er auch keinen Kombi kaufen und herumkutschieren wie eine türkische Großfamilie.

Aber davon einmal abgesehen, wurde es auch im kleinen immer schwerer, sich von der Masse abzuheben. Britta war die erste gewesen, die die Immergrünen aus dem Vorgarten verbannte und statt dessen lockere Arrangements von Terrakottatöpfen neben die Haustür stellte. Anstelle von Geranien pflanzte sie Thymian und Lavendel hinein, wie es auf den Bildern des Sonderheftes »Zu Gast in der Provence« so hinreißend schön dargestellt war.

Aber keine zwei Monate später hatte es Terrakottagefäße in sämtlichen Größen und Formen im Baumarkt zu kaufen gegeben, und plötzlich besaß die Hälfte der Leute duftende Kräuter in Terrakottatöpfen vor ihren Haustüren.

Britta gab den Sonnenschirm auf den Sperrmüll und nähte ein großes, luftiges Sonnensegel nach einer Anleitung aus der Sommernummer von »Frau und Kreativität«, und bereits im nächsten Frühjahr stellte niemand mehr einen Sonnenschirm in seinen Garten – mit Ausnahme von Felix und Mary, die einen riesigen Marktschirm hatten, der aber unpraktisch war, weil man zwei kräftige Männer brauchte, um ihn zu transportieren.

Einzig die blauen Korbstühle, die Britta anstelle der häßlichen weißen Plastikschalen auf die Terrasse stellte, machte ihr in Neuweststein niemand nach. Es gab diese Plastikschale genau sechshundertdreiundsiebzigmal, und wenn sie wirklich einmal zu Bruch ging, dann wurde sie durch eine neue ersetzt. Britta war stolz, wenn sie den Kinderwagen mit Lisa an den so einfallslos möblierten Terrassen der Nachbarn vorbei bis zu ihrem eigenen Haus schob.

Voller Freude ging sie später durch ihr Wohnzimmer, öffnete die Tür und sah auf ihre eigene Terrasse hinaus, die durch die blauen Korbmöbel mit der künstlichen Patina ein südliches Flair ausstrahlte, umgeben von einem romantischen Garten, der sich in den Rosenkugeln spiegelte.

Im Gegensatz zu Phil hatte Britta niemals das Gefühl, daß ihr etwas fehlte. Sie lief summend durch das Haus und schmückte es, je nach Jahreszeit, mit frischen Blumen oder mit Tanne. Sie konnte stundenlang mit den Mädchen am Küchentisch sitzen und komische Männchen aus Salzteig oder Kastanien basteln oder sich Gedanken über die optimale Herstellung einer Himbeertorte machen. Sie nahm lebhaften Anteil an dem abwechslungsreichen Gesellschaftsleben, das ihre Kinder führten, und kostümierte sie mit viel Phantasie für den Kinderfasching, das weihnachtliche Krippenspiel oder das Apfelfest, zu dem die Kirche im Sommer einlud. Einmal die Woche kamen ihre direkten Nachbarinnen zum Frühstück zu ihr, und nur ganz selten verpaßte sie den Gymnastikkurs in Usingen.

Brittas Nachbarinnen dagegen spürten sehr wohl diese diffuse Leere, von der in den Medien so viel gesprochen wurde, und die meisten füllten sie mit einem Liebhaber aus oder taten so, als ob sie einen hätten.

»Ich hab' ein Recht auf mich«, dachten sie, wenn sie auf der Silvesterparty den Mann ihrer besten Freundin in eine Ecke drängten und flüsternd fragten, ob er am nächsten Sonntag Zeit hätte.

»Hast du dir noch nie einen Lover gewünscht?« fragte Grit eines Morgens geradeheraus, und Britta warf den Kopf in den Nacken und lachte in dieser selbstbewußten Art, die einfach unverschämt war. »Phil ist attraktiv, dunkelhaarig, zärtlich und bestimmt nicht langweilig, warum sollte ich ihn mit einem Mann betrügen, der nicht besser, sondern nur anders ist als er? Für mich gibt's keine Steigerung des Wortes ›zufrieden‹!«

»Typisch Britta«, dachten die Frauen, die sensibel genug waren, die Leere zu spüren, und sich das Recht nahmen, sie auszufüllen.

»Sie läuft vor ihren Gefühlen davon!«

»Sie hat immer etwas Arrogantes gehabt«, stellten sie später fest, als sie in Grits Küche ein Glas Sekt tranken, »und außerdem belügt sie sich selbst! Glaubt ihr, daß Phil sie betrügt?«

»Phil ist ein gutaussehender Mann ...«, sagte Grit vieldeutig und zündete sich eine Zigarette an. »Und manchmal sehe ich ihn so merkwürdig verloren auf der Terrasse stehen!«

»Auf welcher?« schrien die Frauen und lachten hysterisch.

»Auf seiner eigenen!« sagte Grit mit leisem Bedauern, in dem jedoch ein Gran Hoffnung flimmerte.

Mit dem feinen Gespür der Neidischen witterten Brittas Nachbarinnen den Schatten, der auf die blühende Heckenrose, den duftenden Thymian, durch die Fenster des Wintergartens und auf das weiße Sonnensegel gefallen war, eher als sie selbst.

»Ich habe nicht die geringste Lust, jobben zu gehen, um eine Kinderfrau zu bezahlen, die mehr verdient als ich«, sagte Britta an jenem Freitagabend vor Ostern, an dem Phil und sie zusammensaßen und über dies und jenes sprachen. Sie hatten immer gut miteinander reden können, das unterschied sie von anderen Paaren. Phil hatte gerade das Gute-Nacht-Ritual mit Lisa hinter sich gebracht, auf das Britta so großen Wert legte. Heute hatte er die Geschichte vom Bu-Bu-Mann vorgelesen, der mit der bloßen Hand Äste von Bäumen reißen und Kokosnüsse mit den Zähnen knacken konnte. Phil sehnte sich danach, einmal wieder einen ganzen Winter mit Simenon zu verbringen, aber er kam nicht mehr dazu. Der Bu-Bu-Mann und seine Brüder hatten Simenon verdrängt.

»Ich verstehe die Frauen nicht, die freiwillig ins Büro gehen«, spann Britta ihren Faden fort. »Den ganzen Tag im Neonlicht, angekettet an eine Maschine!«

»Sie fühlen sich eben nicht ausgefüllt«, sagte Phil.

»Ich habe drei Kinder, einen großen Haushalt, ein Sommerhaus und einen attraktiven Mann, ich *bin* ausgefüllt«, sagte Britta und kuschelte sich in Phils Armbeuge. »Mir genügt's!«

Phil schloß die Augen. Ihr genügte es. Ihr genügte es offenbar auch, zeitlebens in Jeans herumzulaufen, die Haare wild wuchern zu lassen und sich rasch die Lippen anzumalen, wenn Phil mit ihr ausging.

Phil dachte, daß sie mehr aus sich machen könnte, wenn sie sich nur ein bißchen anstrengte, aber für das Anstrengende war sie ja nie gewesen.

»Was ist los mit mir?« fragte er sich. »Ich hab' es doch immer so haben wollen!«

»Ich weiß nicht, ob es richtig ist, wenn man sich bereits in jungen Jahren mit dem zufriedengibt, was man hat!« sagte er laut. »Es gibt doch immer noch ein paar Träume!«

In seinem Kopf überschnitten sich die beiden Bilder, die ihn nicht mehr in Ruhe ließen: die romantisch eingerichtete Berghütte und der kreischend den Hang hinaufkriechende Lastwagen.

Als Variante dazu gab es ein weiteres Bild, das ihn in schlaflosen Nächten überfiel: ein Wochenende zu zweit, ohne herumliegende Legosteine, ohne Bu-Bu-Mann und ohne ein einziges Kind.

Nur er und ...?

Er ging noch immer gern mit Sandra, Kim und Lisa über den Usinger Markt, aber, verdammt noch mal, er hatte doch auch ein Recht auf sich selbst. Und wenn er Montag morgens über die Autobahn raste und kurz darauf sein Büro betrat, fühlte er sich wohler, als wenn er mit Lisa im Sandkasten saß. In letzter Zeit verdichtete sich das Gefühl, daß alles ein wenig zu selbstverständlich geworden war und daß er für die mit den Kindern verbrachten Stunden eigentlich eine Gratifikation verdient hätte. Er war in die obere Gehaltsklasse aufgerückt, und wenn er mit seinen Töchtern spazierenging, dachte er manchmal daran, was jede einzelne seiner Stunden wert war.

»In einer Welt, in der in jeder Minute ein Mensch an Hunger stirbt, in der ganze Völker auf der Flucht sind und das Heer der Arbeitslosen täglich wächst, empfinde ich unser Leben als traumhaft genug.« Britta hob den Kopf von seinem Arm und sah ihn an.

»Ich brauche keine Marmorböden und Klamotten von Stefano!«

Als ob er sich Marmorböden oder Klamotten von Stefano wünschte! Er wünschte sich etwas ganz anderes. Aber was genau war es?

»Red keinen Blödsinn«, sagte er laut.

Er erhob sich und starrte durch das Panoramafenster in den Garten hinaus, einen Garten wie tausend andere, eine Panoramascheibe wie tausend andere. Britta stellte sich neben ihn und legte ihre Hand auf seinen Arm, eine kleine, robuste Hand mit unlackierten, kurzgeschnittenen Fingernägeln.

»Morgen wollen wir den Kompost wenden«, sagte sie.

»Ja«, sagte er.

»Und mit den Kindern in den Wald gehen!«

»Mal sehen«, sagte er.

»Birkengrün holen!«

Aber das hörte er nicht mehr.

Statt dessen hörte er dieses infernalische Quietschen des Gartentörchens, auf dem Sandra hin- und herschaukelte.

»Kannst du nicht endlich dieses verdammte Tor ölen«, fuhr er Britta an.

Sie warf ihm einen erstaunten Blick zu.

»Nächste Woche«, sagte sie sorglos.

Mit der derselben Sorglosigkeit räumte sie später die Spülmaschine aus und pellte die Kartoffeln für den Salat.

Über die Bistrogardine hinweg sah sie, wie Phil auf dem Rasen stand und in die Zweige der japanischen Zierkirsche hinaufstarrte.

»Er hat eine anstrengende Woche gehabt«, dachte sie, gab ein Eigelb in den Topf und holte die Ölflasche aus dem Schrank.

Phil hatte jetzt öfter mal anstrengende Wochen hinter sich,

und an den Freitagabenden ließ man ihn am besten in Ruhe, damit er sich sammeln und von Büro auf Familie umschalten konnte.

Das hatte Britta in »Ratgeber Frau« gelesen, und obwohl sie nie berufstätig gewesen war, hatte sie es sofort verstanden.

»Der kommt schon wieder in die Reihe«, dachte sie, schaltete den Elektroquirl ein und gab tropfenweise das Öl zu dem Ei.

Sie mischte die fertige Mayonnaise mit den Kartoffeln und garnierte den Salat mit einem lustigen Männchen aus Gurken und Tomaten.

»Das Ganze hat nichts zu bedeuten!«

Sie öffnete das Fenster und rief Kim und Sandra zum Essen. Rein äußerlich war es ein Freitagabend wie jeder andere.

In Wirklichkeit jedoch war es der Anfang vom Ende einer Idylle, in der Töpfern und Quilten eine Rolle gespielt und Sonnenblumen sich in Rosenkugeln gespiegelt hatten.

2

Phils kleine Krise

Nicht alles beginnt mit einem Urknall, einer Fanfare oder einem Feuerwerk der Empfindungen.

Phils Veränderung vollzog sich schleichend, wie eine Krankheit, die mit leichtem Unwohlsein beginnt und einen schließlich vollends aus der Bahn werfen kann.

Es begann damit, daß er über Möglichkeiten nachsann, das Kuscheln mit den Kindern am Samstagmorgen ebenso zu umgehen wie das Kuscheln mit Britta am Samstagabend.

Phil dehnte das abendliche Fernsehpensum über die Sportnachrichten hinaus bis weit nach Mitternacht aus und quälte sich sogar durch einen Opernabend, weil er sicher sein konnte, daß Britta die Geduld verlieren und »schon einmal vorgehen« würde. Kaum daß er morgens die Augen aufgeschlagen hatte, trieb es ihn aus dem Bett. »Matratzenflucht« nannte er dieses absonderliche Verhalten, ohne recht zu verstehen, wovor er denn floh.

Vielleicht hatte es damit zu tun, daß plötzlich überall im Betrieb Kollegen auftauchten, die jünger waren als er. Vielleicht auch damit, daß er für einen ganz normalen Saufabend den ganzen nächsten Tag lang büßen mußte, sich schlapp fühlte und Termine verpaßte.

Kleinigkeiten, wie die sorglos hingeworfene Bemerkung eines jungen Kollegen, eine Band, in der über vierzigjährige Opas aufträten, könne doch niemanden mehr vom Hocker reißen, trafen ihn so persönlich wie ein Schlag unter die Gürtellinie.

Er litt jetzt öfter unter einem nicht näher lokalisierbaren Kopfschmerz, und den ganzen Winter über war er gegen drei Uhr morgens aufgewacht und hatte sich bis zum Weckerläuten herumgewälzt, während Britta neben ihm lag und sich diesem festen Kinderschlaf hingab, den sie immer gehabt hatte. Diesem Kinderschlaf der Sorglosen.

»Burn-out«, sagte Timm Fischer, mit dem er sich nach wie vor samstags zum Joggen traf. »Denk an eine Glühbirne im Dauerbetrieb, eines Tages macht es peng, und ...«

Aber das war natürlich Unsinn! Er war alles andere als ausgebrannt. Sein Feuer war nur dabei zu ersticken, und zwar unter einer Lawine von Kinderfahrrädern, Rasenmähern, Großeinkaufstagen, Familienfesten und Sag-was-machen-wir-am-Wochenende-Fragen, bei denen er immer öfter ausrastete.

»Laßt mich doch endlich mal in Ruhe«, schrie er Britta an.

»Laß Papa in Ruhe«, sagte Britta dann zu Lisa, die auf seinen Knien herumturnte und versuchte, ein Plastikauto in seine Haare zu drehen.

»Warum?«

»Weil er eine anstrengende Woche hinter sich hat!«

»Sie behandelt mich wie einen schonungsbedürftigen Opa kurz vor der Rente«, dachte Phil und sah sie verbittert an.

An Tagen wie diesem konnte man mit Leichtigkeit das

junge Mädchen ahnen, das sie einmal gewesen war. Aber sie hatte sich natürlich auch nicht so anstrengen müssen, wie er sich hatte anstrengen müssen all die Jahre.

»Komm, lauf jetzt mal ein bißchen in den Garten«, sagte Britta und hob Lisa von Phils Knien. »Dafür geht Papa morgen mit dir an den Ententeich!«

Dafür geht Papa morgen an den Ententeich! Mit einer großen Tüte voller Brotreste und einem kindischen Tuck-tuck-tuck auf den Lippen. Unglaublich, wie selbstverständlich sie seine Zeit verplante.

Britta war schon ein Kapitel weiter: »Wann genau bekommst du in diesem Jahr Urlaub?«

»Ich weiß es nicht«, sagte er. »Ich dachte, daß du diesmal mit den Kindern allein fährst.«

Britta verschluckte sich fast an dem Schokoei, das sie sich gerade in den Mund gesteckt hatte. Es war das Wochenende vor Ostern, bereits seit einer Woche war das Wohnzimmer mit Forsythienzweigen geschmückt, und die Kinder hatten große Osterhasen an die Küchenscheibe gemalt und einen Kranz aus Reisig und Birkengrün gewunden, den sie am Gründonnerstag an die Haustür hängen wollten.

Sie sah ihn erstaunt an.

»Ja, bekommst du denn keinen Urlaub?«

»Ich-weiß-es-noch-nicht«, wiederholte er akzentuiert.

»Na, du kannst ja jederzeit nachkommen«, antwortete sie heiter. »Ich dachte, daß wir in diesem Jahr einmal die ganzen Schulferien über bleiben.«

»Ich werde nicht nachkommen!« sagte er zu seiner eigenen Überraschung. »Ich fahre zum Angeln nach Alaska!«

Britta warf den Kopf in den Nacken und lachte befreit auf.

Einen Augenblick lang hatte ein eisiger Hauch ihr Herz gestreift, aber er hatte nur gescherzt.

In letzter Zeit hatte Phil so selten Witze gemacht, daß sie für jeden Funken seines früheren Humors dankbar war.

»Und mit wem fährst du nach Alaska?« fragte sie und sah ihn spitzbübisch an.

»Mit Elvira Schröder, sie arbeitet in der Buchhaltung.«

Britta fühlte sich wie in dem Kabarett, das sie als Studentin gegründet hatte, und gab ihm einen Kuß in den Nacken.

Sie war glücklich, daß Phil seine »kleine Krise«, insgeheim hatte sie sein Verhalten in der letzten Zeit so genannt, offenbar überwunden hatte. Er würde wie in jedem Jahr mit der ganzen Familie nach Schweden fahren, um endlich einmal genügend Zeit für die Kinder zu haben, genügend Zeit, um Boot zu fahren, am Abend am Feuer zu sitzen und Kartoffeln in die Glut zu halten.

Später, als sie den Tisch deckte und sich überlegte, ob es nicht originell wäre, die Ostereier diesmal in verschiedenen Grüntönen anzumalen, statt in bunten Farben wie in den früheren Jahren, mußte sie plötzlich lachen.

Elvira Schröder aus der Buchhaltung, welch gottvolles Klischee!

Phils »kleine Krise« äußerte sich in den seltsamsten Symptomen. Wenn er jetzt nach einem langen Bürotag in die Narzissenstraße einbog und sein Haus am Ende der Straße liegen sah, war sein Herz nicht mehr mit diesem angenehmen Du-hast-es-geschafft-Gefühl der früheren Jahre erfüllt; eher bedrängte ihn die diffuse Vorstellung, ein Gefangener zu sein, der sich seine eigene Festung gebaut hatte – eine Festung, in der er keinerlei Rechte besaß und in der jeder seiner Schritte verplant und bewacht wurde. Immer öfter befiel ihn beim Betreten des Hauses ein seltsames Fremdheitsgefühl, verbunden mit dem Bedürfnis, irgendwohin zu fliehen, wo er nur er selbst und kein von tausend Anforderungen zerrissener Angestellter und Familienvater war.

Doch wo war dieser Ort?

Auch mußte er mit wachsendem Unmut feststellen, daß sein Haus allmählich zu einem reinen Weiberhaushalt verkommen war, in dem er immer weniger Mitspracherecht besaß. Wann, fragte er sich manchmal, hatte Britta eigentlich damit begonnen, stillschweigend Veränderungen vorzunehmen, sein Einverständnis einfach voraussetzend? Was ihr und den Kindern gefiel, mußte ihm wohl auch gefallen, oder?

Aber es gefiel ihm nicht.

Nicht die selbstgewundenen Kränze, die, mit den Jahreszeiten wechselnd, die Haustür schmückten, nicht die geflochtenen Körbe, die plötzlich anstelle der Terrakottatöpfe den Eingang flankierten, nicht die mit Weihnachtsmännern, Engeln oder Osterhasen bemalten Küchenfenster. Und als geradezu peinlich empfand er jetzt das handgetöpferte Schild, das seit Jahren davon Kunde tat, daß hier Britta, Sandra, Kim, Lisa und Phil wohnten. Verdammt noch mal, er war der Abteilungsleiter einer angesehenen Firma und nicht irgendein Phil...

Es gab jetzt Abende, an denen ihn schwarze Gedanken überfielen, wenn er den Schlüssel zu seinem Zuhause ins Schloß schob, Gedanken wie etwa den, daß es eigentlich genügte, wenn nur die Frauen sich in Ton verewigt hätten: Hier wohnen Britta, Sandra, Kim und Lisa...

Wenn er später dann im Bad war, »um den Büroalltag abzustreifen«, wie Britta es nannte, starrte er verbittert auf die Glasablage unter dem Spiegel, auf der sein Rasierwasser zwischen Wattestäbchen, Lippenstiften und Kinderölen deplaziert und verloren wirkte wie das Utensil eines Gastes.

Ihm fiel jetzt immer häufiger auf, wie stark der Stempel war, den Britta dem gemeinsamen Haus und dem gemeinsamen Leben aufgedrückt hatte, ein, wie er voller Sarkasmus dachte, in irgendeinem Kreativkurs eigenfabrizierter Stempel, in den Herzchen, Blümchen und Vögelchen eingeritzt waren und der in anschaulicher Weise dieses seltsame Vorstadtfreizeitleben symbolisierte, das die Frauen in Neuweststein führten, derweil sich ihre Männer in klimatisierten Büros zu Tode schufteten.

Phil warf einen Blick auf den Wäscheständer, auf dem die mit bunten Flicken verzierten Cordhosen der Mädchen zum Trocknen hingen, und fühlte sich einmal mehr als Fremdkörper, der nicht in diese weibliche Welt paßte.

»Wie der einzige Bruder unter einem Haufen kichernder Schwestern«, dachte er.

»Hallo, Schatz«, sagte die älteste Schwester namens Britta, die unbemerkt ins Bad gekommen war, und legte ihre Arme um seinen Hals. Die Berührung war an sich ganz angenehm, wenn Phil in der zärtlichen Geste nicht den verborgenen Wunsch nach einem »Mehr« gewittert hätte, verbunden mit der Mahnung an ein lange nicht mehr eingelöstes Recht.

Es war Freitagabend, und ein langes Wochenende stand bevor, ein Wochenende voller Gefahren, die es zu umschiffen galt. Britta öffnete sein Hemd und küßte das Grübchen an seinem Halsansatz.

»Zieh dich rasch um, damit du richtig zu Hause bist«, sagte sie. »Und dann können wir ganz in Ruhe essen!«

Britta roch noch immer ganz leicht nach Veilchen. Er hatte ihren typischen Geruch immer gemocht, und er mochte ihn noch ... aber es half nichts.

Mit einer kaum spürbaren Geste der Ungeduld zog er sich von ihr zurück. Sie gab ihm einen leichten Klaps auf die Wange und schickte sich an, das Bad zu verlassen.

»Ich leg' dir ein paar Sachen raus«, sagte sie. »Und deinen Anzug häng bitte auf die Terrasse, damit er ausmiefen kann!«

Phil wußte, daß sie die Uniform, in der er gezwungen war, seinen Alltag zu meistern – Anzüge, kombiniert mit pastellfarbenen Hemden und dezent gemusterten Krawatten –, immer verabscheut hatte und ihn am liebsten in Jeans, grobgestrickten Pullis und lässigen Jacken sah, damit er – wie er verbittert dachte – besser zu den Fleckerlteppichen paßte, mit deren Herstellung sie die Wintermonate verbracht hatte.

»Was ist los, Philip Jakobsen«, dachte er wenig später, als er sich unter dem warmen Wasser der Dusche entspannte.

Timm Fischer hatte ihm kürzlich gesagt, warum er neuerdings so geladen war, daß ihn sogar der Heckenrosenbogen über der Haustür störte, nachdem er sich einmal mit den Haaren in den Dornen verheddert und Britta angedroht hatte, »das ganze verfluchte Unkraut« rauszureißen.

»Es geht nicht um Heckenrosen oder Fleckerlteppiche«, hatte Timm, einen leichten Trab anschlagend, gesagt, »in Wirklichkeit geht es um Flucht, typisches ... -Syndrom.«

Unter welchem Syndrom er litt, hatte Phil nicht verstehen können, wichtiger war aber der folgende Satz, mit dem Timm Fischer das Thema abschloß: »Das legt sich wieder!«

Merkwürdigerweise hatte diese Aussicht auf Phil jedoch nicht die beruhigende Wirkung, die sie hätte haben müssen.

»Mein Gott, Phil«, hatte Timm Fischer später festgestellt, »Britta ist doch eine höchst attraktive Frau!«

Das war wahr. Britta war wirklich attraktiv, und er fühlte sich noch immer von ihr angezogen – auf eine irgendwie freundschaftlich-brüderliche Art. Wenn es ihm nur nicht so verdammt schwergefallen wäre, mit seiner Schwester zu schlafen.

Aber das andere war auch keine Lösung.

Zum Beispiel war Elvira Schröder keine Lösung, mit der er anläßlich des letzten Betriebsausfluges eine stark alkoholisierte Nacht verbracht hatte. Er hatte sich dieser Nacht bereits beim Erwachen geschämt und würde sie garantiert niemals wiederholen.

3

Der Zweifel in Brittas Herzen

Als die Bäume in den Gärten endlich hoch genug waren, daß man in ihrem Schatten hätte träumen können, als auch der letzte Dachboden ausgebaut und beinahe alle Giebel verglast waren, als sich die ersten Kinderzimmer leerten und plötzlich vorstellbar wurde, daß der Schuldenberg, den man sich aufgehalst hatte, irgendwann abgetragen sein würde, wurde Neuweststein von einer Epidemie heimgesucht: Der Zweifel ging um!

Der Zweifel lauerte in den Straßen, er wehte über der Tennishalle und brütete über dem Freibad, er wartete im Bistro und hinter dem Jugendcenter. Er saß den Männern im Genick, wenn sie morgens zur Arbeit fuhren, und hockte in den Einkaufswägelchen, die die Frauen durch die Regalreihen des Supermarktes schoben.

Wie ein Alp kauerte er auf den Großpackungen mit Waschpulver, Müsli, Cevapcici, Pizzateig und Eiskonfekt und hing bleischwer an den Zwölferpacks mit Cola-light und Orange-Sun. Er spritzte aus den Sonnencremetuben und Ketchup-Flaschen und grinste den Lesern aus den Spalten der Stadtteilzeitung entgegen, in der wie eh und je Blumendünger, Gartenmöbel, Salatpflanzen, preiswerte Blusen und Kinderrädchen inseriert wurden und in der Schüler, die Ferienjobs suchten, ihre Dienste anboten.

Aber neuerdings boten auch Damen wie »Monika« und »Manuela« ihre Dienste an und lächelten mit Zähnen, die weißer waren als die der Ehefrauen. Das waren die Anzeigen, bei deren Anblick der Zweifel die Kehle hinaufkroch.

Innerhalb der Häuser lauerte der Zweifel in den Schrankwänden und strich an den Einbauküchen entlang, er lag dunkel auf den Sofas und machte sich auf den Terrassen breit, auf denen nur noch so selten jemand saß.

Morgens, wenn die Männer abgefahren waren und die Frauen sich die Haare fönten, starrte ihnen der Zweifel aus den Spiegeln entgegen, und manch eine fragte sich, was sie eigentlich gesucht hatte und ob sie es jemals finden würde.

Einige versuchten der Lage Herr zu werden, indem sie einen Teil des Gartens opferten und einen Swimmingpool anlegten, andere kamen mit der Anlage eines Seerosenteichs einen weiteren Sommer über die Runden. Aber als der Teich in einen Gürtel aus Schilf und Wasserlilien eingewachsen war und der Pool zum erstenmal gereinigt werden mußte, obwohl man ihn keine zehnmal benutzt hatte, kehrte der Zweifel zurück und trieb welke Blätter auf dem Wasser umher und färbte die Ränder der Seerosen braun.

Die Männer ließen die Blicke über ihre Anwesen schweifen und planten den Bau einer Pergola, um dem Garten mehr Tiefe zu geben; andere überlegten, ob sie die Rosenbüsche nicht opfern und an ihre Stelle ein Gartenhäuschen setzen sollten, in dem man sich an kühlen Abenden zum Bier traf. Aber der Zweifel hatte ihnen die Kraft geraubt, die nötig gewesen wäre, den Plan auch umzusetzen, und ließ die Frage aufkommen, mit wem man sich denn überhaupt noch treffen konnte... Und manch einer fragte sich des Abends beim Zubettgehen, woher diese Unzufriedenheit kam, gerade jetzt, wo man das Ziel doch so gut wie erreicht hatte.

»Genug ist nicht genug« röhrte der bajuwarische Sänger, der soviel schwitzende, ungezähmte Kraft ausstrahlte, ehe er zur Droge griff, um wenigstens im Traum zu erleben, was ihm das Leben vorenthielt. Genug ist nicht genug, stellten die Männer mißmutig fest, gaben das gemeinsame Joggen auf und kamen an den Freitagabenden nicht mehr ins Bistro.

Die Frauen hatten nach dem Kreativkurs auch die Gymnastikstunde und das Frauenfrühstück aufgegeben und baten statt dessen um einen Termin bei der psychologischen Beratungsstelle.

Die meisten litten unter fehlender Kommunikation, mangelndem Verständnis und zunehmender Entfremdung. Keine gab zu, daß ihre Männer nicht nur den familiären, sondern auch den ehelichen Pflichten immer seltener nachkamen. Nach ihrem Liebesleben befragt, gaben sie an, daß die körperliche Seite der Ehe nicht so wichtig sei, wichtiger fänden sie Liebe, Zärtlichkeit und Vertrauen.

Was die körperliche Seite ihrer Ehe betraf, so hätte auch Britta nichts Wesentliches vermißt. Zu wissen, daß Phil sie noch liebte und niemals verlassen würde, hätte ihr genügt. Aber man hörte von allen Seiten, daß Männer im gefährlichen Alter in schwere Krisen gerieten, denen zufolge sie der ersten Frau ins Netz gingen, die geschickt genug war, es zum richtigen Zeitpunkt auszuwerfen und ihrem Opfer das Gefühl zu vermitteln, noch immer jung und begehrenswert zu sein. Aus solchen Zufällen konnten Lawinen entstehen, die zu Tal donnerten und alles unter sich begruben, das man in all den Jahren aufgebaut hatte.

Frauen, denen dieses Unglück zugestoßen war, erkannte man an den Rändern unter den Augen und den grellen Kleidern, die sie plötzlich trugen, um kundzutun, daß sie noch mitmischen konnten. War es geschehen, dann hingen Kinder, die man »hinausgeschickt« hatte, wie verwaist an den verrotteten Klettergerüsten der Spielplätze herum und bezeugten so, daß der Papa auch in diesem Sommer keine Zeit hatte, mit ihnen zu verreisen. Und Mütter glaubten, sich wehren zu müssen, und fingen ein Verhältnis mit dem erstbesten an, der ihnen über den Weg lief.

Aber gewöhnlich half es nicht viel.

»Paß auf!« dachte Britta an jenem Vormittag, an dem der Zweifel plötzlich ihr Herz erreicht hatte, und hielt jäh im Unkrauthacken inne.

Sie starrte die sauber ausgedünnten Petersilien- und Schnittlauchreihen entlang und blickte dann zu der japanischen Zierkirsche hinüber, die an diesem Morgen merkwürdig fremd aussah.

Britta füllte die Gießkanne mit Wasser und ließ den Strahl sanft über die Kräuterreihen regnen. Sie nahm sich vor, am heutigen Abend nicht von Phils Seite zu weichen und vor dem Fernseher auszuharren, und wenn es bis zum Frühstücksfernsehen dauern sollte.

Aber dann hatte sie nachmittags den Rasen gemäht, während Phil mit Timm Fischer beim Joggen war, und hinterher war sie plötzlich von dem unbezwingbaren Verlangen überfallen worden, sämtliche Blumenkästen blau anzustreichen.

Am Abend war sie so müde, daß sie schon während der

Tagesschau einschlief und erst lange nach Mitternacht, auf dem Sofa liegend, aufwachte, liebevoll zugedeckt mit ihrer rosa Häkeldecke.

»Alles Hirngespinste«, dachte sie, als sie sich neben Phil legte und sich an seinen Rücken schmiegte, wobei ihr das Wort »schlafen« durch den Sinn glitt.

Denn das war es, was sie sich wirklich am Ende eines langen Tages wünschte: warm und geborgen neben Phil zu liegen und einfach nur zu schlafen...

4

Auftritt Laura

Wenn Phil seinen Wagen jetzt morgens über die Autobahn steuerte, dachte er nicht mehr an die Berghütte im Pulverschnee.

Er dachte überhaupt nicht mehr an Dinge dieser Art, die er heimlich mit dem Etikett »Kleinbürgers Traum« versehen und für sich bereits abgeschrieben hatte, so wie er die Styga abgeschrieben hatte, obwohl sie ihm noch immer wie ein Mühlstein am Hals hing. Zwar war sie erst vor zwei Jahren gestrichen und mit einer Sauna ausgestattet worden, aber diese Investitionen waren bereits unter dem Gesichtspunkt der besseren Wiederverkäuflichkeit geschehen, eine Tatsache, die er vor Britta geheimhielt, um lästigen Diskussionen zu entgehen. Britta dachte diesbezüglich in zu engen Bahnen, und was einmal in ihren Besitz gelangt war, das gab sie so leicht nicht wieder her.

»Aber es stecken doch Erinnerungen darin«, würde sie argumentiert haben. »Phil, das Haus ist ein Stück von unserem *Leben*!!!«

Nun, von ihrem Leben vielleicht, aber von seinem ...?

»Kennst du jemanden, der Interesse an einer schwedischen Styga hätte, einsam gelegen und bestens in Schuß?« fragte er

Timm Fischer, als sie wieder einmal mit angelegten Ellbogen durch den Wald hechelten. »Haus, See, eigener Steg und Boot!«

Aber Timm Fischer hatte nur verächtlich gegrunzt.

»Mückenschwarm, ick hör dir sumsen«, hatte er erwidert und ironisch hinzugefügt: »Kennst du jemanden, der Interesse an einem Bauernhaus auf Elba hat? Meerblick, ortsnah, neu renoviert?«

Er und Elsa waren schon seit vier Sommern nicht mehr in diesem Bauernhaus gewesen, und allmählich wurde es zu einer Belastung.

»Heb das Haus für später auf«, sagte Timm zu Phil, während er an dem dafür vorgesehenen Balken ein paar Liegestütze machte, »vielleicht, daß eines der Kinder ...!«

Aber er wußte, daß er nur einen billigen Trost anbot.

Seine beiden Neffen waren herangewachsen, ohne das mindeste Interesse an einem Urlaub auf Elba zu zeigen, selbst wenn er ihnen nicht nur den Flug, sondern den ganzen Urlaub bezahlt hätte.

Lieber jobbten sie während der Semesterferien wochenlang in einem Getränkemarkt, um anschließend vierzehn Tage lang nach San Francisco zu fliegen. Vielleicht, dachte er jetzt manchmal, war es gar nicht so tragisch, daß er und Elsa keine Kinder hatten, und daß Elsa sicher recht hatte, wenn sie behauptete, daß sie nicht nur in einem kinder-, sondern in einem menschenfeindlichen Land lebten.

Anstelle der Berghütte sah Phil jetzt manchmal ein Penthaus im obersten Stock eines Hochhauses vor seinem inneren Auge, sparsam möbliert, mit kalkweißen Wänden und Blick auf die Skyline einer Großstadt, im Hintergrund eine Badewanne, in der eine junge Frau saß, mit Blick auf ihn, zärtlich-bewundernd ...

Natürlich war sie gut gebaut, mit flammenden schwarzen Augen und einem kirschroten Mund, aber sie hatte einen weißen Turban um die Stirn geschlungen, so daß er nicht sehen konnte, welche Farbe ihr Haar hatte.

Laura hatte lichtblondes Haar, das glatt herunterhing und einen interessanten Kontrast zu ihrer olivfarbenen Haut und den haselnußbraunen Augen bildete. Sie war der schmale, langgliedrige Typ, zierlicher und größer als Britta, und wenn sie hohe Absätze trug, dann war sie sogar größer als Phil.

Der Blitz aus heiterem Himmel traf beide Montagmittag, um vierzehn Uhr vierzehn, in der Caféteria der Firma *Klemmer & Söhne*, im Thekenabschnitt *Sandwichs und Kuchen*, gerade als Phil nach einer Ananasschnitte griff und ein Spritzgebäck dazulegte, das sich »Flammendes Herz« nannte.

Zunächst nahm er nur ihr Parfum wahr, einen fast schmerzlich-süßen Rosengeruch, und dann Lauras Stimme, in der ein leises Lachen flirrte.

»Ich hätte auch gern ein flammendes Herz«, sagte die fremde und doch schon so vertraute Stimme, und als Phil hochsah, da gab Laura den Blick zurück. Es war, gestanden sie sich später, als ob sie von dieser ersten Sekunde an zusammengehört hätten.

In diesem Fall war es ein Spritzgebäck mit dem Namen »Flammendes Herz«, das das erste gemeinsame Lachen auslöste und mit dem Lachen die Lawine, die zu Tal raste und einiges unter sich begrub: eine Frau, einen Mann, fünf Kinder, zwei Häuser...

Aber es hätte natürlich auch jedes andere Wort sein können. Denn die Zeit war gekommen!

Am Samstag, nachdem sie sich kennengelernt hatten, mieteten sie das Penthaus, ein Zimmer für besondere Gelegenheiten, im obersten Stock des »Holiday Inn«.

Phil hatte dieses Hotel gewählt, weil er es stets von seinem Bürofenster aus gesehen hatte, ohne zu ahnen, daß das Gebäude ein Geheimnis barg: Im zehnten Stock befand sich bereits jener luftige Raum, in dem er und Laura feststellen sollten, daß sie füreinander bestimmt waren, unauflösbar und für immer.

Als Phil mit Laura den Lift bestieg, wurde ihm bewußt, daß in all den Jahren, in denen er mit Britta in Neuweststein gelebt, das Haus gebaut und drei Töchter gezeugt hatte, in denen er wie ein Idiot zwischen Neuweststein und der City hin- und hergependelt war, wobei er in den bürgerlichen Ritualen fast erstickt wäre, daß in all diesen Jahren das Penthaus mit den hohen Fenstern und dem weiten Blick auf die Skyline der Stadt bereits existiert und auf ihn und Laura gewartet hatte. Es war ein Gedanke von so unglaublicher Süße, daß ihm fast das Herz stillstand.

»Ich mußte einen so langen Umweg machen«, sagte Phil, als er neben Laura am Fenster stand und sein Blick auf das Bürogebäude fiel, in dem sie sich gefunden hatten.

»Ich auch«, sagte sie.

»Mein ganzes bisheriges Leben erscheint mir wie ein

Album mit ein paar unterbelichteten, verwackelten Schnappschüssen«, sagte Phil.

»Meins auch!« sagte sie. »Es war eben alles nur eine Art Vorspiel!«

Sie sprachen sehr ernsthaft miteinander, ohne sich zu berühren. Da sie für den Rest ihres Lebens zusammenbleiben würden, jetzt, wo sie sich endlich gefunden hatten, brauchten sie nicht hastig übereinander herzufallen.

»Mein Gott«, sagte er und dachte an all die nutzlos vertane Zeit.

»Es ist ja jetzt vorbei«, sagte sie und lehnte ihr Kinn ganz leicht an seine Schulter. »Aber in welchen Irrtümern man gefangen sein kann!«

Sie dachte an all die Jahre, in denen Jan und sie das Haus umgebaut und eingerichtet hatten.

Sie dachte an die Fahrten über Land und an den Tag, an dem sie in einem Abbruchhaus die alten Dielen für die Küche entdeckten.

Sie dachte an die Ladenregale aus der Jahrhundertwende und die handgeformten Schindeln, von denen es nur noch so wenige gab.

Sie dachte an all die Sommer, in denen der Garten langsam zu jenem Kunstwerk wurde, auf das sie später so stolz waren.

Sie dachte an die steinerne Bank unter dem Holunderstrauch und an die tanzenden Sonnenreflexe auf dem Seerosenteich.

Alles Ersatz, weil das Wichtigste fehlte. Lug und Trug. Tand! Alles nur Vorbereitung auf das Eigentliche, auf ein Leben mit Phil Jakobsen!

Es war das Wochenende nach Pfingsten, und sie hatten

genau achtzehneinhalb Stunden Zeit, das Karussell der Leidenschaft zum Rasen zu bringen und alles über Bord zu werfen, das seinen Zauber verloren hatte: die alten Küchendielen und die Ladenregale, die Terrakottatöpfe und die Steinputten, das Sonnensegel und die Sofas, die Korbsessel, die italienischen Fliesen, die Seerosen auf ihren Teichen und die Menschen, die der Mittelpunkt des Lebens gewesen waren.

Britta, Jan, Martin, Markus, Sandra, Kim und Lisa.

Sie ließen die Jalousien herab und stellten sie so ein, daß Streifen goldenen Lichts auf das Bett und ihre Körper fielen und die Haut und das Laken erwärmten. Laura legte das weite rote Kleid und den schwarzen Slip auf einen Stuhl. Dann blieb sie ruhig stehen, damit Phil sie betrachten konnte.

Nackt war sie nicht ganz so schlank wie angezogen, sie hatte sogar einen kleinen Bauch, den er ganz entzückend fand, und eine sehr hoch angesetzte Taille, weshalb ihre Beine noch länger wirkten, als sie es ohnehin schon waren. Die blonden Haare fielen ihr glatt bis zum Kinn und umgaben das Gesicht wie ein Rahmen.

»Komm her!« sagte er.

Sie legte sich an seine Seite, und er nahm sich viel Zeit, wie einer, der weiß, daß er nicht alles an einem Tag entdecken muß, weil er noch sehr oft wiederkommen wird.

Später sollten sie feststellen, daß sie bereits bei ihrem allerersten Mal diese beinahe unheimliche Übereinstimmung gespürt hatten und daß es keine Lust, sondern Liebe gewesen war.

»Wir hätten gar nicht miteinander schlafen müssen, um zu wissen, daß wir zusammengehören«, sagte er. »Aber so, wie es war, war es in Ordnung!«

»Sicher«, sagte sie. »Du warst mir vom ersten Augenblick an so vertraut, wie es Liebende manchmal werden, nachdem sie jahrelang zusammen sind.«

»Und wie du instinktiv gewußt hast, wie ich es mag!« sagte er.

»Langsam«, erwiderte sie. »Ich hasse jedes Bettgerangel, dieses tierische Herumgewälze, wie es manche glauben machen zu müssen, nur weil sie zu viele Pornos gesehen haben.«

»Die meisten erliegen diesem Irrtum«, sagte er.

»Fast food«, erwiderte sie.

»Sie wissen es eben nicht besser«, sagte er.

Laura war schon immer für die zärtliche Variante gewesen, diese schwingende Langsamkeit, in der Gefühle Zeit hatten, sich zu entwickeln. Sie war ein Typ für den langsamen Tango.

Nichts für Jan, der einen fetzigen Rock 'n' Roll vorzog, und wenn es einem das Genick brechen sollte. Wie hätten Jan und sie jemals zueinander finden sollen? Ja, wie hatten sich zwei so unterschiedliche Menschen *überhaupt* finden können?

»Phi-li-pe«, hatte Laura im entscheidenden Moment geflüstert und mit beiden Händen seine Schultern umklammert. »Oh, Phi-li-pe ...«, womit sie in Worte faßte, was ihr Körper bereits deutlich gemacht hatte: daß Phil Jakobsen etwas Besonderes war.

Britta hatte ihn in den entsprechenden Situationen Philli genannt oder Fips. Selbst Fipsi war möglich gewesen. Die Liebe mit ihr hatte immer etwas Spielerisches gehabt, etwas, das man nicht richtig ernst nehmen konnte, ein bloßer Spaß eben. Anfangs hatte er ihre Art, während der Liebe leise zu lachen, nett gefunden, später hatte es ihn irritiert, noch später hatte er sich beleidigt gefühlt.

»Ich habe immer nur Jan gehabt«, sagte Laura in seine Gedanken hinein, »und ich habe immer gewußt, daß es nicht das Richtige war. Aber wie wenig wir zueinander paßten, das weiß ich erst seit heute.«

»Es war geradeso«, sagte Phil, »als ob sich unsere Körper schon lange kennen!«

»Aber das tun sie doch auch«, sagte sie.

Nachdem sie geduscht hatten, wobei sie feststellten, daß sie zu den wenigen Paaren gehörten, die gemeinsam unter eine Dusche gehen können, ohne Platzangst zu kriegen, lagen sie wieder nebeneinander und gaben sich dem ewigen Dialog der Verliebten hin:

»Das hatte einfach so kommen müssen«, sagte er, während sie ganz still dalag, den Blick gegen die Decke gerichtet.

»Natürlich«, sagte sie. »Was hast du an dem Tag gemacht, an dem wir uns getroffen haben?«

»Ich bin...«, sagte er und hielt plötzlich inne, denn erst jetzt wurde ihm klar, daß er in all den Jahren so gut wie nie in die Caféteria gegangen war. Aber an diesem Tag war er auf dem Weg zur Zentrale, wie unter Zwang, links abgebogen, von einem unerklärlichen Verlangen nach einer Tasse Kaffee getrieben.

Natürlich konnte es auch etwas damit zu tun haben, daß seit Tagen die Kaffeemaschine defekt war, die sie sich im Büro hielten, und er seinen kleinen Aufputscher am Mittag einfach gewohnt war; aber war nicht schon das Kaputtgehen der Maschine ein deutliches Omen, eine schicksalhafte Fügung?

»Ich bin sage und schreibe an diesem Tag zum erstenmal in

fünfzehn Jahren in die Caféteria gegangen«, sagte er schließlich. »Wie von einem fremden Willen gelenkt! Und du?«

Sie arbeitete erst seit einem Vierteljahr bei *Klemmer & Söhne*, und es durchrieselte ihn bei dem Gedanken, daß er stets zur gleichen Zeit ahnungslos hinüber in das italienische Bistro gegangen war, in dem er seine Mittagspause zu verbringen pflegte, zu der Laura an einem der Plastiktische in der Caféteria gesessen und gleichfalls nichtsahnend in ihrem Tee gerührt hatte.

»Aber wieso hast du an dem bewußten Montag eine ganze Stunde später Pause gemacht als sonst?« fragte er.

»Meine Kollegin war krank geworden«, sagte sie. »Gürtelrose! Anfangs war ich ärgerlich wegen der Mehrarbeit, aber heute«, sie lächelte Phil vielsagend an, »sehe ich die Sache anders!«

»Du meine Güte«, sagte Phil, »Gürtelrose ist ein bißchen arg!«

»Na, jetzt wird sie ja schnell wieder gesund werden«, sagte Laura, »wo ihre Mission erfüllt ist!«

»Wir sollten ihr Blumen schicken«, sagte Phil, und wieder fanden sie sich in diesem befreienden gemeinsamen Lachen.

»Ich hab' immer an einem Fenstertisch gesessen«, sagte Laura nach einer Weile. »Und vielleicht hab' ich dich manchmal hinübergehen sehen!«

»Dann hättest du was gespürt«, sagte er.

»Das ist wahr«, sagte sie.

»Ich krieg' eine Gänsehaut«, sagte sie später, als sie aus dem Bad kam, nackt und langgliedrig, das Handtuch zu einem Turban um ihr Haar gewickelt, »wenn ich mir vorstelle, daß wir ganze zwanzig Kilometer Luftlinie voneinander entfernt gewohnt haben, ohne einander je zu begegnen, und was alles nötig war, daß es endlich dazu kam. Ich mußte mir«, fügte sie nachdenklich hinzu, »sogar einen Bürojob suchen, obwohl ich das Geld nicht brauchte und gar nicht geeignet bin für so was!«

Aber letztendlich, kamen sie schließlich überein, brauchen sich die, die füreinander bestimmt sind, keine Gedanken zu machen. Früher oder später wird das Schicksal dafür sorgen, daß sie einander finden...

In diesem Fall waren ein Bürojob, eine defekte Kaffeemaschine und eine Gürtelrose notwendig gewesen, damit geschehen konnte, was geschehen sollte... Genaugenommen gar nicht so viel.

Aber daß Phil seine gerade erst angezündete Zigarette ausdrückte, ehe er vom Bett aufstand und Laura an sich zog, daß ihr beinahe die Sinne schwanden, hatte nichts mit dem Schicksal zu tun. Nach einem Ausflug ins nicht näher Erklärbare war Phil auf die Erde zurückgekehrt. Diesmal liebte er nicht die »andere Hälfte seiner selbst«, diesmal liebte er die Frau seiner Träume, die »Frau mit dem Turban«, und er mußte verdammt aufpassen, daß aus dem langsamen Tango kein fetziger Rock 'n' Roll wurde.

5

Jan-und-Laura

Es gibt Frauen, die so treu sind, daß eine einmalige Untreue sie aus der Bahn werfen und hinaus ins All schleudern kann.

Laura war so eine Frau. Obwohl sie bereits ihren siebzehnten Hochzeitstag hinter sich hatte, war sie Jan nicht einmal in Gedanken je untreu geworden. In Lauras Leben hatte es immer nur ihn gegeben, und es fehlte ihr jede Erfahrung, wie man mit einem Abenteuer umgeht. Kein Wunder, daß Welten einstürzten, als Phil Jakobsen ihren Weg kreuzte.

Jan und Laura lebten seit fünfzehn Jahren in Oberursel, dreißig Kilometer von der City entfernt.

Die Villen in ihrer Straße waren zum größten Teil in den siebziger Jahren gebaut worden, aber das Haus, das sie vor zwölf Jahren gekauft und mit Enthusiasmus restauriert hatten, stammte noch aus der Vorkriegszeit, als in der damals wenig besiedelten Gegend Kleinbauern ihre Äcker bestellt hatten. Heute war das Stadtgebiet bis an die Grundstücksgrenze vorgerückt, wenn auch das Haus selbst noch immer von einem großen, wilden Garten umgeben war und den liebenswürdigen Charme vergangener Zeiten ausstrahlte. Aber durch die dichte Weißdornhecke drang der Lärm der

A 661, vermischt mit dem Krach des nahe gelegenen Parkplatzes.

Dennoch betrat man mit dem Grundstück eine andere Welt, eine Wildnis voller Zauber und ein Haus, das wie eine Bühnenkulisse inszeniert war. Was die Gestaltung ihres Lebensraumes betraf, so hatten Jan und Laura schon immer ideal harmoniert, so wie sie überhaupt harmonierten – im Ganzen gesehen!

Auf die Frage, ob sie eigentlich mit ihrem Leben zufrieden sei, hätte Laura stets mit einem etwas überraschten: »Aber sicher« geantwortet, überrascht, weil sie sich diese Frage selbst noch nie gestellt hatte. Natürlich war sie glücklich, was denn sonst?

Jan und sie waren ein starkes Gespann, voller Ideen und Energie, und sie hatten eine Menge aus ihrem Leben gemacht: ein Architekturbüro gegründet, ein Haus renoviert und ein Zuhause geschaffen, das zum Zentrum der familiären Zusammenkünfte geworden war. Sie hatten einen großen Freundeskreis aufgebaut und ihren Söhnen jene Kindheit geschenkt, die sie selbst gerne gehabt hätten. Martin und Markus waren jetzt zwölf und acht Jahre alt und gehörten zu den seltenen Exemplaren von Kindern, die nach der Schule gerne nach Hause kommen und an ihren Eltern nichts auszusetzen haben.

»Jan und Laura sind schon okay!« pflegten sie zu sagen.

Jan war neun Jahre älter als Laura. Er gehörte nicht unbedingt zu den Männern, die man als »gutaussehend« oder »repräsentabel« bezeichnen würde, dennoch folgten ihm die Augen der Frauen, wenn er, den Arm um Lauras Schultern gelegt, vorüberging. Man spürte die Wärme, die von ihm ausging, und irgend etwas nicht näher Definierbares, so etwas wie Zuversicht und Trost. Und die Liebe, die dieser Mann für seine Frau empfand.

Jan und Laura waren das Vorzeigepaar ihres Reviers, und niemand wäre auf die Idee gekommen, sie einzeln zu benennen.

Jan-und-Laura waren ein fester Begriff, so wie *Klemmer & Söhne* oder *Architektur & Design*. Sie waren das Paar, das man gern auf Partys einlud und bei dem man gern zu Gast war. Jan war im Vorstand des Tennis- und des Golfclubs, und Laura war jahrelang im Elternbeirat gewesen und hatte sich für die Einrichtung des Kunstcenters eingesetzt. Wenn sie Hand in Hand auf Partys auftauchten, folgten ihnen bewundernde Blicke, in die sich ein bißchen Neid mischte.

Und voll verborgener Trauer waren die Augen derjenigen, die ihren Lebenspartner gerade zum drittenmal gewechselt hatten, wenn ihnen aufging, daß sie Sicherheit und Wärme für flüchtige Abenteuer verschenkt hatten. Manch einer kroch Bitterkeit die Kehle hinauf, wenn sie an ihre eigene gescheiterte Ehe dachte, obwohl der Mann, den sie verlassen hatte, natürlich nicht wie Jan gewesen war.

Einen Mann wie Jan verließ man nicht, wobei die Tatsache, daß eine so schöne Frau wie Laura ihm seit siebzehn Jahren die Treue hielt, seinen Marktwert zusätzlich steigerte. Aber das war, außer Jan selbst vielleicht, niemandem so recht bewußt.

Laura lebte gern mit Jan. Er gehörte zu den Männern, die ihrer Frau den Arm um die Schultern legen, wenn sie Gäste begrüßen, und ihr auch nach siebzehn Jahren noch in den

Mantel helfen. Er brachte ihr Rosen mit, wenn er an einem der Stände in der Wetterau vorbeikam, und klemmte einen Gutenmorgengruß hinter den Wischer ihres Autos. Samstags schlief er mit ihr.

Laura war eine begabte Frau, die viel wußte.

Sie wußte ein Haus einzurichten und zu führen, sie wußte Kinder zu erziehen und Gäste zu unterhalten, sie wußte einen Garten wirkungsvoll in Szene zu setzen, eine Reise zu planen und sich zurechtzumachen. Und sie wußte instinktiv, Jans Interesse wachzuhalten. Nur das eine, das Wichtigste, wußte sie nicht: daß er der ideale Mann für sie war, in einem Leben wie maßgeschneidert.

»Ich möchte endlich einmal etwas für mich selbst tun«, hatte sie in jener Samstagnacht gesagt, nachdem sie auf Bernhards Party gewesen waren.

Laura trug an jenem Abend ein schmales, braunes Seidenkleid mit einem tiefen Ausschnitt und einem raffiniert gewikkelten Rock, der sich eng an ihren Körper schmiegte und ihre schmalen Hüften betonte, und Jan hatte ihr quer durch den Raum einen seiner Lächelblicke zugeworfen, die sie noch immer liebte.

»Heute ist Samstag!« hatte der Blick gesagt, und Laura hatte, von den anderen unbemerkt, mit dem Kopf genickt und leicht das Handgelenk mit der Armbanduhr gehoben.

»Wir wollen bald gehen«, hatte die Geste bedeutet, und wirklich war Jan nach einer guten halben Stunde gekommen und hatte sich bei dem Gastgeber wegen des frühen Aufbruchs entschuldigt.

Es war wunderbar, sich mit Gesten verständigen zu können, die Belohnung für ein langes gemeinsames Leben.

Jetzt saßen sie sich in den weißgepolsterten Rattansesseln gegenüber und tranken ein letztes Glas Champagner. Jan trug ein schwarzes Seidenhemd und schwarze Jeans, eine Verkleidung, die weniger zu ihm selbst als zu der Party paßte, die sie besucht hatten. Einmal mehr ließ er seinen Blick auf Laura ruhen und liebte sie dafür, daß sie einen so durchschnittlichen Kerl wie ihn geheiratet hatte.

»Was möchtest du denn tun, Liri?« fragte er.

»Ich muß mir etwas beweisen«, sagte Laura und blickte in die Schwärze des Gartens, dessen hinterer Teil golden beleuchtet war.

»Und was sollte das sein, nachdem du schon so viel bewiesen hast?«

»Zum Beispiel, daß ich imstande bin, eigenes Geld zu verdienen.«

Laura hatte zum Zeitpunkt ihrer Heirat ihre Ausbildung aufgegeben, obwohl sie bestimmt eine gute Bühnenbildnerin geworden wäre, aber sie hatte den Entschluß nie bereut. Jans Einkommen gestattete es ihr, eine verschwenderische Innenarchitektin zu werden und ihre ganz persönliche Wohnwelt zum Bühnenbild zu machen. Zu einem Bühnenbild zudem, dessen Kulissen ständig wechselten.

»Und wo soll der Ort dieser Selbstbestätigung sein?«

»Irgendwo«, sagte sie, »wo es ganz normal zugeht. In einem ganz normalen Büro, in dem ganz normale Leute arbeiten!«

Jan lächelte. Hier sprachen die ungenutzten Energien der verwöhnten Frau. Peter Stolls Gattin (Industriedesign) hatte plötzlich Sozialarbeit leisten wollen, und die von Bernd Malskötter (Kunstgalerie) stand seit einigen Monaten mit unbewegtem Gesicht vor der Kaufhalle und bot den *Wachturm* an.

»Gehen wir schlafen«, sagte er und zog sie aus dem Sessel in die Höhe, wobei er sie zärtlich in die Arme nahm. Sie fühlte sich noch immer so mädchenhaft an wie früher, so gar nicht verändert.

»Ich habe gute Beziehungen zu *Klemmer & Söhne*«, sagte er wenig später, während er sich auszog. »Einem Ingenieurbüro in der City. Wenn du unbedingt möchtest, könnte ich das arrangieren!«

Er lächelte sie an. »Und mit deinem Gehalt finanzierst du dann den Haushalt, und ich setze mich zur Ruhe, es sei denn«, er knöpfte langsam ihr Kleid auf und schob die Träger ihres Seidenhemdes hinab, »du gibst nach einem Vierteljahr auf und kommst deiner eigentlichen Bestimmung nach!« Er sah zu, wie ihr das Hemd bis zur Taille hinunterglitt, und folgte mit den Händen dem Bogen ihres Halses.

»Und was, meinst du, wäre meine Bestimmung?« fragte sie.

Er vergrub sein Gesicht in ihren Haaren und küßte sie.

»Ganz einfach das Leben zu verschönern«, sagte er dann.

Es gab Samstage, an denen Laura keine Lust hatte, und selbstverständlich hatte Jan meist Rücksicht darauf genommen.

Sie war eben keine von den leicht erregbaren Frauen, was, wie er bei sich dachte, ja auch seine Vorteile hatte. Aber wenn es dann endlich dazu kam, war er nicht so zärtlich, wie er es gern gewesen wäre, und manchmal fragte er sich, ob Laura eigentlich zu ihrem Recht kam und ob er sich nicht hin und wieder von der aufgestauten Leidenschaft hinreißen ließ. Und ob ihre Lustlosigkeit wohl nicht eine Folge seiner ständigen Lust war?

Aber hinterher wich ihre Passivität stets einer erleichterten Zärtlichkeit, so daß er beruhigt einschlafen konnte.

Es war schon in Ordnung, so wie es war.

Als Laura und Phil am Sonntagabend, jeder für sich, nach Hause fuhren, wußten sie, daß ihr Schicksal besiegelt war und somit auch das Schicksal von Jan, Martin, Markus, Britta, Kim, Sandra und Lisa.

Natürlich ahnten diese nichts davon.

»Wir wollen es ihnen schonend mitteilen«, hatte Phil gesagt, »etappenweise, damit es nicht so weh tut.«

»Sie können ja nichts dafür«, hatte Laura geantwortet, »so wie wir nichts dafür können.«

Phil hatte den Eindruck, endlich wieder intakt zu sein. Er spürte eine wohltuende Wärme in sich, und seine wahre Identität, die unmerklich verlorengegangen war, war zurückgekehrt.

Laura hatte das verrückte Gefühl, süße Sahne in den Adern und eine Wirbelsäule aus Samt zu haben. Diese diffuse Steifheit im Nacken, die sie in den vergangenen Jahren immer deutlicher gespürt hatte, war wie weggezaubert, ebenso der leichte Druck hinter der Stirn. Ihre Augen begegneten sich im Rückspiegel, und sie waren strahlend und klar wie zu der Zeit, als sie zum erstenmal verliebt gewesen war.

Laura hatte Jan erzählt, daß die Abteilung, in der sie nun seit sechs Wochen arbeitete, einen Betriebsausflug an die Mosel plane, und Jan hatte gelacht und ihr alles Vergnügen der Welt gewünscht.

»Es war vielleicht wirklich nötig, daß du einmal etwas ganz allein für dich hast«, hatte er gesagt. »Es gibt Menschen, die das brauchen, auch wenn ich selbst...«, seine Augen waren zärtlich auf ihrem Körper spazierengegangen, »nicht dazugehöre!«

Als Laura das Wohnzimmer betrat, saß Jan vor dem Fernseher und sah sich eine Fußballübertragung an. Er machte den Apparat sofort aus und öffnete eine Flasche Wein.

»Erzähl, wie es war, Liri«, sagte er. »Du siehst ja ganz entzückt aus!«

»Es war wunderbar«, sagte sie, ohne zu lächeln. »Ich war die ganze Zeit mit einem anderen Mann zusammen!«

Er warf ihr einen amüsierten Blick zu.

»Wo?« fragte er.

»Im Frankfurter Holiday Inn, im obersten Stock, sie haben da eine Suite mit Blick über die Stadt und einem extra breiten Bett, und da haben wir uns getroffen und uns ungeniert dem Liebestaumel hingegeben.«

Jan warf den Kopf zurück und lachte, bis ihm die Tränen kamen. Dann stand er auf und beugte sich zu Laura hinunter.

»Du bist und bleibst meine Liri«, sagte er. Und in gespieltem Ernst: »Wie hieß denn der Mann?«

»Phil Jakobsen!«

»Natürlich«, lachte Jan. »Phil Jakobsen, natürlich, natürlich. Ein Kerl mit dichtem, schwarzem Haar, stahlblauen Augen und breiter Brust. Am Handgelenk die Designeruhr!«

Er beruhigte sich.

»Und wo wart ihr wirklich? Ich meine, du und deine Kollegen?«

Laura erzählte eine lange Geschichte, in der eine Busfahrt

und ein Keller voller Weinfässer, Bruderschaftsküsse, Schlachtplatten und Thekenwitze tragende Rollen spielten.

»Man muß so was einfach mal erlebt haben!« fügte sie hinzu.

»Aber sicher«, bestätigte Jan.

Als Jan an diesem Sonntagabend mit ihr schlief – Sonntag, weil sie Samstag nicht zu Hause gewesen war –, hielt er plötzlich inne und drehte sich zur Seite.

»Was ist los?« fragte er.

»Nichts«, sagte sie, »ich bin einfach total fertig.«

Sie war auch am vergangenen Samstag total fertig gewesen und würde es an den kommenden sein, jetzt, wo sie wußte, wie es sein konnte.

6

Denn das Böse ist immer und überall

An den Sonntagnachmittagen war in Neuweststein noch nie viel los gewesen, aber nachdem es die Anwohner nach und nach aufgegeben hatten, ihre freien Stunden zu Hause zu verbringen, und die Gärten verstummt in der Sonne brüteten, war die sonntägliche Tristesse quälend geworden.

Britta kam sich wie vergessen vor, wenn sie allein auf der Terrasse saß und die leere Straße entlangblickte, auf der früher Kinder gespielt und Nachbarn miteinander geplaudert hatten. Damals, als solche Dinge noch etwas galten und man sich freute, wenn jemand über den Zaun rief, man solle doch auf ein Glas hinüberkommen. Heute stand der Gartengrill verrostet in der Ecke, und die alte Schuster von gegenüber hatte keinen Grund mehr, sich über Rauchschwaden und Gelächter zu beschweren und mit der Polizei zu drohen.

Der Winter bot weniger Tücken. Man konnte sich in sein Schneckenhaus zurückziehen und Kerzen anzünden. Man konnte Fenster und Türen vor der Außenwelt verschließen – und die Tatsache, daß Phil immer seltener am Familienleben teilnahm, besser ignorieren. Obwohl es natürlich absurd war, ins Grüne zu ziehen, um sich dann vor dem Sommer zu fürchten...

Seitdem die Kinder größer waren, fiel Britta Phils häufige Aushäusigkeit deutlicher auf als früher. Zwar kehrte er abends pünktlich aus dem Büro zurück, aber dann bastelte er den ganzen Abend in der Garage herum, rannte Samstag mittags auffallend lange mit Timm Fischer durch den Wald oder verbrachte viele Stunden bei Harry vom Computerdienst, um neue Programme auszuprobieren. Aber daß er von Freitagabend an das ganze Wochenende über wegblieb, geschah heute zum erstenmal.

Britta holte die Zutaten für den Salzteig, aus dem Lisa und sie einen Kranz für die Kinderzimmertür formen wollten, aus dem Schrank und warf einen Blick auf die Straße hinaus, die wie ausgestorben dalag. Eine frühsommerliche Hitze brütete über den Gärten. Hinter den Fenstern der gegenüberliegenden Häuser flimmerten die Fernsehapparate.

Britta fühlte seit einiger Zeit einen diffusen Druck auf der Brust. Irgendwo unterhalb des Schlüsselbeins hatte sich der Alp eingenistet, der seit einiger Zeit zum Hausstand gehörte – stellvertretend für Phil, wie Britta jetzt manchmal dachte. Sie hatte den fertigen Teig gerade mit einem Tuch bedeckt und zur Seite gestellt, als sie Grit aus dem Haus kommen sah. Grit nahm die Abkürzung durch den Garten und stieß kurz darauf die Terrassentür auf. Sie hauchte Britta einen Kuß auf die Wange und ließ sich auf die Küchenbank fallen.

»An einem Tag wie heute stehe ich unter einem enormen Entscheidungszwang«, sagte Grit und zündete sich eine Zigarette an. »Schneide ich mir die Pulsadern auf, oder geh ich zu Britta einen trinken?«

Sie lachte und angelte die Cognacflasche vom Regal. »Für heute hab' ich mich für ein mildes Besäufnis entschieden.«

Sie schenkte zwei Gläser ein und bedachte Britta mit einem abschätzenden Blick.

»Wo ist Phil?«

Britta ließ die goldbraune Flüssigkeit im Glas kreisen, ehe sie einen tiefen Schluck nahm.

»Er besucht einen alten Schulfreund.«

»Welchen Schulfreund?«

Britta klappte das Bügelbrett auf, heizte das Eisen an und begann die Hemden der letzten Woche zu bügeln.

»Na, einen Schulfreund eben!«

»Hat er auch einen Namen?«

»Bis jetzt noch nicht!«

»Komisch!«

Britta besprengte das Hemd mit Wasser und zog den Kragen in Form. Seitdem die Herren zu Naturfasern – Baumwolle, Leinen, Seide – zurückgekehrt waren, war das Hemdenbügeln fast so aufwendig geworden, wie es früher einmal war.

»Was ist denn daran so komisch? Phil ist zwölf Jahre lang zur Schule gegangen, also hatte er auch Freunde.«

»Wenn plötzlich wie aus heiterem Himmel Schulfreunde auftauchen, von denen man noch nie etwas gehört hat, dann heißen die in den allerhäufigsten Fällen Ludmilla oder Ira-Gerlinde.«

Britta spürte ein ungutes Gefühl in der Kehle. Grit, das wurde gemunkelt, ging selbst fremd, wobei sie nicht einmal sehr wählerisch war. In erster Linie sollte es ihr darum gehen, ihrem Mann die Liebschaft mit Vanessa, der Helferin des evangelischen Kindergartens, heimzuzahlen. Vanessa war ihrerseits verheiratet mit Rudi, dem Taxifahrer, der es ganz ungeniert mit jeder trieb, die sich dazu bereit erklärte. Wahrscheinlich konnte man sich in Grits Kreisen ein intaktes Ehe- und Familienleben gar nicht mehr vorstellen.

»Was macht Lotta?« versuchte sie abzulenken. »Geht es ihr wieder besser?«

Lotta und Grit waren Joggingpartnerinnen gewesen, ehe Lotta depressiv wurde und sich hinter den herabgelassenen Jalousien ihres Schlafzimmers der Tablettensucht hingab. Bis zu jenem Samstagabend, an dem sie versucht hatte, sich umzubringen.

Grit lachte. »Seitdem sie sich an den Wochenenden regelmäßig mit einer alten Schulfreundin trifft, geht es ihr besser. Ihre Ehe ist auch wieder intakt«, fügte sie hinzu. »Bei Sebastian sind plötzlich sogar eine ganze Reihe von Schulfreunden aufgetaucht, die er regelmäßig aufsucht. Ein Klassentreffen sozusagen.«

Sie grinste unfroh. »So etwas hält, wie man überall hört, alte Ehen munter, Sonntag nachts tauschen Lotta und er wahrscheinlich ihre Erfahrungen aus. Auch eine Art von Verbundenheit, würde ich sagen.«

Sie steckte sich eine neue Zigarette an der alten an und warf Britta einen ironischen Blick zu.

»Phil ist natürlich die berühmte Ausnahme. Aber«, fügte sie hinzu, »höre auf den Rat einer weisen Frau: Wehret den Anfängen! Alte Schulfreunde, die plötzlich aus dem Nichts auftauchen, gehören hier an euren gemeinsamen Tisch und sonst nirgendwohin.«

Weniger eine weise Frau als eine alte Hexe, deren Lebenszweck es ist, Gift auszustreuen, dachte Britta. Sie hätte es gern gesehen, wenn Grit sich verabschiedet hätte, aber es bestand kein Grund zum Gehen. Grit wurde von niemandem erwartet und Britta von niemandem gebraucht. Außer ihr und dem Alp befand sich nur Lisa im Haus, und die lag zufrieden vor dem Fernseher und sah sich die Kinderstunde an.

»Gib mir noch einen Cognac«, sagte sie.

Später, als die beiden Großen nach Hause gekommen waren und sich zu Britta und Grit an den Küchentisch setzten, um ihre Erlebnisse auszupacken und auf ihr Recht auf mütterliche Aufmerksamkeit zu pochen, was Grit dazu veranlaßte, zurück in ihre eigene Küche zu gehen, als sie dann den Kranz aus Salzteig geformt und sich über die Kuchenreste hergemacht hatten, als die Kinder endlich in ihren Betten lagen und Britta sich einen Western ansah, verwandelten sich Grits Ahnungen zu einer schmerzenden Gewißheit. Britta hatte den Ton des Fernsehers abgeschaltet, so daß die Bilder lautlos über den Bildschirm flossen, auf dem schöne Frauen stumme Schreie ausstießen und Pferde sich in gespenstischer Tonlosigkeit aufbäumten, ehe sie, von einer Kugel getroffen, zusammenbrachen.

Anstelle der Stimmen hörte Britta die Küchenuhr ticken und das Summen der Tiefkühltruhe. Sie hörte, wie der Boiler im Bad ansprang, und den Wind, der draußen durch die Büsche strich. Irgendwo wurde eine Tür zugeschlagen, und der Hund, der am Ende der Straße in einem Zwinger gehalten wurde, heulte wie ein Schakal.

Auf dem Bildschirm gefror das Lachen des Helden zu einer Grimasse, ehe er sich mit einem Ausdruck unendlicher Verwunderung an die blutende Brust faßte und rückwärts in den Staub fiel.

»Es scheint nicht sehr weh zu tun«, dachte Britta und wandte sich um, weil sie Lisas kleine Füße die Treppe herunterpatschen hörte. Sie stand automatisch auf, um Lisa an die Hand zu nehmen und sie wieder ins Bett zurückzubringen. Weil ihr heute die Kraft fehlte, sich zu wehren, erzählte sie ihr die einhundertzweiunddreißigste Folge jener geheimnisvollen Geschichte, die nur sie beide kannten und die schon bald ein Ende nehmen sollte, ohne zu einem Schluß gelangt zu sein. Dann nahm sie ihr das Versprechen ab, jetzt ganz schnell einzuschlafen.

»Wo ist Papi?« fragte Lisa.

»Papi trifft sich heute mit einem alten Schulfreund«, sagte Britta. »Er kommt deshalb etwas später nach Hause, aber wenn du morgen früh aufwachst, ist er wieder da!«

»Was ist ein alter Schulfreund?« fragte Lisa, die Meisterin der Konversation.

»Mit einem Schulfreund ist man zur Schule gegangen«, sagte Britta und drückte Lisa das Schlafhäschen in den Arm.

»Und ein *alter* Schulfreund?«

»Ein *alter* Schulfreund ist einer, mit dem man früher, vor vielen, vielen Jahren, einmal zur Schule gegangen ist.«

»Ist Papi denn schon alt?« bohrte Lisa nach.

»Nein, natürlich nicht! Es ist nur schon sehr lange her, daß er zur Schule gegangen ist«, antwortete Britta mit dieser bebenden Ungeduld in der Stimme, die sich neuerdings so schwer unterdrücken ließ. »Und nun schlaf endlich!«

»Wenn man alt ist, dann stirbt man bald«, stellte Lisa fest.

»Papi ist nicht alt!«

»Vanessa im Kindergarten hat gesagt, daß alte Leute immer sterben und junge Leute nur manchmal!«

Bei dem Wort Vanessa begann ein Drähtchen in Brittas Hirn zu vibrieren, und sie spürte gleichzeitig ihr Herz hysterisch gegen die Rippen schlagen.

»Vanessa redet Unsinn«, sagte sie, und an der Art, wie sie das Licht löschte, und an dem Klang ihrer Schritte auf der Treppe merkte Lisa, daß es für heute zwecklos war, auf eine weitere Variante der abendlichen Unterhaltung zu hoffen.

Weder *Durst* noch *Pipi* noch *Angst* würden den gewünschten Erfolg erzielen.

Als sich endlich der vertraute Ton des Wagens dem Haus näherte und kurz darauf das Licht der Scheinwerfer an den Fenstern entlangstrich, das Garagentor quietschte und der Motor abgestellt wurde – Geräusche, die in Britta wie immer dieses wunderbare Gefühl von Geborgenheit hervorriefen –, als das helle Klingeln ertönte und sich gleichzeitig der Schlüssel im Schloß drehte, als Phil dann endlich ins Wohnzimmer trat, da hatte Britta das sichere Gefühl, daß etwas Neues begonnen hatte. Phil war von einer Aura umgeben, er strahlte Glück aus und roch nicht, wie so oft, nach Pflicht, sondern nach Freiheit und Freude. Er setzte sich an den Küchentisch und machte sich über das Schinkenbrot her, während er sein Bier trank und von seinem alten Schulfreund erzählte, und dabei bemerkte Britta ein Funkeln in seinem Blick, das in ihre allererste gemeinsame Zeit gehörte.

Später nahm er Britta das Buch aus der Hand, in dem sie vor dem Einschlafen gelesen hatte. Er löschte das Licht und schloß die Jalousetten, so daß der Schein der Straßenlaterne in goldenen Streifen ins Zimmer fiel. Dann zog er ihr das Nachthemd über den Kopf. Er legte sich wortlos auf sie und begann sie auf eine Weise zu lieben, daß Britta zum erstenmal jenen Kick spürte, von dem sie so oft gelesen und auf den zu hoffen sie irgendwann aufgegeben hatte.

Es war, als würde sie von einem Unbekannten geliebt, von dem sie nichts weiter wußte, als daß er ein hinreißender Liebhaber war. Dieser Mann war nicht der Phil, den sie kannte, und sie war nicht die Frau, die zu sein sie geglaubt hatte.

Phil hatte noch nicht oft genug mit Laura geschlafen und ihren Namen noch nicht oft genug ausgesprochen, deshalb verriet er sich nicht. Aber als er wieder zu sich kam, hatte er das verrückte Gefühl, Laura betrogen zu haben.

Er drehte sich um und schloß die Augen, und Laura war da, und der ganze Raum roch nach ihrem Parfum.

Am nächsten Morgen saß Britta am Tisch und ging die Liste mit Besorgungen für Lisas fünften Geburtstag durch, als Phil in die Küche kam. Aber er warf ihr nicht wie sonst ein rasches Abschiedswort zu, sondern beugte sich über ihren Nacken und küßte sie so zärtlich, wie er es noch nie getan hatte.

Überrascht sah sie ihm nach, wie er durch den Vorgarten zur Garage ging. Sein Schritt war nicht so zielgerichtet wie sonst, und mit einem Gemisch aus Rührung und Hoffnung sah Britta, wie Phil einen Augenblick lang stehenblieb, um den blühenden Rhododendron zu betrachten. Sie wischte sich die Tränen aus dem Gesicht und dachte, daß sie niemals auch nur die leiseste Ahnung gehabt hatte, wer Phil wirklich war.

7

Brennende Liebe

Sie hatten versucht, wie zwei ganz normale Leute einen Waldspaziergang zu machen, aber sie waren eben nicht wie normale Leute. Sie waren etwas Besonderes.

Es war Sonntagnachmittag, ein grauer Tag mit leichtem Nieselregen, der alle, die nicht liebten, dazu zwang, zu Hause zu bleiben und auf die Mattscheiben zu starren, weil ihnen nichts Besseres mehr einfiel. Aber bei der »Heidehütte«, einem Bretterverhau mit Wandbänken, hatten sie es dann nicht mehr ausgehalten. Phil riß den Reißverschluß von Lauras gelbem Regenmantel auf und den der Jacke, die darunter war, und überwand die sieben weißen Knöpfe, die die letzte Barriere bildeten. Dann küßte er sie, und sie legte ihre kühle Hand auf seinen heißen Nacken und machte ihm, die Lippen dicht an seinem Ohr, ein Geständnis: Ihr Leben hatte just in jener Sekunde begonnen, in der ihre Augen den seinen begegnet waren. Sie war jetzt genau sechzehn Tage alt.

Zum erstenmal empfand Phil dieses Gemisch aus Liebe, Verlangen und Erregung, nach dem er so lange gesucht hatte. Er zog sie über sich auf die Bank, auf der schon andere Paare ihren Liebeswahn verewigt hatten. Es gab die brutale, die vulgäre und die romantische Variante, die, die ohne Herzchen nicht auskommt. Phil lag zwischen dem Geständnis »I love Martin« und der eindeutigen Aufforderung »fuck me« und starrte über Lauras Schulter hinweg in das helle Viereck des Himmels, vor dem sich die Zweige der Bäume im Wind bewegten. Er dachte an all die sinnlos vergeudeten Sonntage, an denen es diese Hütte und dieses Himmelsviereck schon gegeben hatte.

»So etwas erleben die anderen nicht«, sagte er.

»O nein«, sagte sie.

Sie waren von der Aura der Auserwählten umgeben, denen, kraft ihrer Liebe, alles gelingen wird. Und was die anderen betraf: Britta, Jan, Sandra, Kim, Lisa, Martin und Markus ... sie lebten in einer entzauberten Welt voller stupider Rituale.

»Ich habe niemals Kinder haben wollen«, sagte Phil zu Laura im Bewußtsein dieses wunderbaren Vertrauens, das er vom ersten Augenblick an in sie setzen konnte.

»Ich habe auch nie ein Haus in Neuweststein und einen dieser spießigen Gärten haben wollen, eingezwängt zwischen andere Gärten.«

»Dieser Vorstadtblues«, sagte Laura, »oh, wie ich ihn kenne und wie ich ihn hasse.«

»Sie hat mir diesen Lebensstil unmerklich aufgezwungen«, sagte Phil. »Sie wollte zu Hause bleiben und Kinder kriegen, und sie blieb zu Hause und kriegte welche.«

»Sehr bequem«, sagte Laura. »Ich möchte bestimmt nichts gegen sie sagen; aber manchmal frage ich mich, ob diesen Haustierchen eigentlich bewußt ist, was ihr Mann Tag für Tag in einer Leistungsgesellschaft ertragen muß!«

Laura arbeitete jetzt in der siebenten Woche bei *Klemmer & Söhne* und konnte mitreden.

»Ich war ja selbst zu Hause, als die Kinder noch Babys waren, obwohl ich Jan natürlich voll im Büro unterstützt habe. Sonst wäre ich mir wie eine Schmarotzerin vorgekommen.«

Sie betrachtete Phil mit einem Blick voller Mitleid.

»Was macht deine Frau denn den ganzen Tag? Tennisspielen?«

»Ich weiß nicht, was sie tut«, sagte Phil. »Ich weiß nur, daß unser Wohnzimmer allmählich einem Kunstgewerbeladen gleicht und daß sie nach so vielen Jahren immer noch nicht abschätzen kann, wieviel Lebensmittel man für einen Haushalt wie den unsrigen benötigt. Sie kocht grundsätzlich von allem zuviel ...«

»Wegschmeißen ist ja so einfach«, sagte Laura. »Was das kostet!« Sie strich Phil tröstend über die Stirn und seufzte voller Mitgefühl.

»Aber«, sagte sie dann, »ich denke, daß es auch eine Art Flucht ist. Es tut nicht gut, wenn ein erwachsener Mensch so lange ohne sinnvolle Arbeit ist. Wahrscheinlich hat sie schon eine leichte Neurose!«

»Möglich«, sagte Phil.

Sie waren sich darüber einig, daß es nur zu Brittas Bestem sei, wenn sie durch die bevorstehende Scheidung sanft dazu gezwungen würde, endlich etwas Sinnvolles aus ihrem Leben zu machen.

»Wie alt sind Brittas Kinder denn jetzt?« fragte Laura.

Phil mußte sich anstrengen nachzurechnen. Er konnte sich weder die Geburtstage noch das genaue Alter seiner Kinder merken und war auf heimliche Gedächtnisstützen angewiesen.

»O Gott, ich bring' das immer durcheinander«, sagte er.

»Verständlich bei so vielen Kindern«, sagte Laura.

Sandra wurde geboren, noch ehe das Haus stand, also war sie jetzt zehn Jahre alt. Kim war in dem Sommer zu ihnen gekommen, als der Dachstuhl ausgebaut wurde, und Lisa wurde immer »unsere kleine Schwedin« genannt, weil sie in Schweden gezeugt worden war, in jenem Sommer, in dem er sein erstes Boot gekauft hatte...

»Zehn, sieben und vier«, sagte er schließlich.

»Na, dann sind sie ja aus dem Gröbsten heraus«, sagte Laura. »Meine Söhne sind zwölf und acht, und ich liebe sie so, wie eine Mutter ihre Söhne lieben sollte; aber wenn ich mir vorstelle, daß ich ihnen den falschen Mann zum Vater gegeben habe...«

Sie hatten diesmal ein kleines verschwiegenes Waldhotel gewählt und umklammerten sich wie Ertrinkende, die versuchen, sich gegenseitig aus dem Sumpf zu ziehen.

»Was hast du am Sonntagabend gemacht«, fragte Laura, »nachdem wir uns getrennt haben?«

»Mit Britta geschlafen«, sagte Phil. »Ich...«

»Ist in Ordnung«, sagte Laura. »Du sollst immer daran denken, daß du mir alles sagen kannst!«

Es war dämmrig im Raum, aber er konnte sehen, was sie tat.

Er fühlte, wie ihre Hand eine Spur über seinen Bauch zog, der ihre Lippen folgten. Er griff mit beiden Händen in ihr Haar und hob das Gesicht, um zu sehen, wie sich ihr Kopf langsam bewegte. Er fühlte sich Laura ausgeliefert, auf eine verwirrend neue, berauschende Art. Und er war sicher, daß dieses Gefühl niemals nachlassen würde. Niemals!

»Wann sollen wir es ihnen sagen?« fragte Laura später.

»Nach den Sommerferien«, sagte Phil. »Ich ...«

»Ist in Ordnung«, sagte Laura.

Sie umklammerte seinen Nacken mit den Händen und sah ihm direkt in die Augen.

»Ich möchte einfach wissen, wie lange ich es noch aushalten muß. In der Liebe ist Jan sehr ...«

»Sprich nicht weiter«, flüsterte Phil, »das halte *ich* nicht aus.«

»Ich ertrage es für dich«, flüsterte Laura. »Für dich könnte ich alles ertragen.«

»Versuche, an mich zu denken«, sagte Phil.

»Oh, das geht nicht«, sagte Laura. »Ich werde eine Pilzinfektion vortäuschen.«

»Du bist wunderbar«, sagte Phil.

Sie standen auf, um sich anzuziehen und dann, jeder für sich, in jenes glanzlose Leben zurückzukehren, das sie bald abzustreifen hofften wie die Haut eines Reptils. Und gemeinsam, dessen waren sie sich sicher, würde ihnen alles Weitere gelingen.

Wenn nur die Trennungen nicht wären ...

»Du bist meine Droge«, sagte Laura. »Die Abstände, nach denen die Entzugserscheinungen beginnen, werden kürzer.«

»Wir haben ja noch ein ganzes Leben vor uns«, sagte Phil, »und ich habe mich noch nie so jung gefühlt. Mit Britta bin ich nie jung gewesen, weil da immer irgend etwas war. Die Kinder, das Haus, der Garten, die Styga ... immer irgendein Schrott, den es auszusuchen, zu transportieren, zu finanzieren und zu warten galt.«

»Für mich brauchst du nichts zu finanzieren«, sagte Laura.

»Wir werden diesen Vorstadtblues den anderen überlassen und uns irgendwo, mitten in der City, eine kleine Bude mieten. Wenn sie hören, daß sie alles behalten können, werden sie sich rasch trösten.«

»Britta bestimmt«, sagte Phil. »Im Grunde waren ihr die Kinder und das Haus immer am wichtigsten. Obwohl sie kein schlechter Mensch ist und mich sicher geliebt hat – auf ihre Art!«

»Jan hat mich auch geliebt«, sagte Laura und sprach bereits in der Vergangenheit. »Obwohl natürlich an erster Stelle das Geschäft kam. Er betreibt sein Büro im Haus und kann für die Kinder eine Hilfe engagieren, an sich bleibt also alles beim alten.«

»Vielleicht finden sie ja auch neue Partner«, sagte Phil.

»Sicher«, sagte Laura.

Warum sollten Jan und Britta keine neuen Partner finden? Irgendwelche trüben Gestalten, mit denen man Sonntag nachmittags in Neuweststein und Oberursel spazierengehen und am Abend auf der Terrasse sitzen und in die Büsche starren konnte.

8

Sex ohne Liebe – heute mein Thema

Christine Carstens perfekt geschminktes Gesicht erschien auf der Mattscheibe und schenkte Britta das typische Christine-Carsten-Lächeln.

»Ich begrüße Sie im Studio und zu Hause. Schön, daß Sie da sind.« Ohne es zu merken, erwiderte Britta das Lächeln der Moderatorin. »Sex ohne Liebe«, sagte Christine Carsten, »heute mein Thema: Wenn Frauen auf die Piste gehen!«

Britta stand auf, um den fertig gebrühten Kaffee aus der Küche zu holen. Sie ließ die Rollos herunter, um die Mittagshitze auszusperren und das Tageslicht zu dämpfen. Auf dem Bildschirm erschien Christines Studio, das Britta so vertraut war wie ihre eigene Küche. Die Wände des Studios waren knallgrün gestrichen und paßten perfekt zu den Ohrclips, die Christine heute trug.

»Sie ist beim Friseur gewesen«, dachte Britta, »die hellen Strähnchen stehen ihr gut.« Dann konzentrierte sie sich auf die Gäste.

Bei Christine Carsten kamen Menschen wie du und ich zu Wort, nur waren sie ein wenig mutiger und bereit, sich beherzt zu Themen wie: »Ich schlief mit meinem Bruder«, »Ich hasse meine Mutter«, »Mein Sohn ist schwul« und »Mein

Vater ist im Knast« zu äußern. Britta angelte nach einem Sofakissen und stopfte es sich in den Rücken. Sie legte die Beine hoch. Ihr war bewußt, daß sie die Geschichte von Frau Krausmann aus Wipperfürth, die ein wenig stolpernd kundtat, daß ihr Mann sie mit ihrer eigenen Mutter betrogen habe, mehr interessierte, als wenn ihr dieselbe Geschichte beispielsweise von Grit erzählt worden wäre.

Christine, mit der sie sich seit einiger Zeit täglich zum Talk traf, war ihr näher als Grit, und sie hatte die besseren Umgangsformen. Christine erschien auf die Minute pünktlich um vierzehn Uhr, und man konnte sicher sein, daß sie nach exakt einer Stunde wieder verschwand. Grit dagegen kam irgendwann im Laufe des Nachmittags, meist wenn es gerade nicht paßte, und den Zeitpunkt ihres Aufbruchs entschied sie allein und meist sehr viel später, als Britta es gewünscht hätte. Außerdem konnte man Christine im Nachthemd empfangen und brauchte ihr keinen Kaffee anzubieten.

Christine Carsten beschenkte Britta mit dem vertraulichen Lächeln langjähriger Freundschaft und stellte eine scheinbar an sie persönlich gerichtete Frage.

»Sex ohne Liebe, macht das überhaupt Spaß?«

Britta bezweifelte dies, zumal sie eher die umgekehrte Variante kannte. Aber genau hätte sie es nicht zu sagen gewußt.

Christine wandte sich einer Frau zu, die leicht schwitzend auf ihrem Stuhl saß.

»Ich begrüße als ersten Gast Frau Vroni Buttler aus Altenkirchen. Vroni, Sie gehören zu den mutigen Frauen, die selbst die Initiative ergreifen. Wo machen Sie die Männer denn an?«

Christines warmherziges Lächeln ließ keinen Zweifel darüber aufkommen, daß sie selbst es nicht nötig hatte, Männer anzumachen, diesbezüglichen Trieben anderer Frauen aber volles Verständnis entgegenbrachte.

Vroni räusperte sich und fuhr sich mit den Fingern durch die Haare.

»Isch geh immer in janz bestimmte Kneipen«, sagte sie, »und da such isch mir einen aus.«

Alle lachten.

»Und wie stellen Sie das an, Vroni?« fragte Christine Carsten.

»Isch setz misch einfach an die Theke, und dann läuft datt über die Augen, so...«

Vroni ließ ihre Augen blitzen und leckte sich gleichzeitig die Lippen.

Christine Carsten gab sich erstaunt. »Und das wirkt?«

»Ja sischer, datt finden neunzisch Prozent der Männer escht geil.«

Christines und Brittas Blicke trafen sich sekundenlang in geheimem Einverständnis, ehe sich Christine wieder ihrem Gast zuwandte.

»Und dann nehmen Sie den Mann mit nach Hause.«

»Nä«, sagte die Frau, »datt muß zuerst funken, isch nähm ja nit jeden.«

Christine Carsten wandte sich an die Psychologin, die im Publikum saß und wie eine Fernsehredakteurin aussah.

»Frau Doktor Weingenner«, sagte sie mit jenem Ernst in der Stimme, der einer psychologischen Beratung angemessen ist. »Was sind das für Frauen, die es satt haben, auf den Richtigen zu warten, und sich eines Tages selbst aufmachen?«

»Es sind Frauen, die ihre traditionelle Rolle aufgegeben haben«, sagte Frau Doktor Weingenner. »Sie verlassen ihren Warteposten und machen sich selbst auf die Suche.«

»Sind es besonders mutige Frauen?« forschte Christine Carsten nach.

»Ich würde sagen, daß es schon recht couragierte Frauen sind, die den Mut haben, zu ihren Wünschen zu stehen und diese offen auszuleben.«

»Sie meinen«, versuchte Christine Carsten das Thema zu vertiefen, »diese Frauen nehmen sich das Recht auf Sex, auch wenn sie den Mann nicht lieben?«

»Also, Liebe ohne Sex – das geht nicht«, brachte Frau Doktor Weingenner das Problem auf den Punkt. »Aber Sex ohne Liebe – das geht!«

»Mein nächster Gast, Frau Maria Wittmann, war zehn Jahre verheiratet, ohne ein einziges Mal fremdzugehen«, sagte Christine mit jenem Lächeln, das andeutete, daß sie selbst für Perversionen dieser Art Verständnis hatte. »Aber dann nahm sich der Mann eine Freundin, und Frau Wittmann beanspruchte für sich das gleiche Recht.« Sie sah Britta tief in die Augen: »Nach der Pause – bleiben Sie dran!«

Das knallgrüne Studio verschwand, und über den Bildschirm rollten bunte Bälle, ehe ein Pferd über eine Wiese galoppierte und eine weiche Stimme stöhnend kundtat: »Dein Deo macht mich an ...«

Britta ging in die Küche, um den Rest des Kaffees zu holen und die Maschine auszuschalten. Sie nahm sich ein Eis aus dem Kühlfach und legte ein paar Plätzchen dazu. Als sie zurückkam, war auch Christine wieder da.

Sie begrüßte gerade ihren nächsten Gast, Maria Wittmann.

»Maria, Sie waren einmal das, was man eine treue Ehefrau nennt, bis zu jenem Tag ... aber erzählen Sie selbst!«

Maria, eine Frau mit wild aufgetürmten Haaren, goldenen Ohrringen und grellem Lippenstift, erzählte etwas langatmig, daß sie ihrem Mann niemals untreu gewesen sei, obwohl es mit den Jahren im Bett immer langweiliger geworden sei.

Erst als er sich eine Freundin zugelegt habe, sei es ihr zu dumm geworden, Samstag abends allein zu Hause zu sitzen. Jetzt habe sie Sex mit verschiedenen Männern.

»Und das geht – ich meine, so ganz ohne Liebe?« forschte Christine Carsten mit jener Stimme, die deutlich machte, daß sie selbst niemals Sex ohne Liebe hatte, jedoch volles Verständnis dafür aufbrachte, wenn andere es taten.

»Wenn datt im Bett gut funktioniert, dann mag man den Mann hinterher auch leiden«, klärte der Talkgast die Moderatorin auf.

»Und wenn Ihnen der Mann nicht mehr gefällt ...?«

»... dann sach isch ihm, datt er gehen kann, und nehm mir den nächsten!«

Alle lachten.

Viola Schrier, eine weitere Dame, die sich zum Thema äußerte, war ein eher strenger Typ. Die Dame mit perfekter Fönwelle und Designerbrille gab an, bei einer Baufirma zu arbeiten, sich demnächst selbständig zu machen, karriereorientiert zu leben und kürzlich ihren achten Hochzeitstag gefeiert zu haben.

»Ich liebe meinen Mann, aber an manchen Wochenenden habe ich das Bedürfnis nach Sex mit einem Fremden, und den hole ich mir.«

»Und Ihr Mann weiß davon?«

»Natürlich«, sagte die Powerfrau, »ich bin in erster Linie ich und nicht die Frau meines Mannes.«

Alle klatschten.

»Und wie läuft es im Urlaub?« fragte Christine Carsten. »Fahren Sie mit Ihrem Mann oder lieber alleine?«

»Meist fahren wir zusammen«, sagte die Powerfrau, »aber wenn mir am Strand einer gefällt, dann nehme ich mir das Recht, die Nacht mit ihm zu verbringen.«

»Und Ihr Mann macht es genauso«, mutmaßte Christine.

»Natürlich, schließlich hat auch er ein Recht auf sich selbst.«

Christine Carsten wandte sich wieder zu Britta und versenkte ihren Blick in deren Augen.

»Ein Recht auf sich selbst! Nach der Pause, bleiben Sie dran!«

Auf dem Bildschirm erschienen wieder die bunten Bälle und gleich danach das Profil einer jungen Frau, die mit orgastischem Gesichtsausdruck an einer Colaflasche leckte. »Cola-light, das Leben«, sagte eine schmeichelnde Stimme.

Britta nutzte die Pause, um in der Rundfunkzeitung zu blättern und nachzusehen, mit welchen Themen Christine Carsten in dieser Woche noch aufwartete.

»Sex und Leder – der besondere Kick«, »Behinderte und Sexualität«, »Sex unter Geschwistern« und »Hochverschuldet – den Banken auf den Leim gegangen!«

Christine kehrte in Brittas Wohnzimmer zurück und wandte sich an die Psychologin: »Sex ohne Liebe, heute mein Thema! Frau Doktor Weingenner, ist es eigentlich ein Zeichen der Zeit, daß die moderne Frau sich das Recht nimmt, in der Liebe frei zu wählen?«

Frau Doktor Weingenner blickte ernst in die Kamera. »Es handelt sich hier um Frauen, die die traditionelle Rolle satt haben, andererseits jedoch nicht allein leben wollen. Sie wissen die Elemente der festen Partnerschaft mit denen einer freien Liebe durchaus zu verbinden! Vor allem Frau Schrier führt ihr Leben mit der Konsequenz der modernen Frau, die es verstanden hat, verschiedene Lebensformen miteinander in Einklang zu bringen: Bindung und Freiheit, Karriere und Weiblichkeit.«

Christine Carsten wandte sich ihren Gästen zu und sagte mit warmer Stimme: »Ich danke Ihnen, daß Sie so offen gesprochen haben!«

Und zu Britta: »Sex ohne Liebe war heute mein Thema, machen Sie es gut, wir sehen uns – wie immer morgen um zwei!« Es ertönte die vertraute Christine-Carsten-Talk-Melodie, und in die Musik hinein sagte eine schmeichelnde Männerstimme: »Und morgen bei Christine Carsten: Der Hund hat mich im Bett verdrängt! Eifersucht!«

Britta erhob sich aus ihrem Sessel und ging auf die Terrasse hinaus. Sie zupfte ein paar welke Blätter von den Begonien und blickte über die Blumenkästen hinweg auf die herabgelassenen Rollos des Nachbarhauses. Vor der Tür parkte ein fremder Peugeot...

Britta dachte, daß offenbar alle um sie herum Sex ohne Liebe machten und einen Heidenspaß daran hatten.

Ihr selbst schien diesbezüglich ein wichtiges Gen zu fehlen, und das Gefühl, nicht in Ordnung zu sein, machte ihr immer häufiger zu schaffen. Vielleicht war das Nichtvorhandensein dieses Gens der Grund dafür, daß Phil sich in letzter Zeit so merkwürdig fremd verhielt.

Etwa zwanzig Kilometer südlich lag Laura auf dem italienischen Kissensofa. Es war so schwül heute, daß man sich zu nichts aufraffen konnte, aber auch an weniger warmen Tagen brachte sie es nicht über sich, etwas anderes zu tun, als an Phil zu denken. Es war kein Platz mehr da für etwas anderes.

»Liebe ohne Sex geht nicht«, hatte die Psychologin soeben in der Christine-Carsten-Sendung verkündet. Es mußte also, wenn man liebte, zwangsläufig zu Sex kommen, eine wissenschaftlich fundierte Tatsache, man konnte nichts dagegen tun.

Laura fühlte sich in ihren tiefsten Gefühlen bestätigt und hätte gern dem Bedürfnis nachgegeben, die Augen zu schließen und Phil zu rufen, so nah, daß sie den Schlag seines Herzens hören konnte, aber das heutige Thema der Franz-Georg-Sendung, die den Christine-Carsten-Treff ablöste, lenkte sie von dem Wunsch ab.

Franz Georg versenkte gerade den Blick seiner grauen Augen in den ihren und sagte: »Immer mehr Menschen werden von einer Sucht befallen, die sie in den Ruin treiben kann. Nach Jahren eines ganz normalen Lebens verfallen sie plötzlich dem Kaufrausch.«

Er zwinkerte Laura zu.

»Gleich – nach der Werbung!«

Laura ging barfuß in die Küche, in der auf Chromregalen formschöne Küchengeräte standen. Sie war eine Frau, die raffiniert einfache Gerichte bevorzugte, welche sie mit Phantasie verfeinerte und zu Köstlichkeiten der internationalen Küche machte. Sie kochte mit leichter Hand und arrangierte die Speisen so stilvoll auf den Platten, daß Jan einmal lachend von Ikebana gesprochen hatte. Lauras Kochkunst kam mit wenigen einfachen Geräten aus, aber einer Designercitropresse oder einer italienischen Espressomaschine hatte sie noch nie widerstehen können. Die Geräte bewahrten jedoch ihren ästhetischen Reiz und waren noch nach Jahren angenehm anzuschauen. Anders war es mit den Designerklamotten, mit denen sie in den vergangenen Jahren ihre Schränke gefüllt hatte. Sie verloren auf merkwürdige Weise jeglichen Zauber, wenn sie sie zu Hause auspackte, und kürzlich war es ihr passiert, daß sie ihrer Putzhilfe ein Ensemble geschenkt hatte, an dem noch das Preisschild hing, ein sicherer Beweis dafür, daß sie es kein einziges Mal getragen hatte. Unter dem Blick, den ihr die Frau zugeworfen hatte, hatte sie beschämt die Augen gesenkt. Seit einigen Jahren, das war ihr mittlerweile klargeworden, war sie von einer milden Form jener Kaufsucht befallen, von der gleich die Rede sein sollte.

Es interessierte sie schon lange, woher diese Art des Suchtverhaltens kam und ob es bestimmter Situationen und eines bestimmten Menschentyps bedurfte, um davon betroffen zu werden.

»Ich begrüße unsere heutigen Gäste zum Thema: ›Was ich sehe, muß ich haben‹. Hallo zu Hause und im Studio.« Die Kamera schwenkte über das erwartungsvoll dasitzende Publikum und die Gesichter der Studiogäste. Franz Georgs vertrautes Gesicht erschien groß auf der Mattscheibe.

»Mein erster Gast ist Herr Otto aus Hattingen. Herr Otto hat ein ganz normales Leben geführt und heute hunderttausend Mark Schulden. Denn plötzlich hat da etwas angefangen, das er sich bis heute nicht erklären kann, aber, Herr Otto, erzählen Sie selbst.«

Die Kamera nahm Herrn Otto aufs Korn. Er faßte sich nervös an die Krawatte und räusperte sich.

»Ja, ich hab' ein ganz normales Leben geführt«, hub er in breitem Dialekt an, »und auch gut verdient, und ich war glücklich verheiratet, und ganz plötzlich hab' ich das Geld nicht mehr zusammenhalten können.«

Er warf dem Moderator einen hilfeheischenden Blick zu.

Der sprang souverän in die Bresche: »Also, in Ihrer Freizeit sind Sie nicht zum Joggen oder zum Radfahren gegangen wie andere Leute, sondern...«

»Doch, zum Joggen bin ich schon noch gegangen«, stellte Herr Otto richtig, »aber wenn langer Samstag war, dann sind meine Frau und ich in die Stadt, und dann haben wir gekauft.«

»Was haben Sie denn gekauft?« fragte Herr Georg interessiert.

»Na, halt alles, was man so haben möchte, Fernseher, Clubgarnitur, Schrankwand, Einbauküche...«

Franz Georg wandte sich jetzt direkt an Laura.

»Herr Otto hat innerhalb von fünf Jahren zwei Einbauküchen, mehrere Farbfernseher, Hunderte von Videos und drei Clubgarnituren gekauft. Herr Otto, wann haben Sie herausgefunden, daß es so nicht weitergehen kann?«

»Als wir die Raten nicht mehr zahlen konnten und gepfändet wurden«, sagte Herr Otto.

»Und wann war das?« forschte Franz Georg nach.

»Als wir den Sportwagen gekauft hatten«, gab Herr Otto zu.

Das Publikum lachte.

»Und dann...«

Herr Otto wußte nicht weiter und starrte hilflos in die Kamera. Franz Georg blickte auf seinen Spickzettel, auf dem er die Daten seiner Gäste notiert hatte, und brachte die stokkende Unterhaltung wieder in Gang.

»Und dann hat Ihre Frau Sie verlassen!«

»Ja, die hat mich mit dem ganzen Schuldenberg sitzenlassen.«

»So kann es einem gehen«, stellte Franz Georg fest.

Das Publikum lachte.

»Aber wieso kann das von heute auf morgen jemanden treffen, der vorher ganz normal gelebt hat?« dachte Laura. »Man wacht doch nicht eines Morgens auf und geht in die Stadt, um für zehntausend Mark einzukaufen! Das kommt doch irgendwo her.«

Glücklicherweise schien dies Franz Georg auch zu interessieren. Er wandte sich an die Psychologin.

»Frau Doktor Uhu, wie wir gerade gehört haben, verfallen in der heutigen Zeit immer mehr Menschen dem Kaufzwang. Woher kommt das?«

»Es wird den Menschen sehr leicht gemacht«, sagte Frau Doktor Uhu, die, ebenso wie ihre Kollegin aus der Christine-Carsten-Show, wie eine Fernsehredakteurin aussah.

»Die Banken geben Kredite, die Raten sind gering. Also gehen die Menschen hin und erwerben Waren, bei deren Lieferung sie dann feststellen, daß sie sie gar nicht brauchen.«

»Aber woher kommt das Bedürfnis?« dachte Laura, und wieder fiel ihr der Kleiderschrank ein, in dem dicht an dicht die Sachen hingen, die sie im Vorübergehen gekauft und dann kein einziges Mal getragen hatte.

»Wir leben in einer Konsumgesellschaft«, beantwortete Frau Doktor Uhu Franz Georgs Frage, »in der Sachwerte eine enorme Bedeutung erlangt haben.«

»Aber das muß ich doch irgendwann einmal merken, spätestens wenn der Gerichtsvollzieher auf der Matte steht«, erregte sich Franz Georg und warf Laura einen komplizenhaften Blick zu.

Frau Doktor Uhu beantwortete diese Frage mit der gleichen Souveränität, mit der sie auch auf die anderen Fragen eingegangen war.

»Das merken diese Menschen nicht«, sagte sie.

Franz Georg dankte ihr für ihre aufklärenden Worte und wandte sich wieder seiner Runde zu.

»Frau Kichel, Sie kaufen weder Clubgarnituren noch Fernseher. Ihre Sucht richtet sich auf andere Dinge ... vielleicht erzählen Sie selbst.«

Frau Kichel schien unter den Auswirkungen ihrer Sucht nicht zu leiden. Sie strahlte in die Kamera und erzählte, daß sie in einem Kaufhaus arbeite und in jeder Mittagspause etwas kaufen müsse.

»Was kaufen Sie denn so alles?« forschte Franz Georg interessiert nach.

»Ich kaufe nur Klamotten und CDs«, schränkte Frau Kichel das Gebiet ihrer Kaufsucht ein.

»Na, dann müssen Sie ja«, Franz Georg vergewisserte sich mit einem Blick auf seinen Zettel, daß er die richtige Kandidatin interviewte, »also, dann müssen Sie ja, da Sie bereits sechs Jahre lang in diesem Kaufhaus arbeiten, einen sehr großen Kleiderschrank haben.«

»Die Klamotten verschenk' ich ja meistens«, sagte die Dame und kicherte.

»Und die CDs?«

»Die hör' ich nie an!«

»Warum kaufen Sie sie dann?« begehrte Franz Georg zu wissen.

»Eben«, dachte Laura, »warum kaufst du sie denn?«

»Wenn ich morgens im Auto die Werbung für eine neue CD höre, dann kauf' ich die mir mittags«, sagte die Dame und kicherte.

»Geht das nicht furchtbar ins Geld?« sorgte sich Franz Georg.

»Ich hab' siebzigtausend Mark Schulden«, sagte die Dame und kicherte.

Franz Georg wandte sich wieder an die Psychologin.

»Frau Doktor Uhu, wie erklären Sie sich die Kaufsucht von Frau Kichel? Sie kauft immer neue Klamotten und CDs, obwohl sie beides nicht braucht, die CDs nicht einmal anhört und bereits hohe Schulden hat.«

Frau Doktor Uhu stellte fest, daß Frau Kichel offensichtlich den Verlockungen der Werbung erliege, die ja heute sehr raffiniert arbeite.

»Aber erstens erliegt ihr nicht jeder, und zweitens fängt das Begreifen doch irgendwann an«, dachte Laura und wäre am liebsten in den Apparat gesprungen, um die Antworten aus Frau Doktor Uhu herauszuschütteln.

Frau Doktor Uhu warf ihr einen leidenschaftslosen Blick zu und faßte dann die Symptome der Kaufsucht geduldig zusammen. »Die Menschen werden in der Konsumgesellschaft mit Hilfe der Werbung zum Kaufen verführt. So wie Herr Otto, so wie Frau Kichel.«

Franz Georg wandte sich nun direkt an Laura.

»Es gibt nicht nur die Kaufsucht, es gibt noch andere Formen von Süchten. Hätten Sie zum Beispiel geglaubt, daß es die Sucht nach rohen Möhrchen gibt und die, sich stündlich die Karten zu legen, um herauszufinden, wie es mit der eigenen Zukunft steht? Morgen um drei, schauen Sie rein!«

Laura hätte sehr gern gewußt, wie es sich mit der Sucht nach Möhren verhielt, aber sie ahnte bereits, was kommen würde. Eine Frau würde erzählen, wie viele Möhren sie am Tag aß, ein Mann sich darüber äußern, daß er stundenlang Karten legte...

Frau Doktor Uhu würde feststellen, daß in der heutigen Zeit immer mehr Menschen der Sucht verfallen, Möhrchen zu essen und Karten zu legen.

Franz Georg würde für alles Verständnis aufbringen, auch wenn er selbst, darüber bestand kein Zweifel, weder Möhrchen aß noch Karten legte.

Alle, außer ihr selbst, würden das Gefühl haben, eine Menge dazugelernt zu haben, und sich mit den Ausführungen Frau Doktor Uhus zufriedengeben: »In einer Konsumgesellschaft wird man zum Möhrenessen und Kartenlegen unmerklich verführt.«

Die Frage nach dem tieferen *Warum* schien in diesem Lande niemanden zu interessieren.

Laura erhob sich von ihrem Kissensofa und stellte verwundert fest, daß sie in den letzten drei Wochen so gut wie nichts gekauft hatte.

Unter irgendwelchen Entzugserscheinungen litt sie noch nicht.

Britta stellte den Fernseher ab und ging wieder in den Garten hinaus. Sie blickte über den Rasen und dachte, daß auch dies bereits Suchtcharakter aufwies: Ein dutzendmal am Tag trat sie auf die Terrasse, ließ den Blick kurz über Rasen und Büsche gleiten und ging ins Zimmer zurück. Aber dies war nicht die einzige Sucht, die ihr aufgefallen war.

Zu der Sucht nach Kaffee, Zigaretten, Tabletten, der Sucht, die Möbel umzustellen, und dem Dekozwang hatte sie in den letzten drei Wochen eine weitere Sucht an sich beobachtet: Wenn die Kinder zu ihren Nachmittagsaktivitäten aufgebrochen waren, unterlag sie dem Zwang, auf die Uhr zu sehen und eilig die Kaffeemaschine vorzubereiten, damit sie an ihrem Platz saß, wenn Christine Carsten mit dem vertrauten Lächeln sagte: »Mein Thema heute – wenn Nachbarn zu Feinden werden«, und eine Frau Berta Bollmann aus Herne kundtat, mit ihrer Nachbarin in Feindschaft zu leben, und Frau Doktor Weingenner mit ernster Miene bestätigte, daß das nachbarschaftliche Leben heute nicht mehr so gut funktioniere wie früher.

Sie hatte bemerkt, daß dem Tag etwas fehlte, wenn ihr Christine nicht am Schluß der Sendung tief in die Augen sah und etwa sagte: »Und morgen: Spezielle Praktiken der Liebe – Sadomaso. Ich freu' mich, wenn Sie dabei sind.«

Vielleicht, dachte Britta, war es ja einfach das Bedürfnis, daß ihr täglich jemand das Gefühl gab, froh zu sein, daß sie dabei war.

Und die Gewißheit, daß es in einem Leben, in dem nach und nach alles aus den Fugen zu geraten schien, Dinge gab, auf die wirklich Verlaß war.

9

Loslassenkönnen – Wenn Kinder erwachsen werden

Wenn es etwas gab, auf das Martin sich stets hatte verlassen können, dann war es die Tatsache, daß auf Jan und Laura absoluter Verlaß war. Sie gehörten nicht zu jenen miesen Typen, die Kindern eine Bootsfahrt versprechen und sich dann mit der lahmen Entschuldigung herausreden, daß es anfangen könnte zu regnen. Wenn sie sagten, daß sie spätestens gegen Mitternacht von einer Party zurück seien, dann waren sie es, und wenn Laura ihn nach einem Essenswunsch fragte und er sich Hamburger mit Pommes wünschte, dann machte sie welche, ohne lange herumzulamentieren, daß es gesündere Dinge gebe. Jan und Laura waren eben intelligente Leute, die Kindern nicht auf den Wecker fielen, und das war, wie Martin mit einem Blick auf die Eltern anderer Kinder festgestellt hatte, gar nicht so selbstverständlich.

In der Woche vor seinem dreizehnten Geburtstag stand Martin in der Küche und buk Waffeln, die er heute nachmittag mit an die Nidda nehmen wollte. Er hatte in seinem Eifer doppelt soviel Teig gemacht, wie er verbrauchen konnte, und der Teig war außerdem über den Rand des Eisens getreten und auf die verchromte Küchenplatte gelaufen, so daß er eine ziemliche

Sauerei angerichtet hatte; aber die Waffeln waren wunderbar knusprig und besser als alle, die er je zuvor gegessen hatte.

Er aß ein paar aus der Hand, während er aus dem Fenster in den Garten sah und daran dachte, daß Fränki und er auch in diesem Jahr unter der Lärche zelten würden, die Jan und Laura am Tag seiner Geburt gepflanzt hatten. Dann fiel ihm ein, daß sie jetzt bald in ihr Sommerhaus in die Toskana fahren würden. Die Ferien hatten vor ein paar Tagen begonnen, und eine lange Zeit voller unbeschwerter Tage lag vor ihm. Aber es gab einen Schatten, der die Freude verdunkelte. Markus, der jetzt in die zweite Klasse ging, war noch am letzten Schultag zu Wimm und Dora nach Paderborn gebracht worden, und es war möglich, daß er diesmal die ganzen fünf Wochen dort blieb, was sehr ungewöhnlich war.

Wimm und Dora waren Jans Eltern, und die Jungen besuchten sie sehr gern, wenn die Besuche auch niemals länger als ein paar Tage dauerten. Wimm und Dora führten ihr eigenes Leben und waren nicht ausschließlich auf die Kinder und Kindeskinder eingestellt. Auch mochte sich Laura nicht gern für längere Zeit von ihren Söhnen trennen.

Aber diesmal schienen diese Regeln aufgehoben.

Noch ungewöhnlicher war allerdings, daß Jan und Laura bisher kein einziges Mal von der Toskanareise gesprochen hatten und Laura keinerlei Anstalten machte, die Familie und sich selbst für den Sommer einzukleiden.

Jetzt kam sie in die Küche, öffnete den Kühlschrank und griff nach der Orangensaftflasche.

»Ich räum's gleich auf«, sagte Martin mit einem Blick auf die Bescherung, die er angerichtet hatte.

»Klar«, sagte sie.

Laura gehörte zu den Müttern, die Verständnis dafür haben, daß Kinder manchmal selbst kochen müssen, gewisse Speisen nicht mögen, Einkaufstage nur mit einem pizzagefüllten Magen überstehen und eine Aversion gegen bestimmte Farben haben. Sie verstand, daß man Bücher auf den Boden stapeln muß und es nahezu unmöglich ist, Klamotten in einen Schrank zu hängen. Sie vergaß nie, daß sie als Kind freiwillig keine ihrer zahlreichen Tanten geküßt hätte, wenn sie nicht von ihrer Mutter dazu gezwungen worden wäre.

Sie hatte sich dem mütterlichen Willen gebeugt, aber ihr Herz war voller Haß gewesen, und Laura hatte diesen Haß nie vergessen. Bis heute verstand sie nicht, daß es Mütter gab, für die das Durchsetzen von Macht so viel süßer war als die Liebe ihrer Kinder. Und bis heute hatte sie nicht vergessen, daß es in ihrer Jugend nur ein einziges Ziel gegeben hatte: die Eltern zu verlassen und mit dem eigenen Leben zu beginnen.

Martin wußte nicht, daß die Freiheit, die er genoß, zum großen Teil auf der Tatsache beruhte, daß Laura als Kind mehrmals am Tag die Fäuste geballt und Beschwörungsformeln gemurmelt hatte: wenn ich groß bin, dann ... wenn ich mal Kinder habe, dann ...

Deshalb verstand sie sehr gut, daß Martin und sein Freund Frank im Garten zelten mußten, obwohl es am Abend sehr kalt geworden war und ein eisiger Wind an den Stangen rüttelte, und später tat sie so, als ob es ganz normal sei, daß manche Nächte bereits um halb zehn enden und echte Abenteurer ihre Schlafsäcke auf dem Boden ihrer Kinderzimmer ausbreiten.

Sie verstand, daß Martin den Parka, den Anne ihm zu Weihnachten geschenkt hatte, nicht tragen konnte, weil er ein grellgemustertes Futter hatte, und daß man manche Lehrer hassen muß.

Martin war still für sich zu der Überzeugung gelangt, daß es so etwas wie Jan und Laura kein zweites Mal gab, vor allem, wenn man sie mit jenen Typen verglich, mit denen andere Kinder sich herumschlugen.

»Hättest du Lust, mit den Olivers nach England zu fahren?« fragte Laura. »Sie nehmen den Campingbus mit und wollen ganz gemütlich die Küste entlanggondeln.«

Sie lehnte sich, das Orangensaftglas in der Hand, gegen den Fensterrahmen. Martin sah, daß die Farbe des Saftes exakt zu den Halbmonden paßte, mit denen Lauras Seidenkimono bedruckt war, den sie an heißen Tagen im Haus trug.

Sie war barfuß und hatte sich den metallfarbenen Reifen ins Haar geschoben, den er ihr zum Geburtstag geschenkt hatte.

»Wieso England?« fragte er, um Zeit zu gewinnen. Er war gerne mit den Olivers zusammen, und England reizte ihn sehr, aber irgend etwas stimmte nicht.

»Jan und ich wollen in diesem Jahr einmal hierbleiben«, sagte Laura, und zum erstenmal flimmerte eine Unwahrheit in ihrer Stimme, »und das Haus genießen. Wozu«, sie lachte ein unnatürliches Lachen, »haben wir es schließlich gebaut?«

»Aber wir sind immer nach Italien gefahren«, beharrte Martin. »Seit Jahren!«

»Eben«, sagte Laura und stellte das leere Glas in die Spüle, ehe sie, ohne sich weiter auf das Thema einzulassen, die Küche verließ. Martins Blicke folgten ihr, als sie wenig später über den Rasen ging, merkwürdig fern und unerreichbar.

Es war nicht schlimm, daß sie nicht nach Italien fuhren, er konnte mit den Olivers nach England gehen oder hierbleiben – er hätte auf jeden Fall wunderbare Ferien gehabt, aber es schien ihm, als ob die Auflösung des sommerlichen Rituals weitere Auflösungen zur Folge haben könnte, die Auflösung ihres gesamten Lebens vielleicht. Noch nie hatte seine Mutter auf eine einfache Frage keine präzise Antwort gegeben.

Martin beschloß, das Problem zu vertagen, wickelte die Waffeln in Folie und steckte sie zusammen mit zwei Coladosen in den Rucksack. Dann ging er in die Garage, um sein Rad zu holen. Er war mit Fränki an dem alten Niddaarm verabredet, wo sie beide ein heimliches Versteck hatten, an einer Stelle, die sie für schwer zugänglich hielten, auch wenn sie keine drei Meter von der Durchgangsstraße entfernt lag. Aus irgendeinem Grunde hielt Fränkis Mutter die Stelle für gefährlich, weshalb Frank einmal mehr gezwungen war, sie anzulügen.

»Ich fahr' zum Fluß«, rief er Laura im Vorbeiradeln zu. Sie war dabei, die abgeblühten Dolden aus den Rhododendren zu entfernen, strich sich mit der Hand das Haar aus der Stirn und richtete sich auf.

»Ist gut«, rief sie. »Sieben Uhr!«

Sie wußte, daß Martin an den alten Niddaarm und nicht woandershin fuhr und daß er pünktlich zurückkommen würde.

Als Martin in dem Versteck ankam, war Frank schon da. Er hockte auf einem alten Autoreifen, den irgendwer einmal hier hatte liegenlassen, und stocherte mit einem Zweig in dem schlammigen Wasser.

»Hey«, sagte Martin und ließ sich neben ihn fallen.

Frank und er waren »beste Freunde«. Sie saßen in der

Schule nebeneinander und konnten einander vorsagen, ohne die Lippen zu bewegen. Frank hatte fast die ganze letzte Mathearbeit von Martin abgeschrieben und zwei Fehler künstlich eingearbeitet, damit es nicht auffiel, und Frank war der einzige Mensch, den er mit seinem Mountainbike fahren ließ.

Frank trug ein neues T-Shirt, das mit einem Ufo bedruckt war. Er glaubte nicht nur fest an die Existenz außerirdischer Wesen, sondern wollte dieselbe beweisen, indem er ein Ufo fotografierte. Er hatte vor, in Talk-Shows aufzutreten, berühmt zu werden und nach Amerika zu gehen, wo die Ufoforschung viel weiter war als in Deutschland.

»Cola?« fragte Martin.

»Gib her«, sagte Fränki.

Der Himmel hatte sich bewölkt, aber die Hitze war eher noch größer geworden. Mücken standen in dichten Schwärmen über dem Wasser, und manchmal hörte man einen gurgelnden Laut, wenn ein Tier ins Wasser sprang, eine Wasserratte oder, wie Martin hoffte, ein richtiger Biber. Hinter den Holunderbüschen, die das Versteck abschirmten, entstand ein neues Wohngebiet, aber bis jetzt sah man nur die Kräne, die wie riesige Giraffen in den Himmel ragten.

»Später, wenn alles endlich richtig anfängt, gehe ich nach Amerika«, sagte Fränki und schob den Schirm seiner Baseballmütze nach hinten. »Vielleicht studiere ich Ufologie!«

»Ich auch«, sagte Martin. Er hätte niemals zugegeben, daß es ihn inzwischen ein bißchen langweilte, jeden Tag hierherzukommen und auf das Ufo zu warten, das die Dame aus der Talk-Show über der Nidda gesehen hatte, wobei erschwerend hinzukam, daß Ufos sicher nur bei absoluter Dunkelheit erkennbar waren. Aber vielleicht würde Laura ihm erlauben, einen Abend hier zu verbringen. Sie konnten das Zelt mitnehmen und davor sitzen und Würstchen grillen und die Sterne sehen. Fränkis Mutter würden sie sagen, daß Fränki die Nacht bei ihnen zu Hause verbrachte...

»Vielleicht werde ich aber auch Naturforscher«, sagte Fränki. »Mit einem Team in die Tropen und unbekannte Tierarten entdecken. In Australien haben sie jetzt eine Baumart gefunden, von der man glaubte, daß sie seit fünftausend Jahren ausgestorben sei.«

Er schlug nach einer Mücke, die sich sirrend in seinen verschwitzten Haaren verfangen hatte.

»Mein Gott, ich wünschte, ich könnte endlich was Richtiges anfangen.«

»Ich auch«, sagte Martin.

Aber er log. In Wirklichkeit wollte er gar nicht, daß irgend etwas anfing. Er wollte, daß alles so blieb, wie es war.

»Ich wäre froh«, sagte Fränki und rieb sich die Knie, bis die Knochen weiß hervortraten, »wenn meine Eltern sich scheiden ließen, dann würden sie wenigstens aufhören zu streiten.«

»Klar«, sagte Martin, »wäre besser so!«

Er fühlte, wie ihn eine unbekannte Angst überfiel, und drehte eine Haarsträhne, bis es schmerzte.

»Bei diesem Wetter sieht man sie nicht«, sagte Fränki, »aber ich bin sicher, daß sie da sind!«

»Wer?«

»Die Ufos!«

Auf eine nicht näher bestimmbare Weise hatte der vertraute Platz heute etwas Fremdes. Den Himmel überzog ein falsches gelbes Licht, und in der Ferne grollte der Donner. Erste

Tropfen fielen herab. Hinter den Holunderbüschen hörte man das gleichmäßige Rauschen des Abendverkehrs, vermischt mit dem Lärm eines Flugzeugs. Durch die Geräuschkulisse hindurch sang eine Amsel.

Martin reckte sich und seufzte. Es war Zeit aufzubrechen, aber Fränkis Mutter half im Büro aus, und es war der einzige Tag, an dem sie bis halb acht wegblieb, ein Umstand, den Fränki ausnutzen mußte. Fränkis Mutter konnte furchtbar lästig sein, und wie es aussah, würde Fränki sie noch lange nicht loswerden, egal, ob seine Eltern sich scheiden ließen oder nicht.

»Glaubst du, daß sie mich in diesem Herbst für die Jugendmannschaft aufstellen?« fragte Fränki. »Mittelstürmer, das wär' was!«

»Klar«, sagte Martin, »wen denn sonst?«

Er wäre jetzt gern zu Hause gewesen, ein bißchen fernsehen und in der neuen *football* blättern, während draußen das Gewitter niederging, aber Fränki war sein bester Freund, und so mußte er seinen Wunsch verleugnen und ausharren.

Er war froh, als es endlich halb acht war und sie aufbrechen mußten. Auf dem Heimweg trat Martin so heftig in die Pedale wie noch nie. Der Regen hatte sich verstärkt, und er würde pitschnaß sein, wenn er endlich ankam. Ihm war klar, daß er sich um beinahe eine halbe Stunde verspätet hatte und daß Laura nichts sagen würde, weil sie akzeptierte, daß Kinder ihr eigenes Leben haben. Sie würde ihm die nassen Sachen abnehmen und ganz leicht die Brauen heben, um anzudeuten, daß sie sich bei allem Verständnis doch Sorgen gemacht hatte, und er würde sich vornehmen, sie nie wieder so lange warten zu lassen.

Aber als Martin ankam, lehnte sie müßig im Sessel und hörte sich eine Musikkassette an.

»Ich hatte andere Männer«, sang eine rauchige Frauenstimme, »und ich habe ihnen in die Augen geschaut, aber die Liebe habe ich nie gekannt, bevor du durch meine Tür kamst.«

Sie warf Martin einen abwesenden Blick zu und lächelte, und wie ein Schlag traf Martin die Erkenntnis, daß sie ihn noch gar nicht vermißt hatte.

Der Regen hatte aufgehört, und der Himmel war tief schwarz. Heute abend würde kein einziger Stern am Himmel stehen. Alle Vasen im Haus waren mit frischen Rosen gefüllt, und Laura hatte Kerzen vor den venezianischen Spiegel gestellt, so daß sich das Spiel der Flammen verdoppelte.

Während er in seinem Zimmer die nassen Sachen auszog, überlegte er, ob das nun ein gutes Zeichen war oder bloß eine Gewohnheit, einfach weil seine Mutter nicht anders konnte, als alles, was ihr unter die Hände kam, in Schönheit zu verwandeln.

Sie tat das ganz automatisch, ohne zu denken...

Er ging wieder hinunter und stand einen Augenblick unschlüssig im Raum, weil kein Abendbrottisch gedeckt war und Laura noch immer in ihrem Sessel lehnte. Sie hörte dieselbe Kassette zum zweitenmal, und wieder sang die rauchige Stimme: »... aber die Liebe habe ich nie gekannt, bevor du durch meine Tür kamst...«

Die Terrassentür war weit geöffnet, und Martin konnte den Verkehrslärm hören, der durch die dichten Weißdornhecken bis ins Zimmer herein drang. Er trug ein weißes T-Shirt mit dem Porträt von Nick Jiggers und die neue Baseballmütze, die er auch im Haus nicht absetzen mochte. Wenn er den Kopf zurücklehnte, fühlte er, wie der Schirm seinen Nacken kratzte.

Heute abend wirkte er kleiner als dreizehn, und Laura dachte, wie schmal seine Schultern waren, die sich unter dem Stoff des Shirts abzeichneten, und daß seine Arme im Verhältnis zum übrigen Körper viel zu lang waren. Sie hatte in den vergangenen Tagen ein Buch mit dem Titel: »Loslassenkönnen – Wenn Kinder erwachsen werden« gelesen, und der Autor, ein bekannter Psychologe, hatte die These vertreten, daß Kinder vom dreizehnten Lebensjahr an die Mutter eigentlich nicht mehr benötigten, ja daß die meisten Mütter die Entwicklung ihrer Kinder nachhaltig störten, weil sie sich nicht von ihnen trennen mochten.

»Fränkis Eltern lassen sich scheiden«, sagte Martin und fühlte sich wie damals, als er mit zugekniffenen Augen zum erstenmal vom Fünfmeterbrett gesprungen war.

Er hoffte, daß Laura ihn ansehen und irgend etwas erwidern würde, aber sie blickte durch ihn hindurch in eine andere Welt.

»Sie streiten sich immer«, fügte er mit erhobener Stimme hinzu.

»Ich fahr' schnell ein paar Hähnchen holen«, sagte Laura. »Oder möchtest du lieber ein Gyros?«

Sie griff nach den Autoschlüsseln, und wenig später hörte Martin, wie sie den Motor anließ und die Räder über den Kies knirschten. Er warf sich auf das Sofa und schaltete den Fernseher ein. Laura war auch früher hin und wieder mal »woanders« gewesen, aber sie war immer zurückgekehrt. Diesmal war Martin sich nicht so sicher. Es war, als sei sie hinter einer Glaswand verschwunden, als habe sie eine Grenze überschritten.

Andererseits: Jan und Laura stritten sich nie!

10

Das Leben beginnt heute

Eine Woche, ehe sie mit den Kindern nach Schweden fahren wollte, wurde Britta krank.

»Sie reagiert wie ein guter Kapitän, der sich weigert, das sinkende Schiff zu verlassen«, sagte Timm Fischer. »Sie spürt das Leck im Boden.«

Phil hielt im Laufen inne und lehnte sich keuchend gegen einen Baumstamm.

»Welches Leck?« fragte er.

»Das Leck, das du heimlich in den Grund eures gemeinsamen Lebens gerammt hast. Klein genug, um von niemandem bemerkt zu werden, groß genug, um mit der Zeit seine Wirkung zu tun. Wie heißt sie?«

»Laura Michaelis«, sagte Phil.

»Laura Mi-cha-e-lis«, wiederholte Timm, »ein Name, der wie Perlen über die Lippen rollt!«

Er machte ein paar Liegestütze und richtete sich schwer atmend wieder auf.

»Und mit Laura Michaelis willst du nun das Leben beginnen, in dem endlich alles stimmt.«

»Es handelt sich um Liebe«, sagte Phil, »falls du weißt, was das ist.«

»Nie gehört«, sagte Timm. »Weiß Britta davon?«

»Ich glaube, sie ahnt etwas.«

»Und am Ende der Ferien willst du es ihr sagen?«

»Es läßt sich nicht länger verheimlichen. Laura und ich haben genug gelitten. Wir wollen endlich zueinander stehen!«

»Die Liebesgeschichte des Jahrhunderts«, sagte Timm Fischer. »Eine Liebe, so groß, daß niemand ihr Ausmaß erfassen kann. Nebenbei: Was wird aus den Kindern?«

Darauf gab Phil keine Antwort. Man konnte mit Timm Fischer ein paar Runden joggen und über Fußball reden, von wahrer Liebe verstand er nichts.

Als der Termin der Abreise unweigerlich verstrichen und die Styga kurzfristig an Freunde von Grit vermietet worden war, erhob sich Britta von ihrem Lager. Sie hatte irgend etwas nicht näher Erklärbares gehabt, etwas, das mit zitternden Lippen begann und mit zitternden Beinen aufhörte. Etwas, das wie ein Orkan in den Ohren dröhnte und aus dem Schein einer schwachen Glühbirne ein gleißendes Licht machte. Etwas, das so unerträglich wurde, daß sie es mit starken Tabletten bekämpfte, denenzufolge sich hinter den geschlossenen Lidern rotglühende Lavafelder auftaten.

Durch den zuckenden Schmerz hindurch fühlte sie die ungewohnte Stille im Haus. Lisa war mit der Kindergartengruppe in ein Ferienlager an die See gefahren und Kim mit den Eltern ihrer besten Freundin nach Italien. Auch Sandra hätte ihre Freundin in die Ferien begleiten können, aber sie weigerte sich, überhaupt irgendwohin zu fahren. Sie würde im Herbst ins Gymnasium kommen, und dieser Sommer erschien ihr wie ein Abschied von irgend etwas nicht näher Bestimmbarem.

Heimlich genoß sie es, die Ferien allein mit Britta und Phil zu verbringen. Sie war die ernsthafteste der drei Schwestern und die, die am meisten an Britta hing. Sie vertraute ihr vollkommen. Britta würde rasch wieder auf die Beine kommen, so wie sie immer auf die Beine gekommen war, schneller als jede andere Mutter.

Auch wenn es diesmal ein wenig länger gedauert hatte, machte Britta ihr Versprechen, sich mit dem Gesundwerden zu beeilen, schließlich wahr und funktionierte wie gewohnt.

Sie deckte den Frühstückstisch auf der Terrasse, und Sandra genoß die ungewohnte Situation, mit den Eltern allein zu sein. Vielleicht würden sie morgen zu dritt ins Schwimmbad gehen oder endlich die Radtour machen, die Phil schon so lange versprochen hatte.

Die Sonne ließ Brittas Haar wie Feuer leuchten und spiegelte sich in der Thermoskanne. Ein leiser Wind fächelte durch die Gräser am Rande des Seerosenteichs. Die Steinplatten unter Sandras Füßen waren warm.

»Ich fahre übermorgen in die Vogesen«, sagte Phil plötzlich.

Britta starrte ihn an. »Ich dachte, du wolltest hierbleiben, um«, sie gab ihren Worten einen ironischen Unterton, »ganz in Ruhe zu dir selbst zu kommen.«

»Hab's mir anders überlegt«, sagte Phil.

»Und dein alter Schulfreund begleitet dich«, stellte Britta fest.

»So ist es«, sagte Phil und ließ den Blick über den Garten schweifen. Die Rosen standen in voller Blüte, und an der hinteren Grundstücksgrenze wuchs blauer Rittersporn. Der Lavendel duftete so stark wie nie.

»Und das erfahre ich erst jetzt?« Britta hatte das Gefühl, daß ihr Herz aussetzte und gleichzeitig das gleißende Lavafeld in ihren Kopf zurückkehrte.

»Normalerweise wärst du jetzt mit den Kindern in Schweden«, sagte Phil. »In diesem Falle wäre es dir doch egal gewesen, was ich mache!«

»Oh, das wäre es nicht«, sagte Britta und versuchte ihre Stimme unter Kontrolle zu halten. »Du willst sagen, wenn alles programmgemäß gelaufen wäre, hättest du diese obskure Wanderung machen können, ohne daß ich das geringste davon gemerkt hätte.«

»Wir können ja alle drei zusammen eine Radtour machen«, sagte Sandra. Ihre Stimme war so klein, daß Britta schlucken mußte. »Oder ins Schwimmbad ...«

Sie versuchte das Boot, das sich vom Ufer losgemacht hatte, zurückzuhalten, solange sie es noch fassen konnte – aber Britta und Phil, die beiden Menschen, die sie mehr liebte als alles andere auf der Welt, starrten sich an wie Fremde.

»Oder wir gehen zusammen wandern ... zu dritt!«

Aber Britta hörte sie nicht mehr.

Sie schob abrupt den Stuhl zurück, und wenig später sahen Phil und Sandra sie die Straße hinunterlaufen.

»Wo geht sie hin?« Sandra schmiegte sich fest an ihren Vater. Im Moment schien es besser, sich an Phil zu halten. Er war nicht so verändert wie Britta.

Phil zuckte die Schultern.

»Ich weiß nicht«, sagte er.

»Was hat sie denn jetzt immer?« fragte Sandra. »Und warum willst du in die Vogesen?«

»Warum willst du Skateboard fahren?« fragte er zurück.

»Warum macht es dir Spaß, mit Lonni auf Radtour zu gehen? Erwachsene haben auch manchmal Wünsche, auch wenn sie«, er goß Saft in ihren Becher, »so gut wie nie dazu kommen, sie umzusetzen. Aber irgendwann«, er sah ihr ernst in die Augen, »müssen sie es einfach tun!«

Dagegen war an sich nichts einzuwenden.

Phil lehnte sich zurück und steckte sich die Pfeife an, die er gewöhnlich nie vor acht Uhr abends in Brand setzte. Der blaue Rauch stieg spiralenförmig in den Himmel.

»Britta hat das Haus«, sagte er, »den Garten, euch, all ihre Freundinnen, den Töpferkurs und was weiß ich noch alles! Ich habe eigentlich nur das Büro!«

Sandra stellte sich unter einem Büro etwas ziemlich Schreckliches vor. Ein Hochhaus, in das man morgens hineinging, um erst am Abend wieder entlassen zu werden. Ein Turm mit fünfzig Stockwerken, die einander so ähnelten, daß man nicht zurückfand, wenn man vom Klo kam.

»Und warum regt Britta sich so auf, wenn du auch mal was machen willst?«

»Ich weiß nicht«, sagte Phil. Sein Gesicht war blaß, und er starrte mit schmalen Lippen in den Garten.

Wenn Britta zurückkam, würde er es ihr sagen. Er hatte nicht die Kraft, noch länger zu warten.

Er hörte die Tür klappen, und Britta erschien auf der Terrasse. Sie strahlte.

»Wir machen morgen abend eine Gartenparty«, sagte sie, so als ob nichts gewesen wäre. »Wir werden einfach alle Nachbarn, die nicht verreist sind, einladen, und danach«, sie beugte sich zu Phil hinunter und küßte ihn leicht auf die Stirn, »macht jeder mit seinen Ferien, was ihm gefällt!«

Verbittert hörte Phil sie kurz darauf mit Grit telefonieren. »Phil und ich möchten euch zu einer Party der Zurückgebliebenen einladen, morgen abend in unserem Garten... Weißt du, uns beiden ist einfach danach.«

»Phil und ich...«

Phil griff nach dem Gartenschlauch und begann die Kräuterbeete zu besprengen.

»Uns beiden...«

Er spürte, wie ihm die Verbitterung die Kehle heraufkroch. Hier stand er und begoß einen fremden Garten, während eine Frau, die er irgendwann einmal gekannt hatte, Leute zu einer gemeinsamen Party einlud, an deren Namen er sich kaum noch erinnerte.

Sie feierten die Party wie geplant.

Während sie jenen Tätigkeiten nachging, die in eine glückliche Phase ihres Lebens gehörten, fand Britta ihr inneres Gleichgewicht wieder. Sie telefonierte mit dem Weinhändler und bestellte anschließend fünf Kästen Bier und zehn Kästen Wasser im Getränkemarkt. Sie setzte sich an den Küchentisch und stellte eine Liste mit Grilladen, Saucen, Baguette und Salaten zusammen. Zu dem Fleisch würden gebackene Kartoffeln passen und geröstetes Knoblauchbrot.

Ihr fiel ein, daß die letzte Gartenparty vor drei Jahren gewesen war; aber damals hatte Phil von selbst bei den Vorbereitungen geholfen, die Tische aufgestellt und sich Gedanken darüber gemacht, auf welche Weise man so viele Getränke auf einmal kühlen könnte. Sie hatten Hand in Hand gearbeitet, und es war eines jener Feste geworden, für die sich die Gäste am nächsten Morgen bedankten. Es war einfach ihre gemeinsame Sache gewesen. Jetzt stand Phil wie ein Fremder im Weg und ließ sich um jede einzelnde Handreichung bitten, wobei Britta gezwungen war, so zu tun, als bemerke sie seine Unlust nicht. Sie konnte es sich nicht mehr leisten, sie zu bemerken.

Sie mußte dieses Fest geben, weil sie wenigstens einen Abend lang den Anschein von Normalität in einem aus den Fugen geratenen Leben brauchte, weil sie sich beweisen wollte, daß sie noch immer in der Lage war, eine Party für zwanzig Personen aus dem Ärmel zu schütteln, und daß Phil und sie noch immer ein Paar waren.

Sie brauchte eine Gelegenheit, das schwarze Kleid anzuziehen, das so gut zu gebräunter Haut paßte, und hatte es dringend nötig, wieder einmal Schuhe mit hohen Absätzen zu tragen und sich goldene Ringe in die Ohren zu hängen. Sie wollte den ganzen Abend lang eine hinreißende Gastgeberin sein und gegen Mitternacht zu einer ganz bestimmten Musik mit Phil tanzen. Wenn sich der letzte Gast verabschiedete, wollte sie lächelnd mit ihm in der Tür stehen und seinen Arm auf ihren Schultern fühlen.

Gegen neun Uhr abends erlosch der Schein der untergehenden Sonne hinter der hochgewachsenen Lärche an der Westseite des Gartens. Britta ging umher und zündete die Teelichter an, die sie auf den Tischen verteilt hatte. Sie steckte die Kerzen in den Windlichtern an und die in den roten Papierampeln, die geheimnisvoll zwischen den Zweigen der Bäume leuchteten. Mit jener heiteren Gelassenheit, mit der sie ihre Partys immer arrangiert hatte, ging sie zwischen ihren Gästen umher, füllte Gläser und leerte Aschenbecher aus. Ohne daß jemand gesehen hätte, wie es dazu gekommen war, wurde der

Seerosenteich plötzlich von Hunderten von Schwimmkerzen verzaubert. Wie eine zarte Silbersichel hing der Mond am Himmel, und Timm Fischer, der schweigend in einem abseits stehenden Sessel saß, hielt es durchaus für möglich, daß eine Zauberin namens Britta ihn persönlich dort aufgehängt hatte.

»Eine perfekte Inszenierung«, dachte er. »Diese Frau hat alles im Griff, außer Phil, denn Phil spielt nicht mit.«

Er beobachtete ihn, wie er mit gequältem Gesichtsausdruck bei einer Gruppe von Gästen stand, denen Grit weitschweifig von einer mißglückten Badezimmerrenovierung erzählte.

»Er sucht eine Gelegenheit, unbemerkt zu verschwinden«, dachte Timm Fischer, »um die Frau mit dem Perlennamen anzurufen!«

Er lachte heimlich in sich hinein. »Sieht nicht gut aus, Junge!«

Dann senkte er seinen Blick in Brittas Augen, als sie sich mit diesem bezaubernden Grübchenlachen, in das man sich so leicht verliebte, zu ihm niederbeugte.

»Alles in Ordnung?« fragte sie.

»Bei mir schon«, sagte er und blies ihr spielerisch eine Haarsträhne aus der Stirn.

»Na, dann bin ich beruhigt!« Sie hatte die Begabung, einem Mann das Gefühl zu geben, seinen Flirt zu genießen, ohne direkt darauf einzugehen.

»Wenn du dich langweilst, brauchst du mir nur einen kleinen Wink zu geben, dann setz' ich mich zu dir und erzähl' dir einen Schwank aus meinem Leben!«

Sie lächelte ihm noch einmal zu und schlenderte weiter zu

einer Gruppe von Gästen, die an einem Tisch saßen. Timm hörte sie einen Scherz machen, woraufhin alle herzlich lachten.

»Phil Jakobsen ist ein Idiot«, dachte Timm Fischer, »schon immer gewesen!«

Der Gedanke, daß es inzwischen für einen Anruf bei Laura zu spät war und sie vergeblich gewartet hatte, ließ für Phil den Abend zur Qual werden. Unter all den Leuten, die ihn nicht das geringste angingen, fühlte er die Sehnsucht von Stunde zu Stunde stärker werden. Die Sehnsucht nach Laura war zu einem genau lokalisierbaren Schmerz geworden: eine stechende Glut zwanzig Zentimeter unterhalb der Halsgrube.

Vor einiger Zeit hatte er Timm Fischer einmal scherzhaft gefragt, ob sich seine Sehnsüchte auch an einem bestimmten Punkt sammelten, und Timm hatte eine seiner ironischen Antworten gegeben. »Sitz: oberhalb des Magens. Gefühl: wellenförmig an- und abschwellend.«

Typisch Timm Fischer. Oberhalb des Magens, an- und abschwellend. Bei Timm mußte es sich um eines jener Trivialgefühle handeln, die man mit einem einzigen Bier löschen konnte.

Phil ließ den Blick über den Garten schweifen, in dem fremde Leute herumstanden und wie Blechautomaten vor sich hin quatschten, umschwirrt von einer Gastgeberin, die sie in einer Weise umsorgte, als ob es um ihr Leben ginge.

Grit bohrte ihren schwarzumränderten Blick in den seinen und legte ihre Hand auf seinen Arm, um ihn zum Zuhören zu zwingen.

».. . extra noch angerufen und mindestens dreimal gesagt, daß es schlichte weiße Kacheln sein sollen und eben nicht die kleinen quadratischen, sondern . . .« Vor seinen Augen wurde Grits Gesicht plötzlich zu einer Maske mit einem obszön verzogenen Mund, aus dem sprechblasengleich unverständliche Sätze quollen.

Er schüttete seinen Whisky in einem Zug die Kehle hinab. Kleine Sternchen flimmerten vor seinen Augen. Der Schmerz verwandelte sich in einen glühenden Feuerball.

Er war so voller Begehren nach Laura, daß er gar nicht merkte, wie er ins Haus ging und den kleinen Koffer packte.

Phil verließ sein altes Leben nicht durch die Haustür, sondern durch die kleine Gartenpforte links neben dem Komposthaufen. Er lief die Straße hinunter, ohne sich ein einziges Mal umzusehen. Er fühlte sich frei und klar. Die Sehnsucht war erträglich geworden, ein fast angenehmer, dunkler Schmerz. Er betrat die Telefonzelle an der Kreuzung Orchideen-/Rosenstraße, an der er all die Jahre täglich vorbeigefahren war, ohne zu ahnen, welche Rolle sie einmal in seinem Leben spielen würde. Er steckte die Telefonkarte in den Schlitz und wählte seine eigene Nummer.

Das Telefon schrillte, dann schaltete sich der Anrufbeantworter ein. Man hörte Brittas frische Stimme.

»Hier ist der Anrufbeantworter von Phil und Britta Jakobsen. Leider sind wir im Moment zu beschäftigt, um ans Telefon zu gehen, würden uns aber freuen, wenn Sie eine Nachricht hinterließen. Bis bald . . .«

Das Signal ertönte, und Phil räusperte sich.

»Hallo, Britta«, sagte er. »Hier ist Phil! Ich wollte deine

Party nicht stören, aber ich mußte sie verlassen, weil ich es nicht mehr ausgehalten habe. Ich liebe seit einigen Monaten eine andere Frau und werde sie heiraten, sobald unsere Scheidung durch ist. Wir werden das alles noch in Ruhe besprechen!«

Er machte ein Pause und hörte das feine Sirren in der Leitung. »Es tut mir sehr leid«, fügte er hinzu, »aber ich kann es nicht ändern.«

Phil hängte den Hörer in die Gabel zurück und betrat die Straße. Er wußte nicht, wo er bleiben sollte, aber es war ihm egal. Er war ein freier Mann, der pfeifend mitten in die Nacht hineinging.

Die Tatsache, daß er beschlossen hatte, Laura zu heiraten, überraschte ihn selbst.

11

Die Tiefe der Gefühle

Am Sonntag, nachdem Phil sein altes Leben heimlich durch die Gartenpforte verlassen hatte, besuchte Laura ihn zum erstenmal in seinem neuen Quartier.

Das möblierte Zimmer, das Phil jetzt in einem heruntergekommenen Apartmenthaus bewohnte, lag im Ostteil der Stadt und war ein deprimierend dunkles Loch, in das noch nie ein Sonnenstrahl gefallen war. All die Einsamen, die jemals hier gehaust hatten, hatten ihre Verzweiflung wie eine klebrige Patina über Raum und Möbeln zurückgelassen. Aber das Apartment, im obersten Geschoß des Hauses gelegen, bot einen weiten Blick über die Stadt, und, was das Wichtigste war, Phil hatte es sofort beziehen können.

Laura parkte den Wagen auf dem Platz vor dem Haus und ließ den Blick an der grauen Wand in die Höhe gleiten.

»Es ist eine wahre Gruft«, hatte Phil am Telefon gesagt, »aber es liegt ganz oben, direkt unter dem Himmel, und die Terrasse bietet keinerlei Einblick.« Er hatte eine kleine Pause gemacht und leise hinzugefügt: »Zumindest nicht, wenn man liegt . . .«

Den starken Reiz, der von einem ungewöhnlichen Ort ausgehen kann, hatte Laura erst durch Phil kennengelernt.

Jan hatte sie immer nur in dem französischen Doppelbett geliebt, das von Anfang an dabeigewesen war, ein Bett mit einem grünsamtenen Kopfteil, das so ausschließlich die Kulisse ihres ehelichen Lebens bildete, daß Laura schließlich beim bloßen Anblick grünsamtener Dinge das Gefühl lästiger Pflichterfüllung überkam.

Aber sie hatte sie erfüllt – als Gegenleistung für die Geborgenheit, die Jan ihr gab. Und sie wäre niemals auf den Gedanken gekommen, daß die Liebe im Bett des Nachbarn besser sei als die in ihrem eigenen.

In einer Zeit, in der Ehen ebensoschnell zerbrachen, wie sie geschlossen wurden, in der sich jeder im Leben des anderen der Selbstbedienung hingab, das Geraubte eine Zeitlang genoß und dann gelangweilt fallenließ, fühlte sich Laura als die letzte Moralistin. Sie hatte niemals Verständnis für Frauen gehabt, die sich wie Raubritterinnen benahmen und ihrer sexuellen Wünsche wegen Familien zerstörten. Und als Ute Wallheimer ein Verhältnis mit einem verheirateten Mann einging, weil sie, wie sie es nannte, »gerade etwas durchhing«, kündigte sie ihr die Freundschaft.

Aber als Laura jetzt den Fahrstuhl verließ und Phil in der Tür des Apartments stehen sah, als er sie in die Arme nahm und sie die Wärme spürte, die von ihm ausging, als ihr bewußt wurde, daß der Duft seines Rasierwassers bereits etwas tief Vertrautes war, so als ob sie schon ewig zusammengehörten, da überkam sie das sichere Gefühl, daß sie nichts mit Ute Wallheimer gemein hatte.

Als sie dann den Wohnraum betraten, dieses grabkammerähnliche Verlies, bestückt mit einem schwarzen, polierten Vitrinenschrank und einer kunstlederbezogenen Couch hinter einem Tisch, auf dessen Platte die ungezählten Gläser unglücklicher Trinker ihre Spuren hinterlassen hatten, da wußte Laura plötzlich, daß sie alles ertragen würde, solange Phil nur da war. Seine Gegenwart nahm den Dingen den Schrecken und erfüllte selbst einen Raum wie diesen mit ganz persönlichem Zauber. Phil und sie waren füreinander ausersehen, und sie würden sterben, wenn sie ihr Schicksal nicht bejahten. Das Schicksal eines gemeinsamen Lebens...

»Was darf ich dir anbieten?« fragte Phil und öffnete die Tür des Kühlschranks, der neben dem Vitrinenschrank stand. Er war mit einer holzgemaserten Folie beklebt, die sich an den Ecken löste. »Wein, Wasser, Saft oder Champagner? Ich nehme den Champagner.«

»Da schließ ich mich an«, sagte Laura, »schon um die bildschönen Kelche ihrer wahren Bestimmung zuzuführen.« Lachend betrachtete sie das Sortiment billiger Gläser, die in der Vitrine standen. Sie waren mit verrutschten Abziehbildern beklebt.

»Was möchtest du, Weinlaub oder Rosen? Gänseblümchen oder Glockenblumen?«

»Die Rosen!«

Phil schenkte den Champagner ein, und Laura erlebte das Wunder zu sehen, wie sich die Trostlosigkeit eines Zimmers, in dem sich noch nie zwei Liebende aufgehalten hatten, vor ihren Augen aufzulösen begann. Der Raum nahm etwas von der Aura an, die sie beide umgab. Sie waren zwei Magier, die die Welt verändern konnten.

Laura stellte das Glas auf den Tisch und trat auf die Terrasse hinaus. Sie war nicht möbliert, unwirtlich und kahl. In dem leeren Blumenkasten lag fettiges Papier. Beugte man sich über das Geländer, so konnte man den Parkplatz mit den dort abgestellten Autos sehen.

Phil nahm die Matratzen aus dem Bett und trug sie ins Freie. Er breitete eine Decke aus und stellte die Champagnerflasche und die beiden Gläser auf einen Hocker.

»Komm her«, sagte er dann.

Laura schaute in Phils Augen, in denen sich der Himmel spiegelte und, winzig klein, ihr eigenes Gesicht. Sie brauchte nur das Grübchen in seinem Kinn zu sehen, um vor Verlangen schwach zu werden. Als Phil nach ihrer Hand griff, um sie zu sich herunterzuziehen, war die Berührung der Härchen auf seinem Handrücken wie ein winziger elektrischer Schlag.

Sie legte sich neben ihn und sah in den Himmel, der so blau war wie der Himmel in Nizza. Hier oben verdichtete sich der Verkehrslärm zu einem fernen Brausen, in dem die einzelnen Geräusche nicht mehr unterscheidbar waren. Nur die Flieger, unter deren Flugschneise das Apartmenthaus lag, donnerten im Fünfminutentakt über sie hinweg.

»Hat Britta sich schon gemeldet?« fragte sie später.

»Nein«, sagte Phil, »aber ich rufe sie in der nächsten Woche an!«

»Vielleicht ist sie doch noch nach Schweden gefahren«, sagte Laura. »Jetzt, wo sie nichts mehr zu bewachen hat!«

Das Glück hatte Laura unempfindlich gemacht. Es existierte nur noch die eigene Wirklichkeit und sonst nichts.

»Wollen wir etwas essen gehen?« fragte er. »Bleibst du heute nacht hier?«

»Ich muß gegen elf fahren«, sagte sie. »Ich möchte zu Hause sein, wenn Martin aufwacht.«

»Und Jan?« fragte er.

»Laß uns nicht von Jan sprechen«, sagte sie. »Zur Zeit ist er verreist. Nächste Woche sag' ich es ihm.«

»Wie willst du es tun?« fragte Phil.

»Ich werde es ihm einfach sagen«, antwortete sie.

Wenn Laura früher Auto gefahren war, dann waren es immer dieselben Routen gewesen. Sie fuhr zum Supermarkt oder zum Kindergarten. Sie fuhr zum Getränkeshop oder zu einem ganz bestimmten Parkhaus. Wenn sie nach Frankfurt mußte, nahm sie die S-Bahn. Freundinnen, die in Oberursel wohnten, besuchte sie mit dem Rad. Auf allen längeren Autofahrten ihres Lebens hatte ein Mann das Steuer in der Hand gehalten. Erst war es ihr Vater gewesen und dann ihr Ehemann. Manchmal hatte Laura daran gedacht, was wohl geschähe, wenn sie einmal gezwungen wäre, eine unbekannte Strecke zu fahren, und dann mit einem Motorschaden liegenbliebe. Sie hatte keine Ahnung, was man tun muß, wenn man einen Unfall hat, und es war auch nie nötig gewesen, es zu wissen. Denn bei der einzigen Panne ihres Lebens, als ihr auf dem Weg zu ihrem Zahnarzt ein Reifen platzte und sie auf der B 455 liegenblieb, war sie einfach in die nächste Kneipe gegangen und hatte Jan angerufen, und er war sofort gekommen. Im Grunde hatte sie immer Jan angerufen, wenn etwas schiefgelaufen war, und er war immer gekommen. Es war einfach so, daß er sie in brenzligen Situationen, in denen sie ihm klein und schutzbedürftig erschien, besonders liebte.

Ehe sie Phil gegen elf Uhr abends verließ, hatte er ihr den Weg noch einmal genau erklärt. Er hatte den Stadtplan ausgebreitet und war mit dem Finger die Route der Friedberger

Landstraße entlanggefahren. Er hatte ihr genau gezeigt, wo sie die A 661 verlassen und die Auffahrt zur A 5 nehmen mußte. Aber Laura hatte seinen gebeugten Nacken betrachtet und den mutwilligen Wirbel, den seine Haare genau in der Mitte bildeten. Und sie wußte, wenn sie jetzt nicht sofort fuhr, würde sie es nie mehr tun.

Als Laura die A 5 erreichte, ging es bereits auf Mitternacht zu. Bis jetzt waren die Straßen kaum befahren gewesen. Das Gewitter, das wie ein Inferno über der Stadt gewütet hatte, war in einen rauschenden Regen übergegangen. Die Sicht war schlecht. Aber das war nicht der eigentliche Grund, daß sie die Auffahrt in der falschen Richtung nahm.

Im Radio wurden gerade die Nachrichten durchgegeben, Informationen aus einer fernen Welt, die sie nicht das geringste angingen, als Laura auffiel, daß etwas nicht stimmte. Sie überlegte gerade, ob sie die Ausfahrt vielleicht verpaßt haben könnte, als sie gleichzeitig die Hinweistafel »Basel« und die Rücklichter des vor ihr fahrenden Wagens aufglühen sah. Mit quietschenden Bremsen brachte sie das Auto zum Stehen.

Stau!

Sie fuhr seit einiger Zeit schon in die falsche Richtung, und sie saß in einem Stau fest, der sich kilometerlang hinzuziehen schien. Die Nadel, die die Tankfüllung anzeigte, stand auf Reserve.

Um Sprit zu sparen, stellte sie den Motor ab, wann immer die Autoschlange zum Stehen kam, bis es ihr nicht mehr gelang, den Wagen anzulassen. Auf der Anzeigentafel ihres Armaturenbretts leuchtete das Symbol auf: Batterie!

Laura brauchte Jan nicht anzurufen, denn Phil war da.

Seit dem Tag, an dem sie ihn kennengelernt hatte, war er immer bei ihr gewesen, ein innerer Begleiter, dessen Stimme sie hörte, wann immer sie es wollte. Sie ließ den Wagen auf den Randstreifen rollen und holte das Warndreieck aus dem Kofferraum. Sie hatte es noch nie benutzt, und es machte Mühe, es auseinanderzubiegen und aufzustellen, während die Autoschlange langsam an ihr vorbeischlich. Sie erinnerte sich daran, daß Jan ihr einmal erzählt hatte, an den Pfeilen auf den Markierungspfosten könne man die Richtung erkennen, in der das nächste Telefon installiert sei. Sie stellte die Warnbeleuchtung an, schloß den Wagen ab und machte sich auf den Weg. Der Regen peitschte ihr ins Gesicht und tropfte in ihren Kragen, so daß sie bald bis auf die Haut durchnäßt war. Aber Phil hatte den Arm um ihre Schulter gelegt, und sie sah sein lachendes Gesicht, das verflixte Grübchen in seinem Kinn und das von Wind und Regen zerzauste Haar. Glücklich atmete sie die frische Nachtluft ein, ein Labsal nach der Hitze des Tages. Sie hätte kilometerlang so weiterlaufen können, denn neben ihrer Liebe zu Phil war kein Raum für ein anderes Gefühl, schon gar nicht für Angst.

Sie wußte nicht, in welchem Abstand die Autobahntelefone installiert waren und wie lange man laufen mußte, um eines zu finden. So war sie eher erstaunt, als sie die gelbe Säule sah. Der Apparat stand hinter der Leitplanke im hüfthohen Gras. Laura stieg über die Abgrenzung und bahnte sich den Weg durch das nasse Gestrüpp. Sie hob die Klappe und rief ihren Namen in die Öffnung.

»Hallo«, rief sie. »Ich brauche Hilfe!«

»Wo sind Sie?« antwortete eine Stimme.

»Ich bin auf der A 5, irgendwo bei...«

»Nennen Sie bitte die Nummer, die innen im Telefon steht«, sagte die Stimme.

Laura versuchte, die Nummer zu entziffern, die im Inneren des Kastens angebracht war, und endlich gelang es ihr.

»Nennen Sie bitte das Kennzeichen Ihres Wagens!«

Laura versuchte sich an das Kennzeichen zu erinnern, aber es gelang ihr nicht. Sie spürte Phils Atem und roch den Duft seines Rasierwassers.

»Ich weiß es nicht«, sagte sie. »Mein Auto ist rot. Ich stehe auf dem Randstreifen!« Sie mußte sich beherrschen, um nicht zu lachen. Seitdem Phil in ihrem Leben aufgetaucht war, war ständig dieses Lachen da.

»Was ist passiert?« fragte die Stimme.

»Ich bin liegengeblieben, Batterieschaden!«

»Wir kommen«, sagte der Mann.

Der Rückweg war kurz. Wie ein tröstliches Zuhause blinkte ihr das Auto schon von weitem entgegen. Der Regen hatte aufgehört, die Luft roch nach Wald und Nacht. Die Wagenkolonne bewegte sich nicht mehr. Wie eine rotglühende Lichterkette standen die Autos Stoßstange an Stoßstange.

Laura klappte das Warndreieck zusammen und ließ sich hinter das Steuer fallen. Im Wagen war es wunderbar warm.

Aus reiner Gewohnheit betätigte sie die Zündung: Die Batterie hatte sich erholt, der Motor sprang an. Wieder spürte Laura dieses Lächeln auf ihrem Gesicht. Seitdem es Phil gab, waren Wunder etwas Alltägliches geworden. Langsam fuhr sie auf dem Randstreifen weiter bis zum nächsten Parkplatz. Sie stellte den Wagen zwischen zwei Lastwagen ab und klappte den Sitz nach hinten. Sie schloß die Augen. Es war dunkel und still. Hin und wieder streiften die Scheinwerfer vorüberfahrender Autos ihr Gesicht. Einmal erleuchtete der Suchscheinwerfer des Abschleppwagens das Innere ihres Wagens taghell, aber weil sie ihre Nummer nicht angegeben hatte, fanden sie sie nicht. Sie lag in Phils Armen und hörte seine Stimme und merkte nicht, wie ihr die Kälte langsam unter die Haut kroch. Die Realität fand woanders statt, in dem trostlosen Dasein all derjenigen, die nicht liebten.

Als Laura erwachte, graute bereits der Morgen. Der Parkplatz war leer, der Stau hatte sich aufgelöst. In der Kiefer über ihr zwitscherte ein Vogel, und der Morgenstern funkelte über der Autobahn.

Laura erreichte die nächste Tankstelle, als die Anzeige bereits auf höchster Alarmstufe leuchtete.

Auch der Verkaufsraum der Tankstelle war heimatlich und warm.

Sie steckte ein Markstück in den Automaten und hörte Phils Lachen, als der Kaffee duftend und heiß in den Becher floß. Die vergangene Nacht erschien ihr als ein herrliches Abenteuer, das Phil und sie gemeinsam gemeistert hatten.

»Auch eins von diesen pappigen Baguettes?« fragte sie ihn.

»Klar«, sagte er. »Frühstück morgens um fünf in einer Raststätte, das hat was!«

»Kommt drauf an, mit wem. Liebst du mich?«

Aber das hätte sie besser nicht fragen sollen. Der Schock der Sehnsucht traf sie plötzlich und unerwartet.

»Ist Ihnen nicht gut?« fragte die Frau an der Kasse.

»Geht schon wieder«, sagte Laura. »Staugeschädigt!«

»Ja, schrecklich«, sagte die Frau. »So eine Nacht, die geht auf den Kreislauf! Fünfachtzig für das Baguette!«

Als Laura die Tür zu ihrem Haus aufsperrte, schlug es gerade sechs Uhr. Die Katze machte einen Buckel und zog sich schmollend von ihr zurück. Durch die Bäume im Garten strich leise der Wind. Martin schlief noch.

12

Tod dem Vorstadtblues

Man kann sein halbes Leben mit einem Menschen verbracht haben, ohne ihn wirklich zu kennen. Mit dieser Tatsache mußten sich Phil und Laura auseinandersetzen, als etwas eintraf, mit dem sie am wenigsten gerechnet hatten: Jan und Britta widersetzten sich der Idee einer friedlichen Trennung, welche die Freundschaft bewahrte und keinem weh tat. Ihre heftige Gegenreaktion entlarvte sie andererseits als jene miesen Spielverderber, die sie offenbar schon immer gewesen waren, und lieferte Phil und Laura nachträglich das Alibi dafür, ihren Gefühlen so kompromißlos nachgegeben zu haben: Weder mit Britta noch mit Jan hätte man ein erfülltes Leben leben können. Sie waren nicht geeignet für die Liebe. Bindungsunfähig! Gefühlskalt!

Als Phil bei Britta anrief, um ein Treffen auszumachen, fand er auf dem Anrufbeantworter die Reaktion auf jene Botschaft, die er in der Nacht seiner Flucht auf demselben hinterlassen hatte.

»Hier ist der Anrufbeantworter von Britta, Sandra, Kim und Lisa Jakobsen«, meldete sich Brittas Stimme, die, wie es schien, nichts von ihrer Energie und Frische eingebüßt hatte.

»Britta, Sandra, Kim und Lisa...« Die Tatsache, daß Britta ihn selbst auf dem Band des Anrufbeantworters ausgelöscht hatte, traf Phil an empfindlicher Stelle.

Schnell, couragiert und konsequent wie immer.

»Leider ist im Moment niemand von uns in der Nähe, um Ihren Anruf entgegenzunehmen«, fuhr die Stimme fort. »Bitte hinterlassen Sie Namen und Telefonnummer, wir rufen so bald wie möglich zurück.«

Es entstand eine Pause, und Phil wollte gerade seinen Namen nennen, als er schon genannt wurde: »Und hier eine Botschaft an Herrn Philip Jakobsen: Lieber Philip, bitte hinterlasse deine neue Adresse auf dem Band, mein Anwalt wird sich mit dir in Verbindung setzen!«

Phil war so verwirrt, daß er die Gabel niederdrückte, ohne etwas gesagt zu haben. Da der Telefonanschluß in der Wohnung, die Laura und er inzwischen gemietet hatten, noch nicht funktionierte, war er gezwungen, eine öffentliche Telefonzelle aufzusuchen. Die Zelle brütete in der Mittagshitze, sie stank nach Schweiß und Urin, und der Hörer lag klebrig in seiner Hand. Er wählte noch einmal die vertraute Nummer.

Während Britta erneut kundtat, daß dies der Anschluß von Britta, Sandra, Kim und Lisa sei, aber niemand von ihnen im Augenblick Zeit habe, starrte Phil auf die Straße hinaus. Unmittelbar vor ihm lag der ehemalige Bunker des Viertels, leerstehend und verwahrlost, von jugendlichen Sprayern als Infowand benutzt. Um den Bunker herum wucherte das Unkraut mannshoch und verdeckte gnädig die alten Matratzen und Abfälle, die offenbar seit Ewigkeiten hier lagerten.

»... eine Botschaft an Philip Jakobsen...«, tönte Brittas Stimme an seinem Ohr.

»Fuck your mother«, las er an der Bunkerwand.

»I love green!«

»Es wird kälter in Deutschland!«

Er hörte den Signalton.

»Hallo, Britta«, rief Phil, »ich rufe aus Frankfurt an. Mach doch kein Theater jetzt, bitte. Laß uns in Ruhe über alles reden, es geht doch auch um die Kinder!« Er hielt inne, in der Hoffnung, daß irgendwer seine Stimme erkennen und den Hörer abnehmen würde, aber es war nur ein fernes Summen zu hören.

»Ich merke schon, du willst nicht«, sagte er wütend. »Auch gut, dann schreibe ich dir einen Brief!« Er lachte. »So wie früher...« Er machte eine bedeutungsvolle Pause: »Wie wir einst begonnen –« »– so werden wir's beenden«, hatte er fortfahren wollen, kam aber nicht mehr dazu.

»Bitte beenden Sie Ihren Anruf!« ordnete Britta an und schnitt ihm das Wort ab. Es knackte in der Leitung. Aus!

Philip klappte seinen bereits zum Sprechen geöffneten Mund wieder zu und warf den Hörer auf die Gabel.

Er verließ die Zelle und eilte trotz der Hitze in großen Schritten zur Textorstraße hinüber, in der Laura und er eine kleine Wohnung gefunden hatten. Die Wohnung lag im vierten Stock unter dem Flachdach eines Hauses aus den fünfziger Jahren. Sie war stickig und heiß und, da sie an einer Durchgangsstraße lag, sehr laut; aber sie waren froh gewesen, daß sie sie bekommen hatten.

Frau Schraub, die Hauswirtin, hatte kein Hehl daraus gemacht, daß sie lieber einen alleinstehenden Herrn gehabt hätte, und Phil war sich wie in seinen Studentenzeiten vorgekommen.

»Junger Mann mit Bettkatze, erotisch aktiv, sucht Unterschlupf.« Aber er war vierundvierzig Jahre alt und Abteilungsleiter einer angesehenen Firma.

»Und Familie haben Sie nicht?« hatte Frau Schraub gefragt und Laura einen abschätzenden Blick zugeworfen. Daß sie nicht als »Familie« in Frage kam, sah eine erfahrene Vermieterin sofort. Laura wäre unter ihrem Blick fast im Boden versunken, aber sie straffte den Rücken.

»Wir leben zur Zeit beide in Scheidung und werden etwas Eigenes kaufen, sobald die Dinge geklärt sind. Vorläufig aber sind wir gezwungen, eine Wohnung zu mieten.«

»Ich gebe Ihnen einen Zeitvertrag über drei Jahre«, sagte Frau Schraub und wußte, daß sie einen Fehler machte, weil sie nicht den netten jungen Bankangestellten genommen hatte, der in die engere Wahl gekommen war. Aber es waren dreißig Grad Hitze und eine Luftfeuchtigkeit wie in den Tropen, und sie wollte die Sache hinter sich bringen. Sie mußte in ihre kühle Wohnung zurück und eine Dusche nehmen, wenn sie nicht tot umfallen wollte.

Es war ihr unerklärlich, wie jemand, der nicht durch widrige Umstände dazu gezwungen war, auf die Idee kommen konnte, diese Wohnung zu mieten. Fast regte sich bei Lauras Anblick ein wenig Mitgefühl. Die junge Frau hatte sicher schon bessere Tage gesehen.

Sie schaute auf Lauras teure italienische Schuhe und dann auf das Brillantkettchen an ihrem Hals.

Mit Mühe brachte sie ein Lächeln zustande.

»Drei Jahre, reicht Ihnen das?«

»Bis dahin haben wir längst etwas anderes gefunden«, sagte Phil. »Ich hab's ja schon gesagt, es ist nur für den Übergang!«

»Na, dann wünsche ich Ihnen viel Glück!« Die Vermieterin sah Laura jetzt direkt in die Augen.

»Und melden Sie sich ruhig, wenn etwas sein sollte!«

»Ich bin mir fast wie eine Asoziale vorgekommen«, sagte Laura, als sie endlich allein waren. »Was denkt die sich eigentlich?«

»Wahrscheinlich gar nichts«, sagte Phil und zog sein Oberhemd aus. Er hatte das Gefühl, sich in der Hitze aufzulösen. In Neuweststein war es nie so heiß gewesen.

Er griff nach Lauras Hand.

»Schau lieber mal hinaus. Im Grunde hab' ich schon immer so wohnen wollen, mittendrin!«

Laura beugte sich weit aus dem Fenster.

Unter ihr standen die Stühle eines Straßencafés neben einer Reihe parkender Autos. Etwas weiter befanden sich die Eingänge zu drei Apfelweinwirtschaften mit Hofbetrieb. Trotz der ruhigen Mittagsstunde rollte zweispurig dichter Verkehr. In der Mitte der Straße klingelte die Straßenbahn.

Laura warf Phil einen Blick zu.

Sie lachte.

»Alles da. Wunderbar!«

»C'est la vie«, sagte er. »Hier hörst du den Herzschlag der City!«

Er nahm ihr Gesicht in seine Hände. »Tod dem Vorstadtblues! Sag, wo wollen wir uns heute abend heftig betrinken?«

»Am liebsten hier«, sagte sie. »Küß mich noch einmal, Fremder.«

Er küßte sie.

»Und jetzt noch mal hierhin.«

»Wohin?«

»Hierhin!«

Sie zeigte eine für gewöhnlich verborgene Stelle.

Er küßte sie auch dorthin.

»Und wo sollen wir das Sofa hinstellen?« fragte sie dann.

Sie schritten Hand in Hand ihr neues Revier ab. Zwei Zimmer, Küche, Diele, Bad. Wohn- und Schlafzimmer zur Straße, Küche und Bad zum Hof.

Eine Küche, die gottlob bereits eingerichtet war, auch wenn sie, wegen der hohen Häuser ringsum, wenig Licht bekam.

»Ich liebe Hinterhöfe«, sagte Laura, »ich finde sie romantisch.«

»Hat was von Paris«, sagte Phil. »Schau mal, die Wäsche!«

Die Wäsche hing an verrosteten Gestellen, die die Hofbewohner vor ihre Badezimmerfenster montiert hatten. Keinen Meter von ihnen entfernt trocknete eine Badematte mit aufgedruckter Katze. Katze mit Schleife. Schleife in Rosa. Daneben trockneten zwei Unterhosen.

»Ich find's köstlich«, sagte Laura. »Diese Welt hab' ich immer mal kennenlernen wollen.«

»Da, wo wir herkommen«, sagte Phil und betonte jedes einzelne Wort, »da, wo wir herkommen, herrscht der Tod der Ästhetik. Man stirbt an der Schönheit.«

Laura dachte an die italienischen Sofas und die Designergeräte, die sie zurückgelassen hatte, und versuchte die fettigen Abdeckplatten ihrer neuen Küche mit den Augen zu liebkosen. Die Hängeschränke mußten aus den fünfziger Jahren sein, als man nach unten abgeschrägte Schränke mit Schiebetüren als »schwedisch« bezeichnet hatte. »So etwas besaß meine Mutter auch«, sagte Laura. »Ich seh's förmlich vor mir. Die Schiebetüren waren immer zweifarbig, unsere waren hellblau und gelb. Gott, was war meine Mutter stolz!«

»Hat ja auch viel Charme«, sagte Phil. »Laß mal sehen!«

Er versuchte, eine der Schubladen zu öffnen, und schließlich gelang es ihm, nachdem er mehrmals erfolglos daran herumgezerrt hatte.

Er strahlte Laura an.

»Dachte ich's mir doch!«

Er wies auf die siebartigen Besteckeinsätze aus rosa Plastik, deren Messerfächer am oberen Ende durchgestoßen waren.

»Genau die Löcher hatten unsere Besteckkästen früher auch«, sagte Laura. »Die müssen einfach sein!«

Phil und Laura nahmen die Schiebetüren und die Löcher in den Plastikeinsätzen als Omen dafür, daß alles gutgehen würde.

»Von der Liebe können wir alles erwarten, Liebe klärt das Spiegelbild unserer selbst«, zitierte Phil seinen Lieblingsschriftsteller, während Laura hinter dem stockfleckigen Duschvorhang verschwunden war.

»Von dir?« schrie sie, um das Rauschen des Wassers zu übertönen.

»Von Henry«, schrie Phil zurück.

»Wer ist das?«

»Ein Freund von mir.«

»Kluger Mann!«

»O ja. Hat auch sonst viel kapiert!«

Diesmal bildete kein Flugzeuglärm die Geräuschkulisse, statt dessen klingelte durch Lauras Lustwellen die Straßenbahn.

»Ich hab' das verrückte Gefühl, als wenn wir mitten auf der Straße lägen«, flüsterte Laura. »Mitten im Leben ...«

Phil griff mit beiden Händen in ihre Haare und hob sie an. Lauras Nacken war feucht.

Er küßte ihren Haaransatz und vergrub sein Gesicht in ihrer Halsbeuge. Ein Hauch von Angst streifte plötzlich seine Seele, aber es war nicht mehr als die Berührung eines Schmetterlingsflügels.

13

Sorge dich nicht – lebe!

Als erstes kauften sie die Räder.

Das Geschäft befand sich in der Schifferstraße gleich um die Ecke, und sie wählten silbrig schimmernde, leichte Stadtflitzer, deren bloßer Anblick schon sommerliche Stimmung aufkommen ließ.

Phil hatte früher ein Klapprad gehabt, das man in den Kofferraum legen und mitnehmen konnte, obwohl er sich kaum an eine längere Tour erinnerte. Dafür tauchte vor seinem geistigen Auge eine deprimierend lange Reihe von Kinderrädern auf, die er gekauft, zusammengeschraubt, repariert und von einem Ort zum anderen transportiert hatte.

Wenn Phil an die Reihe dieser Vehikel dachte, Dreirädchen, Schubkarren und Roller gar nicht mitgerechnet, dann fühlte er einen bitteren Geschmack im Mund. Britta hatte unbedingt ein schweres Hollandrad haben wollen, aber, fragte er sich jetzt, war sie eigentlich jemals damit gefahren?

Unendlich viele Gegenstände, so schien es ihm, waren in seinem vergangenen Leben angeschafft und wieder aufgegeben oder einfach vergessen worden. Wo waren die eigentlich alle geblieben? Irgendwo in der Nähe von Neuweststein mußte sich eine riesige Müllhalde befinden, die ausschließlich von den Jakobsens gefüllt worden war. Für diesen Kreislauf von Kaufen, Entsorgen, Verschrotten hatte er sich Tag für Tag abgerackert und die schönsten Jahre seines Lebens geopfert.

Aber im Moment kam Phil nur selten dazu, an diese Seite seiner Vergangenheit zu denken, die vielleicht die schmerzlichste war. Das Schicksal hatte offensichtlich beschlossen, das Ruder seines Lebens herumzureißen, und er war dankbar dafür, rechtzeitig gemerkt zu haben, wohin sein Boot trieb. Fast bedauerte er all diejenigen, die blind und wie ferngesteuert in immer derselben Runde trabten, lebenslänglich, dem Herzinfarkt entgegen.

Der Sommer ließ sich gut an.

Phil hatte seinen gesamten Jahresurlaub auf einmal nehmen können, und Lauras Probezeit war abgelaufen. In der Firma hatte man ihr gesagt, daß sich im Herbst entscheiden werde, ob ihr Arbeitsplatz weiterbestehe oder abgebaut werden müsse, aber Laura machte sich keine Gedanken.

Auch das Sich-Gedanken-Machen gehörte der Vergangenheit an.

»Sorge dich nicht – lebe!«

Die Zeitung annoncierte Kurse, in denen man die Methoden zum sorgenfreien Leben trainieren konnte. Sie sollten fast immer ausgebucht sein. Auch wie man Geld machte, selbstbewußt auftrat und erfolgreich kommunizierte, konnte man in diesen Kursen lernen. Laura mußte lächeln, wenn sie die entsprechenden Anzeigen las. Sie war wohlhabend, selbstbewußt und voll ins Gesellschaftsleben integriert gewesen, und sie hatte erfolgreich kommuniziert – dennoch war sie, wie sie erst heute wußte, todunglücklich gewesen.

Wie hatte Phils Freund Henry es formuliert?

»Nur von der Liebe können wir alles erwarten...«

Es war, wie Laura schien, der erste Sommer ihres Lebens, in dem sie sich wirklich jung fühlte. Mit Jan war sie nie jung gewesen, sondern immer bloß vernünftig, der Kinder, des Geschäftes, der gesellschaftlichen Verpflichtungen und der italienischen Sofas wegen.

Für denselben Preis, den Jan und sie für ein einziges dieser Sofas gezahlt hatten, richteten sie sich jetzt komplett ein. Phil hatte ein großes Speicherhaus in der Wittelsbacher Allee entdeckt, eine Art riesigen Flohmarkt, in dem sie alles kauften, was sie benötigten. Der Einkauf war keine ernste Sache, sondern ein heiteres Spiel, das sich an einem einzigen Vormittag erledigen ließ. Man konnte die Sachen aussuchen und bringen lassen. Es gab keine monatelangen Lieferfristen wie bei den italienischen Sofas, auf die sie ein halbes Jahr gewartet hatten.

»Bloß keine Couchecke«, sagte Laura und setzte sich probehalber in einen alten Strandkorb. Er war gemütlich eingerichtet mit ausklappbarem Tischchen, Fußbank und verstellbarem Rückensitz.

»Um Gottes willen«, sagte Phil. »Dann schon lieber so eine gußeiserne Gartenbank, vielleicht für die Küche?«

»Toll«, lachte Laura. »Wir streichen sie lila an, passend zur Milkakuh!«

Das Werbeplakat war ihre erste gemeinsame Anschaffung gewesen und besaß aus diesem Grunde einen besonderen Wert.

Laura fühlte sich so federleicht wie ganz zu Beginn ihres

Erwachsenenlebens, ehe Jan aufgetaucht war und diese Leichtigkeit durch Haus, Garten, Wertpapiere und Familie beschwert hatte.

Was die Einrichtung ihrer ersten gemeinsamen Wohnung anging, so waren sie und Phil sich auf eine wunderbare Weise einig: Nichts sollte an früher erinnern, an jene Zeiten, in denen sie, bis zur Selbstverleugnung angepaßt, in erstickender Bürgerlichkeit dahinvegetiert hatten.

Sie kauften einen großen runden Tisch, dessen Platte ein bißchen ramponiert war, so daß er preiswert zu haben war, vier ganz unterschiedliche Stühle, die gußeiserne Gartenbank und ein Vertiko. Im Schlafzimmer legten sie Matratzen aus, und Phil dübelte zehn stabile Eisenhaken in die Wand. Sie spannten ein Nylonseil von Ecke zu Ecke und klammerten lose Stoffbahnen daran fest. In einfachen, offenen Lagerregalen fand sich Platz für Wäsche und Schuhe. Es war der genialste Ersatz für einen Kleiderschrank, den man sich denken konnte, eine luftige Improvisation, so luftig und heiter wie ihr ganzes künftiges Leben.

Besonders gut gefiel Laura der große Spiegel mit dem Barockrahmen, den sie einfach gegen die Wand gelehnt hatten. Er sprengte preislich den gesteckten Rahmen, aber Laura fand, daß man in Ausnahmefällen auch einmal leichtsinnig sein sollte. Ein einziger Luxus, das durfte schon sein. Der Spiegel war riesig, und sie stellten ihn so auf, daß sie sich sehen konnten, wenn sie sich der Liebe hingaben. Und am Morgen konnten sie die Übungen kontrollieren, mit deren Hilfe sie die Muskelverspannungen loszuwerden hofften, die sie sich in der Nacht durch das ungewohnte Schlafen auf dem Boden zugezogen hatten.

Es war ein wenig schade, daß sie keinen Balkon hatten, und anfangs vermißte Laura eine Tür, durch die man ins Freie treten konnte, so wie sie es ein Leben lang gewohnt gewesen war. Aber das Wohnzimmer besaß einen kleinen Erker, der jedoch zu schmal war, als daß man etwas Richtiges mit ihm hätte anfangen können.

Laura schlug vor, den Erker mit Blattpflanzen zu begrünen, aber Phil war dagegen.

»Nur keine neuen Belastungen«, sagte er mit einer Spur von Gereiztheit in der Stimme. »Außerdem mag ich generell keine Topfpflanzen!«

»Und warum nicht?« fragte Laura ruhig.

»Weil sie immer kränkeln, halbtotes Gestrüpp!«

»Meine kränkeln nicht«, sagte Laura und gab das Thema einstweilen auf.

Wahrscheinlich war Britta zu träge gewesen, die Pflanzen richtig zu pflegen. Der arme Phil hatte nicht viel Positives in seiner Ehe erlebt. Er schien durch die Verbindung mit dieser Frau, die nicht das geringste Verständnis für ihn aufgebracht und ihn zum Packesel der Familie gemacht hatte, überhaupt größere Schädigungen davongetragen zu haben. Auch wenn sie anfangs vorgehabt hatte, die Vorgängerin zu schonen, ja sie vielleicht sogar ein bißchen zu mögen, wurde die Liste, auf der Laura Brittas Verfehlungen eintrug, immer länger.

Selbst das Schicksal hatte irgendwann nicht mehr tatenlos mit ansehen können, wie diese Frau mit ihrem Mann umging; sonst hätte es Phil nicht am Tage X an der Kuchentheke von *Klemmer & Söhne* einen Schutzengel über den Weg geschickt. Einen Schutzengel namens Laura, der alles wiedergutmachen würde, was diese Teufelin ihm angetan hatte.

Aber von den Blattpflanzen abgesehen, waren sie sich einig: kein Service, sondern Teller mit unterschiedlichen Mustern, kein Besteck, sondern einfach Messer und Gabeln. Aus den endlosen Regalen des Flohmarktes suchten sie sich Gläser und Tassen zusammen. Alles sollte so unkonventionell, so leicht und so luftig wie möglich sein.

Es dauerte keine zehn Tage, und die Wohnung war komplett eingerichtet.

»Wenn ich mir vorstelle, wie lange wir gebraucht haben, um in Neuweststein heimisch zu werden«, seufzte Phil. »Jahre!«

»Und wir erst!«

Laura leistete sich einen winzigen Augenblick der Bitternis. »Um die richtigen Fliesen für unser Bad zu bekommen, sind wir bis in die Toskana gefahren! Der reinste Wahnsinn!«

Sie schenkte Phil eine Tasse Kaffee ein. Die Tasse trug die Aufschrift »Gruß aus Wildbad« und war mit einer Rosengirlande verziert.

»Wo ist das eigentlich, dieses Wildbad?«

»Keine Ahnung, wir können ja mal hinfahren!«

»Wer immer diese Tasse auch einmal gekauft haben mag, er hat bestimmt nicht geahnt, in welch glücklich-verrücktem Haushalt sie einmal landet.«

Sie saßen sich an dem neuen – alten – Tisch gegenüber und frühstückten in aller Ruhe. Die Brötchen holte Phil täglich frisch vom Bäcker, während Laura in der Schwedenküche stand und darauf wartete, daß der Kaffee durchlief. Meist hatte sie nur ein loses Hemd übergeworfen, das bis zur Taille geöffnet war, und genierte sich nicht, halbnackt am Fenster zu stehen. In der Stadt glotzte man sich nicht gegenseitig in die Wohnungen; jeder tat, was er wollte, und scherte sich nicht um den anderen. Mit Grauen erinnerte sich Laura, wie sehr man sich in der Provinz gegenseitig benotete. Sie selbst hatte zwar stets gute Noten bekommen, aber wie hoch war der Preis dafür gewesen!

Laura massierte sich den Nacken, während sie in der Zeitung den Kulturteil überflog. Sie schlief schlecht bei dieser Hitze, die auch in der Nacht kaum nachließ. Die Frankfurter Nächte unterschieden sich kaum von den Tagen. Sie waren ebenso heiß und mindestens ebenso laut.

Aber man würde sich daran gewöhnen. Laura wunderte sich, mit wie wenig Schlaf sie neuerdings auskam. Sie hatte das Gefühl, als ob sie überhaupt nie mehr richtig schlief und dennoch hellwach war. »Irgendwie«, sagte sie und biß in ihr Brötchen, »bin ich immer bloß Zuschauerin gewesen, zum erstenmal hab' ich das Gefühl, selbst mitzuspielen.«

»Ich auch«, sagte Phil. Er hatte sich gestern im Kaufhaus einen Rucksack gekauft und festgestellt, daß das Tragen desselben ein gewisses Freiheitsgefühl vermittelte. Eine Mischung von Stärke, Unabhängigkeit und Selbstbewußtsein.

»Was machen wir heute?« fragte er.

Laura überlegte. Schon am frühen Morgen brütete die Hitze erbarmungslos über der Stadt.

»Schwimmbad?«

Er hatte keine gute Erinnerung an Schwimmbäder und verzog das Gesicht.

»Muß das sein?«

»Muß nicht, wäre aber schön! Wir könnten die Räder nehmen und ein Picknick einpacken!«

Sie radelten, Phil den Rucksack halb über die Schulter geworfen, durch die Stadt. Zwei junge, fröhliche Erwachsene ohne Kinder.

Keine Schwimmflügel und keine quietschenden Gummitiere.

Kein Gequengel nach Eis und Limo und belegten Broten.

Kein Kraulunterricht.

Kein: »Papa-hat-für-alles-Verständnis ...«

Kein: »Geh-zu-Papa-er-hilft-dir ...«

Kein: »Phil-würdest-du-dich-bitte-endlich-mal-ein-bißchen-kümmern ...«

Kein Gedanke daran, daß auf dieses Familienweekend voller Pflichten eine knallharte Woche folgen würde, die wiederum in einem Wochenende voller familiärer Verpflichtungen endete.

Sie erreichten das Schwimmbad und suchten sich eine entlegene, schattige Ecke auf der Liegewiese.

Laura breitete die Frotteetücher aus. Phil sah ihr nach, wie sie mit ihren langen Beinen zum Bassin ging, die Bademütze locker in der Hand. Sie hatte die Figur eines jungen Mädchens, und Phil bemerkte mit einer Mischung von Stolz und Eifersucht, wie ihr die Blicke der Männer bewundernd folgten.

Nach dem Schwimmen hakte Laura das Oberteil ihres Bikinis auf und legte sich auf den Bauch. Phil stützte sich auf die Ellbogen und betrachtete ihren schmalen braunen Rükken.

Brittas Rücken war breiter gewesen und mit Sommersprossen übersät. Komisch, daß ihm das jetzt einfiel. Eigentlich hatte er nie richtig darauf geachtet, aber jetzt sah er diesen Rücken so deutlich vor sich, als liege Britta neben ihm. Wie einen die Bilder der Vergangenheit verfolgten, und wie sie sich mit den Bildern der Gegenwart vermischten...

Hunderte von Sommersprossen auf einem schmalen braunen Rücken.

14

Hör auf dein Herz

Laura hatte sich mit Jan in Sachsenhausen treffen wollen, in einem der sommerlichen Hoflokale, die sie gern mit Phil aufsuchte und in denen sie sich beinahe schon wie zu Hause fühlte, aber Jan lehnte ab.

»Es geht mir nicht darum, den Sommer zu feiern, Liri!«

Seine Stimme klang väterlich und warm, wie sie immer geklungen hatte, aber mit einem Hauch von Bitterkeit darin, und Laura hätte sich am liebsten auf die Zunge gebissen. Sie war tatsächlich kurz davor, vor lauter Glück den Verstand zu verlieren. Natürlich kam Jan nicht in die Stadt, um einen netten Abend mit ihr zu verbringen.

»Und ich komme auch nicht abends. Wie wäre es um elf Uhr früh?«

»Ist gut, dann treffen wir uns im Schirn-Café, ich komme zu Fuß!«

Auch diese unterkühlten Cafés, die sich in den Museen etabliert hatten und von Leuten besucht wurden, die ebenso kühl gestylt waren wie die Einrichtung, gefielen Jan nicht. Aber er hatte keinen Gegenvorschlag zu machen. Da ihm die Stadt generell zuwider war, kannte er sich nicht gut aus.

»Summer in the city« war für ihn nichts anderes als Krach,

Hitze, Staub, verdreckte Straßen, quengelnde Kinder, grelle Geschäftemacherei und gesteigerte Kriminalität.

Laura mußte sich eingestehen, daß sie die Situation genoß, als sie sich vor dem goldenen Barockspiegel für Jan zurechtmachte. Sie hatte das verrückte Gefühl, daß in ihrem jetzigen Leben alles zum Spiel wurde, zu einer charmanten Boulevardkomödie geriet, in der sie die Hauptrolle spielte: *Liebenswerte junge Ehefrau und Mutter, gesellschaftlich anerkannt, wohlsituiert, verläßt Ehemann und Sicherheit, um in der Stadt eine Art Bohèmeleben zu führen. Verstörter Ehemann, Ehefrau immer noch liebend, versucht, sie zurückzugewinnen.*

Dritter Akt, erste Szene: Treffen der Ehegatten im Café.

Laura schlüpfte in einen schwarzen Body und wickelte sich den knöchellangen, buntgemusterten Baumwollrock, den sie auf der Straße gekauft hatte, um die Taille. Dann warf sie ein loses Hemd über und sprühte sich ein wenig »Paris« hinter die Ohren. Der Duft gehörte zu »der Zeit mit Jan«, wie sie ihre siebzehnjährige Ehe inzwischen nannte, und er würde sie immer an ihn erinnern.

Laura hatte Jan seit sechs Wochen nicht gesehen, genau seit dem Tage nicht, an dem er zu einer Geschäftsreise aufgebrochen war, nicht ahnend, daß er sein Leben bei seiner Rückkehr bis in die Grundfesten verändert vorfinden würde.

Aber nachdem Martin sich bereit erkärt hatte, mit den Olivers auf Englandfahrt zu gehen und sie allein zurückgeblieben war, hatte Laura das Gefühl übermannt, in ihrem alten Zuhause zu ersticken. Sie hatte Jans Rückkehr nicht abgewartet, sondern ihm einen langen Brief geschrieben, einen fairen, zärtlichen Brief, in dem sie ihm ihre Lage erklärte, sein Verständnis voraussetzte und ihn bat, ihr etwas zu verzeihen, das eben geschehen war, ohne daß sie es hätte verhindern können.

Zum Schluß hatte sie ihm zum Zeichen, daß sie für alle das Beste wollte, mitgeteilt, auf jeglichen Unterhalt, das Haus und ihren Zugewinn zu verzichten.

Wie sollte sie ahnen, daß es genau das war, was Jan mitten ins Herz traf. Die Kinder, er selbst, eine Villa, alles Inventar, der Garten, kurz: ihr ganzes gemeinsames Leben warf ihm Laura, ohne mit der Wimper zu zucken, vor die Füße.

»Nimm alles, aber störe mein Glück nicht!«

Was, dachte Jan und konnte einen Anflug von Haß nicht unterdrücken, hatte dieser Phil Jakobsen mit seiner Frau gemacht, die nicht einmal zu flirten verstand und eher gestorben wäre, als sich für eine Nacht mit einem anderen Mann zu treffen.

Eben, für eine Nacht nicht. Denn wenn eine Frau wie Laura jemandem folgte, dann war es für immer; eine Gefahr, die Jan nicht beachtet hatte.

Jan saß bereits eine geraume Zeit an einem der Bistrotische, als er Laura kommen sah.

Sie trug die Ponyfransen aus der Stirn gekämmt, das war das erste, was ihm auffiel, und sie hatte etwas Schnelles, Flatterndes an sich. Der lange, weite Rock umwehte ihre Beine, die hohen Absätze klapperten auf dem Pflaster.

Sie flog herein, eine junge Frau, bestens gelaunt.

»Hallo, Jan!« Ein rascher Blick zur Theke: »Einen Eiskaffee bitte!«

Dann wandte sie sich mit einem strahlenden Lächeln an ihn.

»Wie geht es den Kindern?«

Jan starrte sie an. War sie verrückt geworden?

»Was soll die Frage?« antwortete er mühsam beherrscht.

Lauras Strahlen hielt an.

»Ich hoffe, daß sie mich bald besuchen.«

Litt sie unter Realitätsverlust? Hatte sich in ihrem Innern irgendein Schalter umgelegt, infolgedessen sie von ihren eigenen Kindern plötzlich wie von weitläufigen Verwandten sprach?

Er schluckte.

»Liri, wann ist es passiert?«

»In diesem Sommer!«

»Wann genau?«

»Erinnerst du dich an den Betriebsausflug, von dem ich zurückkam und erzählte, ich hätte die Nacht mit einem anderen Mann verbracht? Nun, es war wahr!«

»Ich dachte natürlich, du würdest scherzen!«

»Das ist nicht meine Schuld!«

»Wo hast du ihn kennengelernt?«

»An der Kuchentheke bei *Klemmer & Söhne*.«

Wenn sie an diesen Scherz des Schicksals dachte, mußte sie noch immer lachen, es war unwiderstehlich.

»Und er ist es wert, daß du ihm dein ganzes Leben einschließlich einer dich liebenden Familie opferst?«

»Ich kann nicht anders, Jan.«

Er verzog spöttisch die Lippen.

»Eine Schicksalsmacht also – die dich treibt und der du hilflos ausgeliefert bist! Wo wirst du künftig leben?«

»Mitten in der Stadt. Eine kleine Wohnung, von allem nur das Nötigste, bloß kein Ballast.«

»Aha! Und die Kinder?«

Lauras heiteres Lächeln verschwand.

»Mein Gott, Jan, ich lasse euch bis auf den letzten Teelöffel alles so, wie es immer war. Du wirst eine Hilfe anheuern, die Jungs können mich besuchen, wann immer sie wollen. Ich werde mehr Zeit für sie haben als früher.«

»Das ist Blödsinn.«

Das war es, und sie wußte es.

»Außerdem sind sie bald groß«, sagte sie trotzig.

»So?«

Sie beugte sich über den Tisch und nahm seine Hände.

»Jan, laß uns doch Freunde bleiben.«

Sie hatte hellbraune Augen mit goldenen Lichtern darin.

»Ich hab' genug Freunde.«

Die goldenen Lichter flackerten.

»Aber gerade, wenn du mich liebst...«

»Das tu' ich.«

Das zurückgekämmte Haar stand ihr gut. Sie sah noch jünger aus als früher, ein bißchen kindlich fast.

»Laura, wenn du etwas nachholen willst, dann spiel deinen Sommernachtstraum zu Ende, aber dann komm zurück.«

»Wie könnte ich je zurückkommen«, sagte sie und fühlte das heiße Ziehen in der Brust, diesen Schmerz, der von Anfang an zu Phil und niemals zu Jan gehört hatte. Jan hatte sie gesehen und war bei ihr geblieben. Eine Verbindung ohne Schmerzen, aber auch ohne Sehnsucht.

»Ich kann es nicht ändern, Jan, es ist eben geschehen.«

Sie steckte sich eine Zigarette an.

»Was hättest du von einer Frau, die dauernd an einen anderen denkt?«

Jan winkte dem Kellner, um zu zahlen. Es war genug.

»Wenn du das letzte Kapitel deines Loreromans gelesen hast, laß es mich wissen«, sagte er sarkastisch. »Was ist dieser Phil eigentlich?«

»Abteilungsleiter bei *Klemmer & Söhne*!«

»Mich wundert's, daß er kein Arzt ist, es paßte besser ins Klischee.«

»Von mir aus könnte er bei *Klemmer* die Klos reinigen.«

»Ach ja?«

Jan griff nach seiner Leinenjacke und warf sie sich über die Schulter.

»Ich begleite dich noch bis zum Steg.«

Sie gingen über den Römerplatz und das kurze Stück bis zum Main. Wie immer hatte Jan seinen Arm um ihre Schultern gelegt. An einem Morgen wie diesem wirkte die Stadt fast kleinstädtisch gemütlich, sommerlich leicht.

»Ich hätte nie gedacht, daß dir das geschehen könnte«, sagte Jan. »Du warst doch immer so gut bei Verstand.«

»Und was hat es mir gebracht?«

»Eine Menge, denke ich.«

»In deinem materiellen Sinn vielleicht.«

Sie reichte ihm zum Abschied die Wange.

»Man darf nicht so kopflastig sein, Jan. Ich muß anfangen, auf mein Herz zu hören.«

»Und auf die Gefühle«, sagte er ironisch. »Weißt du, wohin die Gefühle uns treiben, wenn der Verstand sie nicht kontrolliert? Ins Abseits, ins Aus.«

Er sah ihr fest in die Augen.

»Liri, du leidest unter Realitätsverlust.«

»Mag sein«, sagte sie und winkte ihm ein letztes Mal zu. »Und es ist wunderschön!«

Ohne sich noch einmal umzusehen, lief sie rasch die Treppe zum Eisernen Steg hinauf. Jan verstand sie nicht, er konnte sie nicht verstehen. Niemand verstand die wahre Liebe, dem sie nicht irgendwann einmal begegnet war. Aber das schien bei den wenigsten Menschen der Fall zu sein.

Nicht einmal Grit hatte Verständnis.

Phil traf sie unvermutet Samstag morgens auf dem Wochenmarkt an der Konstabler Wache. Sie versperrte ihm den Weg, als er versuchte, unbemerkt zu entkommen.

»Phil«, sagte sie, »ich will von dir persönlich gesagt kriegen, daß es wahr ist!«

»Es ist wahr!«

»Ich hab' euch gesehen«, sagte Grit, »am Dienstag, vor dem ›Gemalten Haus‹. Ihr seid die Schweizer entlanggegangen.«

»Ja, und?«

»Diese blonde Frau, ist es die?«

»Das ist Laura, ja.«

»Und du findest nicht, daß sie aussieht wie tausend andere Frauen auch?«

»Es kommt nicht auf das Äußere an, Grit, obwohl mir Laura auch diesbezüglich gefällt.«

»Und es wäre nicht möglich gewesen, ein Abenteuerchen zu haben und sonst alles beim alten zu lassen?«

»Das wäre es nicht, Grit.«

»Und warum nicht?«

Sie grinste in der Art, die Phil immer gehaßt hatte.

»Ich meine, verlieben tun wir uns doch alle mal... nach einigen Jahren.«

»Mach's gut, Grit«, sagte Phil und schulterte seinen Rucksack mit der herausragenden Porreestange. Er schwang sich auf sein Rad und ertrug Grits spöttischen Blick mit der ruhigen Gelassenheit eines Menschen, der sich geliebt und somit in allem, was er tat, bestätigt fühlte.

»Armes Luder«, dachte er. »Ewig auf der Suche. Ein vergeudetes Leben.«

15

Joy of Life

Es war der heißeste September, an den sie sich erinnern konnten. Phil war inzwischen dunkelbraun. Er strahlte so viel Sommerfreude aus, daß Laura fast der Atem stockte, wenn sie ihn über die Straße radeln sah: die nackten Füße in Sandalen, die Jeans bis zur Wade hochgekrempelt. Das weite, weiße Hemd bis zur Taille geöffnet. Sie konnte es immer noch nicht fassen, daß dieser attraktive Junge ihr Liebhaber war.

Laura hatte abgenommen, obwohl sie ebensoviel aß und bestimmt doppelt soviel trank wie früher; aber es schien, als ob alles, was sie zu sich nahm, sofort verbrannte.

Sie paßte in eine Leinenhose, die sie mit achtzehn getragen hatte, und war zu einem Hairstylisten gegangen. Mit den kurzen Haaren sah sie aus wie ihre eigene Tochter.

»Wenn etwas Großes im Leben passiert, spürt man es zuerst in den Haaren. Man hat das Bedürfnis, die Frisur zu ändern.« Das hatte Laura einmal gelesen, und es stimmte. Seitdem Phil und sie in der Stadt wohnten, hatte sie das verrückte Gefühl, nicht mehr sie selbst zu sein, sondern eine aufregende Person, die die Hauptrolle in jenem Film spielte, der ein Renner werden würde. Wie Jan ganz richtig vermutete, hatte sich in Lauras Seele ein Schalter umgelegt, und wenn Markus und Martin auf ihre herzlich-witzig formulierte Einladungskarte nicht reagierten, so hatten sie sicher etwas Besseres vor. Wie die meisten Kinder in diesem Alter, die sich für alles, nur nicht für die eigene Familie interessierten und die man deshalb in Ruhe ließ, wenn man sie liebhatte.

Die »Zeit mit Jan«, eine Familiensaga, als Endlos-Serie konzipiert, war nach siebzehn Jahren abgebrochen und durch die »Zeit mit Phil«, eine spritzige Komödie, ersetzt worden. Sie lebte von den beiden Hauptdarstellern, die so viel Charme besaßen, daß man ihnen nachsah, wenn sie über die Straße gingen. Phil und Laura bewegten sich inmitten eines Strahlenkranzes, der deutlich zu sehen war.

Laura hatte schon immer schauspielerisches Talent und Sinn für spritzige Dialoge besessen, und wenn es an diesem Maisonntag vor siebzehn Jahren nicht wie aus Kannen gegossen hätte, demzufolge ihr Jan den Platz unter seinem Schirm anbot, wäre vielleicht eine begabte Drehbuchautorin aus ihr geworden.

Anstelle der Hochglanzzeitschriften wie *Deko* oder *Ambiente* las Laura jetzt das *Cityjournal.* Eine Zeitschrift für Junge, die Spaß am Leben hatten, die die Stadt zu ihrer ganz persönlichen Bühne machten und sie so selbstverständlich nutzten wie andere ihren Partykeller.

Die Gemeinde der *Cityjournal*-Leser verband ein Geheimcode: Sie waren jung, sie waren unkonventionell, sie frühstückten im Café und nannten den Kellner beim Vornamen. Sie kauften in der Markthalle ein und radelten am Main entlang. Sie gingen zum Open-air-Konzert und hinterher ins »Sechsundsechzig«, jener Geheimtip für Insider, den nur *Cityjournal*-Leser kannten.

Sie trafen sich Samstag vormittags auf dem Flohmarkt am Main und wußten, wohin man hinterher noch gehen konnte, wenn die Stadt verödete und nur noch ein paar Übriggebliebene an der Hauptwache herumlungerten.

Passend zum *Cityjournal* gab es die beiden Stadtführer *City Shop* und *In Treff*. Laura interessierte vor allem der *In Treff*. Es war wichtig, das für das jeweilige Lebensgefühl passende Lokal zu kennen: das richtige für den warmen Sommerabend, das, in dem man diskutieren, das, in dem man in Ruhe die Zeitung lesen konnte.

Und dann brauchten sie natürlich eine Stammkneipe. Laura entschied sich für »le canard«, ein Lokal, das der *In Treff* wärmstens empfahl. Eine uneigennützige Tat, denn eigentlich war es der Geheimtreff der Journalisten und Schreiber, die da gerne unter sich waren.

»Marcel, der Inhaber, kennt seine Gäste und bringt unaufgefordert die richtige Zeitung und das richtige Getränk. Zu essen gibt's kleine Köstlichkeiten aus der französischen Bistroküche. Man ist unter sich.«

Das »canard« war gleich um die Ecke, und Laura fragte Phil, ob er Lust hätte, am heutigen Abend einmal zu testen, ob es sich vielleicht als Stammkneipe eigne. Es war endlich ein wenig kühler geworden, so daß man sich stylen konnte, ohne gleich in Schweiß zu geraten.

»Aber wir sind keine Journalisten«, gab Phil zu bedenken.

»Das sieht man uns doch nicht an«, sagte Laura. »Wirf

einfach den Trench über und dann die Krempeljeans zu nackten Füßen, sieht stark aus!«

Sie selbst trug schmale schwarze Hosen zu einem Jackett, das einige Nummern zu groß war, weil es Phil gehörte. Die Ärmel hatte sie bis über die Ellbogen hochgeschoben. Unter der Jacke trug sie ein tief ausgeschnittenes Top, im Haar ein Stirnband. Die Haare kringelten sich wild in alle Richtungen.

Sie rief Phil vor den großen Spiegel. Sie lachten Tränen über sich selbst.

»Ein starkes Paar«, sagte Laura und verschluckte sich beinahe.

»Echt geil«, sagte Phil. »Du könntest das neue *In Treff*-Titelmädchen werden.«

»Heiß!« fand Laura.

»Wow . . .«, schrie Phil.

Sie konnten etwas, das viele nicht können, nie konnten und nie lernen werden: miteinander und übereinander lachen.

Sie waren einmalig.

Das »canard« war nur spärlich besetzt. Marcel hing trübe hinter seinem Tresen und las die Zeitung. Aus den vier Lautsprechern dröhnte Technomusik. Niemand schien sich daran zu stören. Man plauderte nicht. Auf lässig-arrogante Weise ödete man einander an. Das gehörte dazu.

Die Welt der Journalisten hatte sich hier wohl schon länger nicht blicken lassen, und wo die Schreiber des *In Treffs* zu dieser Stunde tagten, das wußten nur sie selbst.

»Fünf Sterne«, brülle Phil in Lauras Ohr. »Mindestens!« Er warf den Trench über einen Stuhl, und beide setzten sich an den kleinen Tisch neben der Theke.

Nach einer geraumen Weile schlurfte Marcel herbei und schenkte ihnen einen stummen Blick.

»Wir möchten etwas essen«, schrie Phil, und Marcel wies mit dem Kinn auf die Schiefertafel, auf der die Köstlichkeiten des heutigen Abends aufgekritzelt waren.

Wer immer hier auch kochte, er schien es längere Zeit nicht geübt zu haben. Der *Gartenfrische Salat* kam aus der Kühltheke, übergossen mit einer Fertigsauce, die so sauer war, daß es Laura den Gaumen zusammenzog. Aber die Putenleber war frisch gebraten.

Der Rosé gut gekühlt.

Phil griff nach seinem Kuli und schrieb auf die Tischdecke aus weißem Papier: »Wie findest Du es hier?«

»Laut!« schrieb Laura.

»Was, glaubst Du, denken die beiden am Nebentisch?«

»Nichts!«

»Wie macht man das?«

»Jahrelang geübt!«

»Oder erst gar nicht damit angefangen!«

Marcel sagte nichts dazu, daß seine Decke beschmiert wurde. Ihm war es egal. Ihm war alles egal.

Schweigend räumte er die Teller ab und erhob dann die Stimme.

»Haben Sie noch einen Wunsch?«

»Ja«, schrie Laura zurück und schaute ihn so strahlend an, daß der Eisring, der Marcels Herz umschloß, brüchig wurde.

»Ein Lächeln!«

Marcel starrte sie an, und eine längst vergessene Saite in seinem Inneren begann zu vibrieren.

»Un sourire, Monsieur Marcel!«

Laura zog mit den Fingern die Mundwinkel in die Höhe und zeigte Marcel, wie es ging: »So!«

Marcel verstand und lachte.

»Ich nicht Marcel, ich Antonio, Italia. Früher viel lachen, mammamia!«

»Wo ist denn Marcel?«

»Welche Marcel? Alle fragen nach diese Marcel. Hier noch nie ein Marcel. Chef heißt Klaus-Dieter, hat noch drei Lokale in Offenbach. Kommt selten.«

Die Frau am Nebentisch, die von ihrem Begleiter beharrlich angeschwiegen wurde, starrte seit einer geraumen Weile Phil mit einer Intensität an, daß er gar nicht anders konnte, als ihren Blick zu erwidern. Sie trug ein Haarband im Tigerdesign, Plastikohrringe im Tigerdesign, Leggings im Tigerdesign und einen schwarzen Pullover, der knapp die Taille bedeckte. Ihr Begleiter trug Schwarz in Schwarz, war über jeden Zweifel erhaben, und wie es aussah, würde sie ihn nicht mehr lange halten können. Die Beziehung lag in den letzten Zügen.

Doch ehe er sie aufgab, brauchte sie Ersatz, und Phil gefiel ihr. Er war nicht mehr ganz jung, sah aber unverbraucht aus. Die Partie unter den Augen war noch nicht so geschwollen wie bei den meisten seines Alters, und er schien begriffen zu haben, wo's langging. Mit diesem Typ könnte man sich sogar im »Top Ten« blicken lassen, ohne sich zu blamieren. Super Typ. Echt.

Phil senkte den Blick und kritzelte für Laura aufs Papier: »Diskret umsehen, Tigerlilli in Anmachstellung!!!!«

Laura drehte sich um und begegnete dem Raubtierblick der Fremden.

Sie lachte der Dame zu und legte die Hände trichterförmig um den Mund: »Gefällt er Ihnen?«

Die Frau konnte darauf nicht reagieren. Die Art des Paares am Nebentisch war ihr fremd, sie hatte das nicht so drauf.

Sie antwortete mit einem schweigenden Blick in Richtung Phil. Die Plastikohrringe gerieten in schaukelnde Erregung.

»Wollen wir tauschen?« schrie Laura und wies auf den schweigenden Stockfisch an Tigerlillis Seite.

Stockfisch und Tigerlilli schauten sie verstört an und dann in eine andere Richtung.

Tigerlilli gab auf. Der Typ war nicht zu haben.

Wenn sie auch des Sprechens nicht kundig war, so hatte sie doch andere Talente. Sie kapierte blitzschnell, wo etwas zu holen war und wo nicht.

Der Technosound dröhnte.

»Sicher eine Journalistin vom *Sex-Magic*«, schrieb Laura für Phil.

»Eher eine Exhure aus dem Odenwaldpuff!« antwortete er.

»Findest Du sie schöner als mich?« fragte Laura.

»Kann mich kaum noch beherrschen!« antwortete er.

»Dann laß uns schnell abhauen!« schlug Laura vor.

Sie schrieben »Salut, Antonio« auf die Papierdecke, klemmten zwei Zwanzigmarkscheine unter Phils Glas und gingen. Eine Clique junger Leute drängte an ihnen vorbei, ins Lokal hinein. Es war halb zwölf, die Szene kam, und endlich paßten der Technosound, das »canard« und seine Gäste zusammen.

Draußen empfing sie ein kühler Wind und prasselnder Regen. »Es wird Herbst«, sagte Laura und schlug den Jackenkragen hoch.

16

Wieviel Lüge braucht der Mensch?

Jan hatte nichts verändert. Er versuchte, die häusliche Atmosphäre, die Laura geschaffen und die dem gemeinsamen Leben seinen Zauber verliehen hatte, zu konservieren, indem er den blauen Seidenschal über der Lehne ihres Stuhls hängen und das Buch, das sie zuletzt gelesen hatte, aufgeschlagen auf dem Sofa liegen ließ. Im Bad räumte er die Cremedosen nicht fort und starrte sich morgens sekundenlang im Spiegel an, ihren Bademantel gegen die Wange gepreßt.

Am liebsten hätte er die Äpfel in der Schale am Verfaulen und die Blumen in den Vasen am Verblühen gehindert, nur um nichts verändern zu müssen; aber als es schließlich soweit war, ging er in den Garten und schnitt die Rosen ihrer Lieblingssorte zu einem großen Strauß. Er mischte sie, so wie sie es immer getan hatte, mit dem glänzend-dunklen Laub der Rhododendren und zarten Gräsern, die leise zitterten, wenn ein Luftzug sie traf. Er wühlte in der Küche nach Lauras Rezepten und versuchte sie nachzukochen, in der Hoffnung, daß der den Töpfen entweichende Duft das Gefühl von Wärme und Zusammengehörigkeit zurückbrächte, das verlorengegangen war.

Jan glaubte fest daran, daß Laura zurückkehren würde,

wenn der Sommer erst vorbei war und der Alltag begann. Vielleicht, dachte er, war der andere begabter als er, das Ungewöhnliche zu inszenieren; aber um den Alltag zu bestehen, dafür konnte Laura niemanden finden, der besser zu ihr paßte als er.

Jan klammerte sich an diesen Gedanken wie ein Ertrinkender. Er mußte an Lauras Rückkehr glauben, wenn er nicht verrückt werden wollte.

Jan konnte die Vorstellung nicht ertragen, daß seine Söhne ihre Mutter in der fremden Umgebung besuchten, in der sie jetzt lebte. Es war nicht nötig, daß sich in ihren Köpfen ein falsches Bild einprägte, das sie nur beunruhigen würde, zumal es sich um einen Übergang handelte, der nur von kurzer Dauer war. Die Jungen sollten glauben, daß Laura plötzlich hatte verreisen müssen und in einigen Monaten zurück sein würde. Deshalb zeigte er ihnen die Einladung nicht, die sie geschickt hatte, und schrieb ihr statt dessen einen liebevollen Brief, in dem er sie bat, nicht anzurufen, um die Kinder nicht zu verschrecken.

Fairerweise hielt sie sich daran.

Markus war in Paderborn geblieben und bis auf weiteres dort eingeschult worden. Es war keine optimale Lösung, aber im Moment fiel Jan keine bessere ein. Martin war fest in sein Schulleben integriert. Er hatte Freunde und kam schon ganz gut allein zurecht, aber der Kleine war immer ein Schmusekind gewesen, das seine Extraportion Zuwendung brauchte.

Wimm und Dora waren sofort einverstanden, Markus vorübergehend bei sich aufzunehmen. Sie liebten ihre

Schwiegertochter und waren ihrerseits ebenfalls davon überzeugt, daß sie zurückkehren würde.

Den Grund der Trennung, den Jan angegeben hatte, mochten sie nicht akzeptieren. Ein Mann im Spiel? Aber doch nicht bei Laura. Unvorstellbar.

»Jan, sag es uns ehrlich, was ist vorgefallen?« drang Dora in ihren Sohn. »Irgend etwas muß doch passiert sein!«

»Es ist nichts passiert!«

»Wo ist Laura denn jetzt?«

»Bei einem Mann namens Phil Jakobsen, Abteilungsleiter bei *Klemmer & Söhne*. In der dortigen Caféteria haben sie sich kennengelernt.«

»Wo?«

»An der Theke der Caféteria bei *Klemmer & Söhne*!«

»Warum mußte Laura auch diesen komischen Job annehmen«, ereiferte sich Dora. »Als ob sie das nötig gehabt hätte.«

»Sie hat es eben gewollt!«

»Und gleich in den ersten Wochen ... Jan, denk nach, was ist zu dieser Zeit zwischen euch geschehen?«

»Nichts, es war wie immer. Wir haben uns geliebt!«

»Und trotzdem konnte dieser Mann einfach auftauchen und die Macht ergreifen?«

Die Macht ergreifen!

Das Wort nistete sich in Jans Hirn ein und zündete eine panikähnliche Beklemmung in seinem Herzen.

Die Macht ergreifen.

Er murmelte den magischen Satz vor sich hin, als er spät am Abend die Autobahn entlangraste.

Phil war gekommen und hatte die Macht ergriffen.

Aber Dora hatte recht, was war zu dieser Zeit gewesen?

In Gedanken hakte er einen ganzen Fragenkatalog ab.
Streit?
Langweile?
Mangelndes Begehren?
Ignorieren ihrer Wünsche?
Nicht zugehört?
Zuwenig Sex?
Zuviel?
Nein, nein, nein!!!
Aber irgend etwas mußte ihr gefehlt haben, so sehr gefehlt, daß ein Typ wie Phil daherkommen und die Macht ergreifen konnte. Einfach so ...

Jan rief sie Samstag abends an, und es war ihm egal, ob dieser Phil neben ihr saß und zuhörte.

»Sag mir nur das eine«, begann er ohne Einleitung. »Wie konnte es geschehen?«

»Ich weiß es nicht, Jan«, sagte Laura, und er hörte ein leises Lachen, das nicht ihm galt, sondern dem anderen.

»Ich weiß es wirklich nicht. Es ist unerklärlich. *Es geschieht einfach.* Und bitte, ruf mich nicht mehr an!«

Manchmal, wenn Jan um die Mittagszeit in den Garten hinaussah, in dieses gleißend helle Mittagslicht ohne Schatten, in dem es den Lügen schwerfällt, sich zu verstecken, konnte es vorkommen, daß ihn, sozusagen aus dem Hinterhalt, das Gefühl überfiel, daß Laura für immer verschwunden war.

In solchen Momenten verließ er sein Büro, ging in die Diele hinüber und stellte sich vor den großen Spiegel, um sich zu fragen, wer er war. Er war ein Mann in mittleren Jahren, der verlassen worden war. Und sonst nichts.

Sein Blick fiel auf Lauras Sommerjacke, die sie an dem Abend, an dem sie sie zum letztenmal getragen hatte, achtlos über den Garderobenhaken geworfen hatte. Die Jacke hing wie tot in der Dämmerung des Raums, den linken Ärmel nach innen gestülpt.

An Tagen wie diesem konnte es vorkommen, daß Jan wie betäubt von Raum zu Raum ging und daran dachte, wie viele der vertrauten Dinge Laura in der Woche vor ihrem Auszug getan hatte, ohne daß er geahnt hatte, daß es zum letztenmal geschah.

Zum letztenmal den Kaffee gebrüht, das Frühstücksbrot gestrichen, über die klemmende Terrassentür geflucht, mit der Hand durch sein Haar gestrichen, zum letztenmal mit ihm geschlafen.

»Was ist los heute?« hatte er gefragt.

»Nichts«, hatte sie geantwortet. »Ich bin einfach fertig!« Jan hörte ihre Stimme ganz deutlich, während sein Blick über das Doppelbett mit dem grünsamtenen Kopfteil strich, und in plötzlicher Erkenntnis blieb ihm beinahe das Herz stehen.

Sie hatte es nie wirklich gewollt, nie gemocht, nie genossen. Aber ertragen – bis Phil kam.

»Warum hat sie nie etwas gesagt?« dachte Jan, und Tränen hilfloser Wut rannen ihm über das Gesicht. »Vielleicht hat sie gedacht, daß ich es merke, irgendwann merken muß . . .«

Martin ging jetzt in die 8. Klasse. Er war der Beste in Deutsch und der Schlechteste in Mathematik, deshalb fiel nur seinem Deutschlehrer etwas auf. Er nahm Martin zur Seite.

»Was ist los?«

»Nichts!«

»Irgend etwas zu Hause?«

»Nein, alles okay! Meine Mutter ist für längere Zeit verreist – aber sie kommt wieder.«

Doch im Grunde glaubte Martin nicht mehr daran, daß Laura wiederkommen würde, und er redete sich ein, daß es ganz egal sei. Nicht mehr lange, und er würde das Haus ebenfalls verlassen.

Nicht mehr lange, und er würde sie vergessen haben.

Jeden Nachmittag gegen halb zwei, wenn das Ende der letzten Schulstunde nahte, fürchtete sich Martin vor dem Nachhausegehen. Er wollte das leere Haus nicht betreten, in dessen Anbau das Büro seines Vaters untergebracht war. Jan, durch die Senkrechtlamellen vor dem Fenster schemenhaft erkennbar, beugte den Kopf über das Zeichenbrett.

Ein paarmal waren Jan und Martin aneinandergeraten, wegen nichts. Der letzte Streit war darüber entbrannt, ob es schlimm sei, wenn das rote Lämpchen des Fernsehers die ganze Nacht hindurch glühte. Jan, der sonst so Großzügige, hatte behauptet, daß das Glühen die Stromrechnung in die Höhe schnellen lasse und außerdem dem Fernseher schade.

»Gut, dann verrecken wir eben«, hatte Martin ihn angeschrien. »Das werden wir ja sowieso!«

Später riß er die Tür zum Arbeitszimmer seines Vaters so jäh auf, daß der Computer abstürzte.

»Laura wird nicht zurückkommen, nie!«

Jan wich das Blut aus dem Gesicht, ehe er langsam aufstand und auf Martin zuging.

Martin war noch nie geschlagen worden, deshalb brannte die Ohrfeige wie eine Beleidigung in seinem Gesicht.

Er sprang auf sein Rad und hörte Jans Rufe nicht mehr, die flehentlich durch den Garten drangen.

An diesem Nachmittag stahl er zum erstenmal im Supermarkt eine Baseballmütze, die er niemals tragen würde, und eine Flasche Champagner, die er sofort in den Container warf, der hinter dem Markt stand. Den Kugelschreiber mit dem Vexierbild, auf dem eine rotgekleidete Blondine plötzlich nackt war, je nachdem wie man den Stift drehte, hob er für Fränki auf. Zum Dank dafür, daß Fränki es schweigend hinnahm, daß Martin sich in letzter Zeit so komisch benahm.

Es war schon schlimm genug, daß er es nicht fertigbrachte, weiterhin mit Fränki an die Nidda zu fahren. Und daß er ihm mitten ins Gesicht gesagt hatte, daß er nicht mehr an die Existenz von Ufos glaube. Und daß die Dame aus der Talkshow, die angeblich ein Ufo über der Nidda gesehen hatte, eine Verrückte sei oder eine, die die ganze Welt zum Narren hielt.

Und daß Fränki niemals Mittelstürmer irgendeiner Mannschaft werden würde.

17

Top Tips

Am 20. September ging Phil wieder ins Büro.

Am Tag zuvor war das Wetter umgeschlagen, und plötzlich fegte ein kalter Wind durch die Straßen. Zum erstenmal, seitdem sie diese Wohnung bezogen hatten, schlossen sie nachts das Fenster.

Laura kuschelte sich eng an Phil und dachte, daß es gut war, ihn zu haben, und daß ein schwerer Vorhang vor dem Fenster dem kahlen Zimmer mehr Intimität verleihen würde.

Sie fuhr zum Flohmarkt in die Wittelsbacher Allee und kaufte ein antikes Nähtischchen, das genau in den Erker paßte, und einen alten Silberrahmen, der wunderbar aussah. Sie mischte rosa Rosen mit blauen Astern und füllte die Glasvasen auf dem Fensterbrett und dem Bord über der gußeisernen Bank. Im Kaufhaus entdeckte sie eine selbsthaftende Silberfolie und beklebte damit die Fronten der Küchenschränke, was witzig aussah und mehr Helligkeit in die Küche brachte.

Klemmer & Söhne hatten Lauras Arbeitsplatz ersatzlos gestrichen.

»Sicher steckt Jan dahinter«, sagte Phil und lachte ironisch. »Auf diese Weise hofft er, dich langsam auszuhungern und zurückzugewinnen.«

»Das würde Jan nicht tun«, sagte Laura.

Sie war nicht allzu enttäuscht darüber, daß sie ihren Arbeitsplatz verloren hatte, obwohl es nett gewesen wäre, morgens gemeinsam mit Phil loszufahren und sich dann mittags zum Essen zu treffen; aber so, wie es war, war es auch gut. Was auch geschah, das Leben mit Phil würde immer aufregend sein, und die Kulturspalten der Zeitungen bargen so viele Anregungen, daß es unmöglich schien, auch nur einen kleinen Teil davon zu nutzen. Die Stadt pulsierte förmlich vor Leben, und das rund um die Uhr.

»Im Literaturhaus läuft eine Proust-Reihe. Ich dachte, daß wir dort vielleicht einmal hingehen.«

»Interessant«, sagte Phil und schaute auf ihren Mund und dachte, daß er eigentlich gar nichts dagegen hatte, daß sie nicht ins Büro mußte und er sie ganz für sich hatte.

Er fühlte sich erschöpft. Der Urlaub hatte länger gedauert als gewöhnlich, und er mußte sich an den Rhythmus eines normalen Arbeitstages erst wieder gewöhnen. Aber es machte Spaß, nach Hause zu kommen und mit Laura zu essen und den Abend zu planen, anstatt im Fernsehsessel dahinzudämmern, wie er es früher getan hatte. Laura und Phil hatten die Lektüre des *In Treffs* aufgegeben, nachdem sie ein weiteres Mal hereingefallen waren, und sich statt dessen aufgemacht, die Stadt auf ihre Weise zu entdecken.

Vor allem Laura nutzte ihre ungebrauchte Kreativität, um interessante Programme zu entwickeln.

»Was hältst du von folgendem Plan?« fragte sie Phil und ließ die Seite mit der Spalte »Kulturtermine« sinken, eine engbedruckte Spalte, die über eine ganze Seite ging.

»Freitagabend: Wir gehen ins Filmmuseum zur Eröffnung

einer Ausstellung, anschließend in den Tigerpalast zum Essen und hinterher in die Nachtvorstellung; und dann können wir entscheiden, ob wir den frühen Morgen in der Großmarkthalle verbringen und im Café frühstücken.«

»Tigerpalast? Was ist das?«

»Ein Varieté. Sehr bekannt.«

»Und wo ist die Markthalle?«

»Nicht weit davon, im Osthafen. Ich stell's mir wie die Hallen in Paris vor, ehe sie sie abgerissen haben.« Laura sah Phil träumerisch an. »Vielleicht gibt's sogar Zwiebelsuppe!«

»Oder?« fragte Phil.

»Oder wir machen auf intellektuell, gehen um zehn zu einer Lesung ins Literaturhaus und vorher zu einem dieser schummrigen Chinesen, ins Bahnhofsviertel. Dann bummeln wir gemütlich durch die Stadt, stranden irgendwo in einer Bar und beenden die Nacht in der Markthalle. Was meinst du?«

»Die Markthalle scheint sehr wichtig zu sein«, stellte Phil fest und dachte, daß er überall mit ihr hinginge, solange es nicht heute war. Heute wollte er ein wenig arbeiten, eine Flasche Wein trinken und dann mit ihr schlafen.

»Aber ja!«

»Aber was?«

»Markthalle!«

»Und wenn's nicht wie in Paris ist?«

»Dann können wir sie abhaken und darüber lachen!«

»Also halten wir fest«, sagte Phil und dachte, daß Laura zu jenen Frauen gehörte, mit denen man am liebsten allein war, »erstens Chinese, zweitens Varieté, drittens Bar, viertens Markthalle, fünftens Hallencafé.« Er lächelte Laura an und fügte in Gedanken hinzu: »Sechstens schlafen!«

Phil hätte nicht einmal vor sich selbst zugeben mögen, daß es ihm schwerfiel, nach einem langen Arbeitstag bis neun Uhr zu Hause zu hocken und sich dann noch einmal aufzuraffen, um sich für die Aktion »City by night« zu stylen. Für eine Nacht, die, wenn sie regelgerecht ablaufen sollte, nicht vor dem Morgengrauen enden durfte.

Es war Freitag, und ein langes Wochenende lag vor ihm, und das Zimmer war warm und von einer Tröstlichkeit, die er nicht gern für einen Streifzug durch die Kälte der Stadt aufgab.

Laura hatte nachmittags geschlafen und war nun hellwach, fest entschlossen, der geplanten Aktion zu einem Erfolg zu verhelfen. Sie hatte die Kerzen in den Silberleuchtern angezündet und eine Flasche Champagner geöffnet.

»Zur Einstimmung«, sagte sie.

Phil hätte nichts dagegen gehabt, die Flasche zu leeren und dabei auf dem Sofa zu liegen, Laura im Arm und die Augen auf den Thriller geheftet, der heute bei RTL lief. Aber natürlich behielt er diesen Wunsch für sich. Laura sah so glücklich aus. Ihre Augen glänzten, und das Kleid, das sie trug, hatte er noch nie an ihr gesehen. Aber als sie mit den langstieligen Gläsern anstießen und sich anlächelten, hatte Phil plötzlich die verrückte Idee, eine Rolle in einem Film zu spielen, für den er eine Fehlbesetzung war. Auch als sie später durch die Stadt gingen, vertiefte sich in Phil das Gefühl, eine Prüfung bestehen zu müssen – aber das war natürlich Unsinn, und er fegte den Gedanken rasch beiseite. Er hatte ganz einfach zu lange das Leben eines Spießers gelebt, und die Fähigkeit, einmal etwas außer der Reihe zu tun, hatte sich an der Seite einer Frau wie Britta gar nicht erst entwickeln können. Wenn er an Britta dachte, so erschien sie ihm nicht mehr als der Rauschgoldengel mit dem Knisterhaar, in den er sich einmal verliebt hatte. Jetzt sah er sie als eine ständig schwangere Frau vor sich, die abends die Hand ins Kreuz preßte, ehe sie das Bett mit bügelfreier Frotteewäsche bezog: für Eltern und Kinder das gleiche Muster.

Er seufzte.

Laura drückte seinen Arm.

»Komm zurück!« sagte sie.

»Von wo?«

»Von da hinten!«

Wenn Phil später an ihren ersten Ausflug in die City-Nacht zurückdachte, fiel ihm immer der Chinese im Bahnhofsviertel ein als etwas, das wirklich existiert hatte. Das Lokal war im Keller eines alten Hauses untergebracht, und man mußte eine schmutzige Treppe hinabsteigen und einen Vorhang zur Seite schieben, um den schummrigen Raum zu betreten. Laura und er waren die einzigen Europäer unter lauter Chinesen, die in Gruppen an den Tischen hockten, Tee tranken und chinesische Zeitungen lasen.

Am Nebentisch saßen zwei Schwarze, vertieft in ein Brettspiel. Phil und Laura hatten die vielseitige Karte studiert und sich schließlich für ein Entengericht entschieden, das in vielerlei Schüsselchen und Schälchen serviert wurde. Dazu hatten sie warmen Pflaumenschnaps getrunken, der belebend durch die Kehle rann und Phil das Gefühl gab, das Richtige zu tun und den ersten Teil der Prüfung bestanden zu haben. Das gelungene Essen hatte dazu beigetragen, daß er sich der Aktion wirklich gewachsen und nicht mehr bloß ausgeliefert fühlte.

Und doch sollten beide später, nachdem sie ihren ersten nächtlichen Streifzug durch die Stadt beendet hatten, das Gefühl zurückbehalten, das Eigentliche nicht gefunden zu haben.

Denn wo war es, das Eigentliche? Sie waren so froh gewesen, dem Vorstadtblues entronnen zu sein, aber der Herzschlag der City pochte offensichtlich anderswo.

»Wir sind noch zu fremd in der Stadt«, dachte Laura, als sie neben Phil an der Theke der »Cooci-Bar« lehnte und den zuckenden Neonschlangen zusah, die das Lokal abwechselnd in rotes und gelbes Licht tauchten. Der Keeper hatte seinen Kopf kahlgeschoren und trug einen großen grellgelben Ohrring. Phil hatte zuviel von dem Pflaumenschnaps getrunken, und der giftgrüne Drink, den er jetzt in der Hand hielt, vermittelte ihm den Eindruck, von lauter unechten Menschen umgeben zu sein, Marionetten, die sich wie ferngesteuert bewegten. Sie schwiegen sich an oder gaben Sprechblasen von sich, als seien sie die Darsteller der fünfhundertsten Folge einer TV-Serie, die niemandem mehr Spaß machte.

Das einzig Echte in dieser Bar war die Trauer in den Augen des Schwarzen, der die Rosen anbot, die niemand wollte. Aber diese Tatsache blieb unbemerkt.

Das Varieté hatte Phil besser gefallen als die Nachtbar, aber voller Verzweiflung hatte er dem giftgrünen noch einen himbeerroten Drink folgen lassen, so daß er während der Vorstellung sanft einschlummerte, ein Frevel, der von Laura gottlob unbemerkt blieb. So sollten sich später in seiner Erinnerung lediglich die glühenden Augen einer Inderin finden, die ihn hypnotisch anstarrte, ehe sie sich den Körper von einer Riesenschlange umwickeln ließ.

Auch die Großmarkthalle war leider ein Reinfall gewesen. Sie war zu aufgeräumt und steril, um Atmosphäre zu haben, und die Händler gaben ihnen das Gefühl, Eindringlinge zu sein, die in ihrem Revier nichts zu suchen hatten. Phil und Laura hatten pflichtschuldige Blicke auf Obst und Gemüse geworfen und waren dann ins Hallencafé geflohen. Es stank nach Bier und abgestandenem Rauch. Quer über dem Tisch, in einer Schnapslache liegend, schlief ein Penner seinen Rausch aus. Der Wirt musterte die neuen Gäste unfreundlich.

»Hier gibt's nix mehr«, sagte er. »Geschlossen!«

Aber Laura wollte ohnehin nicht bleiben. Sie machte feine Unterschiede zwischen einer gewissen poetischen Verkommenheit und schlichtem Dreck, und dies hier gehörte der zweiten Kategorie an und hatte nicht den Zauber vom Paris der fünfziger Jahre.

»Laß uns schnell gehen!« sagte sie.

Phil war sehr dafür, den letzten Punkt des Gesamtprogramms, das Frühstück, zu Hause zu erledigen, an einem sauberen Tisch mit der vertrauten Marmelade und einer Zeitung, die man unterwegs kaufen konnte.

Sie liefen Hand in Hand durch das Ostend. Es war still. Nur die Schreie der Möwen waren zu hören und das Tuckern eines Lastkahns auf dem Wasser. Der Himmel im Osten wurde hell. Das Licht über dem Fluß war kreidig, mit ein wenig Silber darin. Auf den Zelten der Obdachlosen schimmerte der Tau.

Plötzlich flammte in den gläsernen Türmen der Deutschen Bank die Sonne auf.

Für diesen Moment hatte sich alles gelohnt.

»Man könnte«, sagte Phil und lachte zum Zeichen, daß er es nicht ernst meinte, »die Nacht gemütlich im Bett verbringen, den Wecker stellen und dann zum Sonnenaufgang an diese Stelle kommen!«

»Es ist leider nicht dasselbe«, sagte Laura, und auch sie nahm den Worten durch ein Lachen den Ernst. »Erst die Arbeit, dann das Vergnügen.«

Sie warf Phil einen unsicheren Blick zu. »Aber es hat doch Spaß gemacht, oder...«

»Oder haben wir versagt?« hätte der Satz lauten müssen, wenn sie den Mut gehabt hätte, ihn zu beenden.

»Natürlich hat es Spaß gemacht...«

»Aber«, dachte Phil, »irgend etwas ist passiert mit dem Vergnügen, so anstrengend dürfte es nicht sein!«

Andererseits, fürs erstemal... und die Stunden beim Chinesen hatten doch einen gewissen Zauber gehabt.

Sie schlenderten durch die frische Morgenluft nach Hause. Ein schöner Abschluß einer im großen und ganzen gelungenen Aktion. Und Phil hätte diese letzte halbe Stunde wirklich genießen können, wenn durch seine Gedanken nicht das Meeting am Montag morgen gegeistert wäre, während Laura daran dachte, eine Samtdecke für das Bett nähen zu lassen. Passend zum Vorhang.

18

Angsttriebe

Britta hatte einen Kampf verloren, aber sie war froh, daß das Spiel entschieden war. Von nun an würde sie ihre Kraft konstruktiv einsetzen und sich nie mehr mit der Gegenwart eines Menschen begnügen, der sie in stummer Trauer ansah, weil er sich nach jemand anderem sehnte. Sie würde nie wieder bloßer Ersatz für das Unerreichbare sein.

Sie würde nie wieder heiraten, und sie würde beweisen, daß eine Familie auch ohne Mann intakt sein konnte. Und nie wieder würde sie sich, aus Angst vor der Wahrheit, belügen lassen.

Vor den Kindern hatte sie nichts beschönigt.

»Euer Vater hat uns verlassen, um mit einer Frau zusammenzuleben, die ihm besser gefällt als ich. Er wohnt jetzt in der Stadt. Wenn ihr möchtet, könnt ihr ihn besuchen, vorausgesetzt, daß er Interesse daran hat, euch zu sehen.«

Kim und Sandra hatten den steilen Nacken ihrer Mutter geerbt und konnten einiges verkraften.

Um die Kleine würde man sich kümmern müssen.

In den ersten Wochen nach Phils Auszug nahm Britta im Haus einige Änderungen vor. Sie baute das Ehebett ab und ersetzte es durch eine Schlafcouch. Sie leerte die überfüllten Schränke und spendete Kisten voller Kleidung und das überbordende Zuviel an Hausrat dem Asylantenheim in der Kirchstraße.

Mit einem Gefühl der Erleichterung fegte sie die Erzeugnisse sämtlicher Kreativkurse der vergangenen Jahre von den Regalen. Sie verschenkte die getöpferten Vasen und die Patchworkdecken, die gehäkelten Gardinchen und gewebten Läufer, die Seidenmalereien und gestickten Decken. Was sie nicht loswerden konnte, warf sie weg. Während sie das Haus entrümpelte, spürte sie in sich eine neue Kraft, die ihre Entscheidungen lenkte und ihr das Gefühl gab, daß das Leben gerade erst begonnen hatte.

Wenn sie, was vorkam, von einer Sehnsuchtswelle nach dem Mann, der sie verlassen hatte, überfallen wurde, zog sie die hohen Stiefel an und lief mit großen Schritten durch den Wald.

Phils persönliche Besitztümer hatte sie in große Plastiksäcke gestopft und in den Keller getragen. Die Sachen würden ihm zugestellt werden, nachdem sie mit ihrem Anwalt gesprochen hatte.

Phil feierte seinen Geburtstag in diesem Jahr »woanders«, aber seine Mutter Ninon war gekommen, weil sie immer noch nicht glauben wollte, daß ihr Sohn zu den Männern gehörte, die wegen einer anderen Frau ihre Familie verließen.

Seitdem Ninon verwitwet war, verbrachte sie so viel Zeit wie möglich in der Firma. Sie teilte das Büro mit einem Computer und einer Blattpflanze, die so einsam war, daß sie vor Angst lange Triebe bildete. Niemand hatte sich je die Mühe gemacht, die vergilbten Ansichtskarten von den Wänden zu nehmen oder die seit Jahren defekte Kaffeemaschine zu entfernen.

Aber Ninon klammerte sich an diesen Ort, denn wie Martin Michaelis, so hatte auch sie jeden Tag Angst, nach Hause zurückzukehren. Wie Jan ließ sie das Buch, das ihr Mann zuletzt gelesen hatte, aufgeschlagen auf dem Nachttisch liegen, und wie Jan stand sie manchmal stumm vor Schmerz in der dämmrigen Diele, den Blick auf einen grauen Filzhut gerichtet. Wie Martin und Jan zitterte sie manchmal vor Angst.

Ninon machte täglich Überstunden, die nicht bezahlt wurden, aber sie war fünfundsechzig, und langsam kam sie sich wie eine Schmarotzerin vor. Sie mußte den Platz räumen, ehe der Druck in der Herzgegend unerträglich wurde.

An Phils Geburtstag fuhr Ninon direkt nach Büroschluß nach Neuweststein.

Stumm rührte sie in ihrem Kaffee, während sie hinaus in den Garten sah. Die Rosenbüsche hatten eine undurchdringliche Hecke gebildet, und in der Abenddämmerung sah die japanische Zierkirsche aus, als warte sie auf ein Zeichen. In der Lärche am Ende des Gartens sang eine Amsel.

Brittas Blick ruhte auf Ninon, und wie immer geriet sie beim Anblick ihrer Schwiegermutter in Atemnot. Ninon trug zu enge Blusen mit zu engen Kragen unter Kostümjacken mit zu engen Ärmeln. Sie trug zu enge Röcke und preßte die Füße in zu enge Schuhe. Alles, was Ninon trug, erschien Britta ein paar Nummern zu eng, sogar die Goldkette war eher ein Würgehalsband als ein Schmuckstück. Nur das wilde graue Haar, das sich nicht bändigen ließ und ihr immer wieder in die

Stirn fiel, zeugte davon, daß Ninon Pferde hätte zureiten können, wenn ihr Leben anders verlaufen wäre. Sie öffnete den oberen Blusenknopf und fächelte sich Kühlung zu. Ohne lange zu fackeln, schlug Britta vor, daß Ninon ihren Job aufgeben und zu ihnen ziehen solle.

»Ich gehe ins Gästezimmer, und du könntest unser Schlafzimmer haben. Überleg es dir.«

Ninon und Britta konnten deutlich hören, wie der Stein von Ninons Herzen fiel. Aber sie hatte zu lange in ihrer Rüstung gesteckt, als daß sie Britta hätte um den Hals fallen und ihre Gefühle zeigen können.

»Ich werde es mir überlegen«, sagte sie. »Aber natürlich werde ich euch helfen, wenn ihr mich braucht!«

»Dir würde es auch guttun«, stellte Britta richtig. »Oder würde es dir Spaß machen, den Rest deines Lebens die Hinterlassenschaften deines Mannes zu hüten und Pillen zu schlucken, damit du es ertragen kannst?«

»Aber mein Beruf...«

»Den mußt du doch sowieso aufgeben, oder nicht?«

Britta hatte keinen Sinn mehr für Mätzchen und langes Hin-und-her-Gerede. Es kostete zuviel Zeit.

Ihrem Anwalt sagte sie gleich bei der ersten Beratung, daß ihr Wunsch, sich scheiden zu lassen, unwiderruflich sei.

»Lassen Sie ein Jahr verstreichen«, riet Doktor Bleibtreu, der solche Fälle täglich erlebte. »Ihr Mann möchte vielleicht zu Ihnen zurückkehren.«

»Was er möchte, ist mir egal«, sagte Britta. »Ich bin dabei, unser Leben neu zu ordnen, und ich werde es kein zweites Mal zerstören lassen.«

»Denken Sie an die Kinder!«

»Das tue ich.«

»Ihr Mann ist verwirrt, wie viele Menschen in seinem Alter.«

»Ich nehme mir auch nicht das Recht, verwirrt zu sein«, sagte Britta und schaute Doktor Bleibtreu fest ins Auge.

»Ich habe drei Kinder, für ein viertes fehlt mir die Kraft.«

Sie saß im Gegenlicht vor dem großen Fenster, und die Sonne leuchtete von hinten durch ihr Haar.

Wie Paulinchen, dachte Doktor Bleibtreu in einem seiner seltenen lyrischen Augenblicke.

»Ich möchte so viel herausschlagen, wie es nur irgend geht«, sagte Britta. »Meine Nachfolgerin ist wohlhabend, und außerdem leben mein Mann und sie von der Liebe!«

»Hält auch nicht ewig!« Doktor Bleibtreu dachte an seine eigene Ehe und heftete den Blick auf das Grübchen in Brittas Kinn.

»Deshalb müssen wir zuschlagen, ehe sie's merken«, sagte Britta.

»Wir werden sehen, was sich machen läßt. Eine Frau ohne Berufsausbildung, drei Kinder, fünfzehn Jahre verheiratet ... Ihr Mann ist mutig.«

»Verrückt«, stellte Britta richtig.

»Also dann, auf Wiedersehen!«

Doktor Bleibtreu starrte noch eine Weile nachdenklich auf die Tür, die sich hinter Britta geschlossen hatte.

»Zuschlagen, herausschlagen ...«

Die Brutalität des Vokabulars, mit dem er täglich umging, fiel ihm heute zum erstenmal auf.

Auch Britta starrte noch eine Weile auf die Tür der Kanzlei. Sie hatte das Gefühl, etwas getan zu haben, das einfach notwendig war, ohne Feindschaft und ohne Bitterkeit.

Der Phil, mit dem sie glücklich gewesen war, hatte mit alledem nichts zu tun. Er hatte sich in eine Erinnerung aufgelöst und einen Schatten hinterlassen, den sie besiegen würde.

Britta schüttelte den Gedanken ab und ging zum nächsten Punkt der Tagesordnung über: Sie wollte heute das Schlafzimmer räumen. Ninon würde zu Beginn der nächsten Woche zu ihnen ziehen. Und bei diesem Gedanken huschte ein Lächeln über Brittas Gesicht.

19

Die Leichtigkeit des Seins

Für Phil war es fast eine Erleichterung, Britta das Haus zu überschreiben und ihrem Anwalt zu verstehen zu geben, daß er selbstverständlich für die Familie, die er verlassen hatte, aufkommen werde. Auch die Styga sollte Britta bekommen. Phil war so glücklich in seinem neuen Leben mit Laura, daß es ihm leichtfiel, auf die materiellen Werte zu verzichten. Er fühlte sich wie in einem Ballon, der frei in der Luft schwebt und dem man zu weiterem Aufstieg verhalf, indem man Ballast über Bord warf.

Aus luftiger Höhe gesehen, erschien Phil das frühere Leben klein und unbedeutend. Genormt und austauschbar. Er wollte sich nie wieder mit Besitz belasten.

Beim Anblick bunter Prospekte, die Schrankwände und Couchgarnituren, Doppelbetten, Medientürme, Gartenschirme oder Autos anpriesen, kroch ihm säuerlicher Widerwille die Kehle hoch. Besitz, das hatte er in seiner Ehe mit Britta erfahren, machte nicht glücklich, sondern mußte gewartet, erweitert, bewacht und verteidigt werden. Besitz beschwerte die Leichtigkeit des Seins.

Als die ersten Unterhaltszahlungen abgebucht und an Britta überwiesen worden waren, verkaufte Phil das Auto und fuhr mit dem Rad ins Büro. Er fühlte sich jung und aktiv, und nicht müde und frustriert wie in früheren Zeiten, in denen er Kindergeschrei und Staus hinter sich hatte, ehe er mit der beruflichen Plackerei beginnen konnte. Der Montagmorgen nach einem Wochenende, vollgepackt mit familiären Aktivitäten, war immer am schlimmsten gewesen, gefolgt von dem Montagabend, wenn Britta sich die Zusage erzwang, das am letzten Wochenende nicht Geschaffte am nächsten Samstag zu erledigen. Wenn Phil früher während der Arbeit einmal an zu Hause gedacht hatte, war ihm sofort der Frust unerledigter Pflichten den Hals hochgekrochen, vermischt mit einem vagen Gefühl von Unzulänglichkeit.

Dagegen konnte es heute passieren, daß er mitten in einer Besprechung an Laura denken mußte und den Geruch ihrer Haut wahrnahm und das leise Zittern der Schultern unter dem Stoff ihrer Bluse. Dann konnte ihm plötzlich so heiß werden, daß er den Kragen öffnen mußte.

Seitdem er mit Laura lebte, fühlte Phil sich seinen Kollegen überlegen, die noch immer diesen Familienklotz mit sich herumschleppten. Einige von ihnen wurden abends am Tor von ihren Frauen erwartet oder mehrmals täglich im Büro angerufen, weil es auf dem Heimweg etwas zu besorgen galt. Montag morgen sah man ihnen die Resignation an: daß sie sich mit einem Leben abgefunden hatten, das sie niemals hatten führen wollen, so wie sie sich mit der Tatsache arrangiert hatten, daß ihnen die Mutter ihrer Kinder immer fremder wurde.

Im Grunde, dachte Phil, stören Kinder die Beziehung zwischen Mann und Frau. Sie verhindern die Nähe und das Eigentliche. Das dachte er vor allem dann, wenn sich Laura vor dem großen Barockspiegel auszog und er ihr, im Bett liegend, dabei zusah. Es schien, als habe die Flamme, die sich bei ihrem ersten gemeinsamen Lachen in seinem Inneren entzündet hatte, die anderen Gefühle verbrannt. Auch Laura dachte selten an Martin und Markus. Nachdem sie auf ihre Einladungskarte nicht reagiert hatten, ging sie davon aus, daß es ihnen sicher gutging. Sie hatten alles, was sie brauchten, wahrscheinlich sogar mehr, als sie brauchten.

Die grauen Wintertage wurden Laura nicht lang.

Wenn Phil nach dem Frühstück aufgebrochen war, legte sie sich noch eine Weile ins Bett, las oder gab sich Phantasien hin. Nachmittags ging sie durch die Stadt. Sie schlenderte am Mainufer entlang und schaute den Möwen zu, die kreischend über dem Wasser kreisten, sie beobachtete das Wechselspiel des Lichts in den gläsernen Türmen der Hochhäuser und die Bögen der Brücken über dem Fluß. Sie warf flüchtige Blicke auf die Entgegenkommenden und fühlte sich auf eine diffuse Art überlegen: den Karrieretypen im Bankenviertel ebenso wie den Hausfrauen aus dem Umland, den Arbeitslosen und den Gehetzten, den Gewinnern und den Elenden. Wenn sie sich, was selten vorkam, allein fühlte, tröstete sie sich auf jene Weise, wie sie sich immer getröstet hatte: Sie schmückte ihr Heim. Nach und nach strahlte die karge Zweizimmerwohnung jenen Zauber aus, den früher oder später alle Räume annahmen, die von Laura bewohnt wurden. Sie hatte einen Vorhang aus schwerem Samt gekauft, der das Fenster im Schlafzimmer verdeckte, und einen aus dicker, glänzender

Seide für den Erker im Wohnraum. Auf der alten Kommode, die sie auf dem Flohmarkt gefunden hatte, der samstags am Mainufer abgehalten wurde, stand der kleine antike Spiegel, um die Zahl der Blumen zu verdoppeln, die sie täglich neu arrangierte.

Immer wenn Phil nach Hause kam, brannten die Kerzen in den silbernen Leuchtern. Dann waren die vier rothaarigen Engel schon verschwunden, die an manchen Nachmittagen in den Ecken des Raumes standen, mit ernsten Gesichtern und gefalteten Flügeln, die Augen auf Laura gerichtet. Sie verschwanden erst, wenn sie Phils Schritte auf der Treppe hörten, wenn der Tisch gedeckt wurde und es aus der Küche verführerisch nach einem jener exotischen Gerichte roch, auf die Laura sich so gut verstand. Die Zutaten für diese Köstlichkeiten, die sie auf großen Platten zu wahren Stilleben zu arrangieren wußte, kaufte Laura in der Markthalle mitten in der Stadt. Sie war gern an diesem magischen Ort, an dem es alles gab, was gut und teuer war.

Es war in der ersten Januarwoche, als Laura zum erstenmal zur Kenntnis nehmen mußte, daß sie mit dem Geld nicht auskam. Sie war eher erstaunt als verbittert. Bis jetzt hatten Phil und sie es nicht nötig gehabt, dieses Thema zu berühren. Laura hatte von ihrem eigenen Konto abgehoben, soviel sie brauchte. Es war das Konto, das früher von Jan und nun von niemandem mehr gespeist wurde.

»Sie sind mit dreitausend Mark im Minus«, sagte der Bankbeamte und sah Laura teilnahmslos an.

»Aber ich brauche nur läppische tausend Mark«, sagte Laura. »Früher habe ich immer überzogen, es...«

»Da hatten Sie sicher regelmäßige Einnahmen«, entgegnete der Beamte. »Auf dieses Konto ist seit einem halben Jahr nichts mehr eingezahlt worden.«

»Dann lassen Sie es«, sagte Laura und warf den Kopf in den Nacken, eine Geste, die die Unternehmersgattin aus Oberursel verriet, die sie für immer zurückgelassen zu haben glaubte. »Wenn Ihre Kompetenz nicht ausreicht...«

Draußen stand sie eine Weile nachdenklich auf der Straße. Sie befand sich in einer Situation, die ihr eher lächerlich als ernst erschien. Sie hatte nicht einmal das Geld für die Flugente in der Tasche, die es heute abend geben sollte, ganz zu schweigen von den Erdbeeren zum Nachtisch. Sie war in der lächerlichen Zwangslage, Phil um Geld bitten zu müssen.

»Ich habe es nie nötig gehabt, auf den Pfennig zu achten«, sagte Laura am Abend zu Phil, als sie sich am Tisch gegenübersaßen und sich die Lichter der Kerzen in ihren Augen spiegelten. »Ich muß es erst üben!«

»Ich überweise die Hälfte meines Einkommens an meine Exfamilie«, sagte Phil, »damit sie es gut haben und im alten Stil weiterleben können.«

»Manche machen sich eben keine Gedanken, wie andere zurechtkommen«, sagte Laura. »Wenn ich noch mal zur Welt komme, werde ich auch dafür sorgen, dauernd schwanger zu sein und einen Idioten zu finden, der mir diesen Luxus finanziert.«

»Könntest du dir nicht«, sagte Phil und sah aus wie ein Sorgenvater, »ich meine, natürlich nur vorübergehend – einen Job suchen? Ich meine, bis alles geklärt ist?«

»Ich denke, es ist geklärt«, sagte Laura. »Deine vier Exfrauen leben in Saus und Braus, obwohl sie nie etwas für dich getan haben, und die gute alte Laura hat das Nachsehen.«

»Du könntest dich mit Jan in Verbindung setzen und den Unterhalt verlangen, der dir nach siebzehn Ehejahren zusteht«, sagte Phil.

»Das werde ich nicht tun«, sagte Laura. »Ich werde nicht zulassen, daß unsere Liebe durch ein Thema wie Geld entzaubert wird.«

Laura hielt ihr Versprechen. Die Frau, die Phil in dieser Nacht im Arm hielt, war so leidenschaftlich wie nie.

»Wir sollten«, sagte Phil am nächsten Morgen, als Laura in der Küche stand und darauf wartete, daß der Kaffee durch den Filter rann, »natürlich nur vorübergehend, unseren Eßluxus ein wenig einschränken. Kannst du auch so etwas wie ›Wirsing durcheinander‹ kochen? Oder Möhreneintopf? Das mochte ich immer gern.«

»Ich kann Wirsing, mit gebratener Wachtelleber«, sagte Laura. »Und ich kann Karotten glasiert, mit Lammfilet. Aber ich werde es versuchen. Obwohl es auch eine Frage der Ästhetik ist. Stell dir mal ›Wirsing durcheinander‹ auf dem Teller vor.«

»Ich persönlich hatte nie etwas daran auszusetzen«, sagte Phil. Er lachte und küßte sie zum Abschied.

»Nur zum Übergang«, sagte er. »Wir leben unter einem guten Stern, der uns retten wird.«

Es sollte dies die einzige Meinungsverschiedenheit über Geld bleiben, die sie jemals hatten.

Am selben Tag erreichte Phil ein Schreiben von Brittas Anwalt. Doktor Bleibtreu teilte ihm mit, daß Frau Britta Jakobsen das Geschenk der Styga zurückgewiesen habe. Sie sehe keine Möglichkeit, das Haus als Frau allein zu halten. Außerdem sei sie keine Ausbeuterin. Das Sommerhaus in Schweden stehe Phil ganz eindeutig zu.

»Wir können die Styga verkaufen«, sagte Phil zu Laura. »Sie liegt direkt am See, mit eigenem Steg, Boot, Sauna und Gästehaus. Das Grundstück ist groß.«

»Wir wollen im Sommer zusammen dorthin fahren«, sagte Laura, »dann können wir immer noch sehen, was wir machen.«

Laura hatte niemals Liebschaften gehabt. Deshalb wußte sie nicht, daß es etwas gab, das die Nachfolgerin stets vermeiden sollte: die Plätze zu besuchen, die eine Vorgängerin geschaffen hat.

Die Geister, die sie zurückgelassen hat, sind ihr nicht wohlgesinnt.

20

Werde die, die du bist

Ehe sie sich an einem Dienstagnachmittag um sechzehn Uhr zwanzig in Luft auflöste, war Theresa Wahnmeier fünfzehn Jahre lang Lauras Nachbarin gewesen. Die Wahnmeiers hatten das Eckhaus Rosenstraße/Pappelallee bewohnt und die südliche Grundstücksgrenze, die Garagentrennwand und den Altglascontainer mit den Michaelis' geteilt.

Wie diese hatten sie zwei Söhne, Dennis und Rokki, die voll ins Oberurseler Vereinsleben integriert waren, so daß man sie zu Hause nur selten antraf. »Dennis spielt Tennis, und Rokki spielt Hockey«, pflegte Jan mit einem Blick in den verwaisten nachbarlichen Garten festzustellen.

»Theresa geht zur Vernissage, und Teddis Ehe ist im A . . .!« Das letztere nicht gesagt, nur gedacht. Dann hatte Jan leise vor sich hin gelacht und sich Teddi Wahnmeier überlegen gefühlt, weil er seine aus dem Leim gegangene Gattin nicht halten konnte, während er selbst in Laura nicht nur die schönste, sondern auch die treueste Frau des Reviers besaß.

Ob es Theresa Wahnmeier wirklich mit jedem trieb, der ihr über den Weg lief, wie gemunkelt wurde, war schwer zu beweisen; aber die Panik, in der sie sich vor jedem gesellschaftlichen Anlaß dreimal umzog und ihre breiten Hände mit protzigen Ringen schmückte, verriet, wie unglücklich sie war. Und daß sie die Frau, die in ihr steckte, nicht finden konnte, sah man an der Verzweiflung, mit der sie sich das Haar in jeder Woche umfärben ließ.

Doch dann, an einem Tag im November, kehrte Theresa nicht vom Friseur zurück. Wie Teddi in Erfahrung brachte, hatte sie den Vierzehnuhrtermin pünktlich wahrgenommen und darauf bestanden, daß ihr Andreas das Haar in fünf verschiedenen Blondtönen strähnte.

Er hatte ihr davon abgeraten und dringend empfohlen, das Haar eine Zeitlang in Ruhe zu lassen, aber auf Theresas eigene Verantwortung war er ihrem Wunsch schließlich nachgekommen.

Das Resultat war nicht zufriedenstellend gewesen, aber das konnte nicht der Grund dafür gewesen sein, daß Theresa nie mehr in ihr Eckhaus zurückkehrte. Ob von ihren Kleidern etwas fehlte, vermochte Teddi nicht genau zu sagen, er kannte sich im Kleiderschrank seiner Frau nicht so aus.

Es war in der Woche nach dem großen Herbstball gewesen, den der Golfclub in Bad Homburg gab und zu dem eingeladen zu werden eine gewisse Ehre darstellte. Einige der Gäste wollten sich später daran erinnern, daß Theresa auffallend nervös gewesen und sich immer wieder mit ihren rauhen Händen durch die Haare gefahren sei, die sie zu diesem wichtigen Anlaß platinblond hatte färben lassen. Sie hatte ein Kleid getragen, dessen Ausschnitt tiefe Einblicke auf einen ermüdeten Busen zuließ, und Stilettos, deren zarte Riemchen von Theresas breiten Füßen fast gesprengt wurden.

Ihre Oberarme waren so dick geworden, daß sie sie besser

bedeckt gehalten hätte, und die anderen Frauen tuschelten darüber, wie vulgär es wirkte, wenn man nicht verstand, in Würde zu altern. Zu diesem Zeitpunkt war Theresa sechsundvierzig Jahre alt.

Laura war die einzige gewesen, die stets eine gewisse Zuneigung für Theresa gehabt hatte, weil sie unter der ungeschickt-mondänen Fassade die praktische Landfrau witterte, die Theresa eigentlich war. Sie sah unter der dicken Schminke das Gesicht von Theresas Großmutter Inga, die ihre fünf Kinder großzog, indem sie Pullover aus Schafwolle strickte und bei Vollmond aus der Hand las. Sie konnte Warzen besprechen und hintereinanderweg das Holz für die ganze Woche hacken, und niemals wäre sie auf die Idee gekommen, daß das Leben an Zauber gewinnt, wenn man Füße, geschaffen, um Urwälder zu durchqueren, in Stilettos zwängte. Als die Kinder aus dem Haus waren, ging Inga einem neuen Beruf nach: Sie zog mit ihrem Handkarren durch die Dörfer und bot ihre Dienste als Scherenschleiferin an. Und die kleine Theresa hatte in dem Karren gesessen und ihr Lied angestimmt: »Die-Sche-ren-schlei-ferin-ist-daaaa!«

»Theresa hat so was Ehrlich-Praktisches«, sagte Laura zu Jan. »Irgendwie erinnert sie mich an ...«

»Mich erinnert sie an jene Tussi aus dem Werbekatalog, die auf jeden Plunder hereinfällt«, unterbrach er sie. »Aber eins muß man ihr lassen, ich kenne keine Frau, der es mit einer solchen Leichtigkeit gelungen ist, ihren Mann zur Strecke zu bringen. Hast du Teddis Mundzucken bemerkt?«

»Das kommt von der Ironie, mit der er Theresa stets betrachtet hat«, sagte Laura. »Irgendwann hängt da der Mund schief!«

Nachdem Theresa verschwunden war, sprachen die Leute noch eine Zeitlang von ihr, dann vergaßen sie sie.

»Hast du etwas von Theresa gehört?« rief auch Laura anfangs über den Zaun, wenn sie Teddi gedankenverloren auf seinem Rasen herumstehen sah. »Weißt du inzwischen, wo sie ist?«

Aber Teddi wußte nicht, wo Theresa war. Und es schien ihn auch nicht zu interessieren.

»Wahrscheinlich ist er froh, daß er sie los ist«, sagte Jan.

Irgendwann hörte Laura auf, nach Theresa zu fragen, und doch konnte sie manchmal, zur Zeit der Abenddämmerung, ganz deutlich sehen, wie ihre frühere Nachbarin die Schubkarre über den Rasen schob, wie sie die Stockrosen hochband oder mit einer Sicherheit, die niemand vermutet hätte, auf einer wackligen Leiter stand, um die Äpfel von den Bäumen zu schütteln, das Haar fuchsrot gefärbt und goldene Stöckel an den Füßen.

Anstatt sich in englischen Antiquitätengeschäften oder bei ausgesuchten Einrichtungsdesignern umzusehen, wie sie es früher getan hatte, schlenderte Laura jetzt nachmittags durch die Kaufhäuser. Sie hatte es nie nötig gehabt, in Warenhäuser zu gehen, und stellte erstaunt fest, daß es Spaß machte, an Wühltischen nach einem Schnäppchen zu fahnden.

Ihr untrüglicher Instinkt für schöne Dinge ließ sie unter hundert langweiligen Blusen die einzig originelle entdecken und einen preisreduzierten Orientteppich in eine Tischdecke verwandeln, die eine ganz besondere Art winterlicher Geborgenheit ausstrahlte.

Gern blieb Laura auch bei den wortgewandten Propagandisten stehen, die in den Kaufhäusern Fleckenmittel oder patentierte Kleiderbügel anpriesen.

Es waren witzige Leute darunter, die Menschenkenntnis und Gespür besaßen und einen magischen Draht zwischen sich und den Käufern spannten, so daß sich diese am Ende des Vortrags fragten, wie sie jemals ohne den neuartigen Gemüsehobel oder den Hopp-und-Weg-Grill hatten leben können.

Mit der Zeit konnte Laura nach wenigen Worten erkennen, ob der Propagandist ein echter Magier war oder zu den Resignierten gehörte, die aus purer Not hier arbeiteten und sich des Jobs schämten, den sie ausübten.

Als es Frühling wurde, dehnte Laura ihre Streifzüge durch die Stadt auf die anderen Viertel aus. Sie ging gern durch das Ostend nach Bornheim hinauf und besuchte das dortige Warenhaus, immer auf der Jagd nach einem originellen Sonderangebot.

Die Propagandistin, die ihren Stand rechts des Eingangs aufgeschlagen hatte, war eine von den Zauberinnen. Sie hatte ein Tuch so eng um den Kopf geschlungen, daß es wie eine Badekappe wirkte und der Blick auf die schaukelnden Ringe in ihren Ohren gelenkt wurde. Sie trug ein lockeres Kleid mit spitzem Ausschnitt und weiten langen Ärmeln.

Laura hatte der Propagandistin bereits eine Weile zugesehen, aber sie erkannte Theresa Wahnmeier erst an ihren großen, praktischen Händen, als diese einen roten Schal aus einer Schachtel nahm, ihn rasch auseinanderschlug und den Zuschauerinnen präsentierte.

»Sie sehen hier, meine Damen, ein ganz gewöhnliches Halstuch«, rief Theresa und warf glitzernde Blicke in die Runde.

»Eines jener Tücher, wie sie bei jedem von uns zu Hause in irgendeiner Schublade herumliegen, nachdem man sie gekauft und dann niemals getragen hat, aus dem einfachen Grund, weil sie einen mit ihrem ewigen Rutschen zum Wahnsinn treiben!«

Die Frauen lachten und nickten bestätigend mit den Köpfen.

»Aber jetzt, meine Damen, können Sie dieses Problem ein für allemal lösen. Riskieren Sie hier und heute zwölf Mark und fünfundsiebzig Pfennig.«

Theresa senkte die Stimme zu einem magischen Flüstern und wiederholte: »Zwölfmarkfünfundsiebzig! – Was, meine Damen«, sie hob die Stimme wieder an, »kann man für diese Summe kaufen? Machen Sie den Test! Nehmen Sie zwölf Mark und fünfundsiebzig Pfennige und gehen Sie in den Supermarkt; Sie werden feststellen, wie klein das Tütchen ist, das Sie nach Hause tragen.«

Alle nickten.

»Wenn Sie besonders großes Pech haben«, fuhr Theresa fort, »nervt Sie neben der Preisinflation und der Schlange an der Kasse aber noch ein zusätzliches Problem, nämlich das eines rutschenden Schals.«

Theresa warf sich das Tuch, das sie in der Hand gehalten hatte, um den Hals, legte die Enden übereinander und verstaute das Ganze im Ausschnitt ihres Kleides.

»Sie sind«, wandte sie sich erneut an ihre Zuhörerschaft, »das schwöre ich Ihnen, noch nicht am Gemüsestand, und das Ding ist auf Nimmerwiedersehen in Ihrem Ausschnitt verschwunden, es sei denn, daß Sie es schon vorher vom Hals gezerrt und in die Tasche gestopft haben.«

Mit einem Lachen bestätigten die Frauen diese Aussage.

»Wir haben aber nun schon genug Ärger mit unseren Männern«, Theresa blickte beifallheischend in die Runde, »als daß wir noch die Kraft hätten, uns mit einem glitschigen Schal herumzuärgern, der nicht tut, was man will.«

Einige Frauen klatschten Beifall.

»Auf den Gedanken, daß Männer und Schals etwas gemeinsam haben, bin ich übrigens erst kürzlich gekommen!« Theresa stützte sich mit beiden Händen auf den Verkaufstisch und blickte ihre Kundinnen bedeutungsvoll an.

»Beide rutschen einem dauernd in den Ausschnitt, und man muß sehr lange suchen, bis man ein Exemplar findet, das da bleibt, wo es hingehört.«

Bei diesen Worten lachten die beiden Männer, die sich inzwischen dazugesellt hatten, als ob Theresa ihnen persönlich ein Kompliment gemacht hätte.

»Bis dann an einem Tag wie diesem das Wunder geschieht: Sie finden Ihren Typ!«

Theresa wirbelte einen Schal durch die Luft.

»Dieser Variopatentschal liegt eng gefaltet wie eine Ziehharmonika in der Schublade, bis Sie ihn«, sie peitschte den Schal durch die Luft, wobei er sich wie von Zauberhand entfaltete, »brauchen!« Theresa führte nun vor, daß das Tuch, einer bestimmten Prägung zufolge, in jeder Lage blieb, in der man es haben wollte. Es saß rutschfrei in jedem Ausschnitt, ließ sich um den Kopf schlingen, um den Arm winden und sogar zur Schärpe drapieren.

»Und so«, Theresa imitierte das Lächeln von Schönheitsköniginnen, »können Sie sich sogar an einer Mißwahl beteiligen.«

Sie öffnete einen Karton und zauberte den Variopatentschal in dreizehn Farben auf den Verkaufstisch.

»Sonderpreis elf Mark«, rief sie anfeuernd, »nur hier und heute und nur, weil Sie das netteste Publikum waren, das ich jemals hatte.«

Die Frauen kramten eifrig in ihren Taschen, wechselten Geldscheine und ließen sich beraten, in welcher Farbe ihnen der Variopatentschal am besten stand.

Die beiden Männer, die so laut gelacht hatten, kauften jeweils zwei Stück.

»Einen für die treue Gattin und einen für die teure Geliebte«, sagte Theresa und lachte ebenso laut wie die Männer.

Laura war als einzige zurückgeblieben, nachdem sich das Publikum zerstreut hatte. Sie trat an den Verkaufstisch und blickte Theresa direkt in die Augen.

»Wie kommt man an einen solchen Job, Frau Nachbarin?« fragte sie ohne Umschweife.

Theresas eben noch heiteres Gesicht wurde unzugänglich.

Sie warf Laura einen abweisenden Blick zu und legte die restlichen Variopatentschals in die Schachtel zurück. Dann faltete sie das rote Halstuch, mit dem sie die Show zu eröffnen pflegte, sorgsam zusammen.

»Ist Jan pleite?« fragte sie zurück. »Oder willst du dich selbstverwirklichen?«

»Ich habe ihn verlassen«, sagte Laura, »um mit einem anderen Mann zusammenzuleben. Aber das Geld reicht nicht.«

Theresa nahm diese Geständnisse zur Kenntnis, ohne ihre Überraschung zu zeigen. Sie zog einen Spiegel aus der Handtasche und kontrollierte den Schwung ihrer Lippen, ehe sie ein wenig Gloss auftrug. Dann klappte sie den Spiegel zusammen und sah Laura zum erstenmal richtig an.

»Was vermißt du am meisten?« fragte sie. »Die italienischen Sofas, die Teppiche, das Küchendesign, den Seerosenteich oder vielleicht deine Kinder? Nichts von alledem wirst du mit dem Verkauf von Variopatentschals zurückerobern können!«

Laura warf Theresa einen stummen Blick zu.

Theresa hatte sich sehr verändert. Früher war sie laut, vulgär, zugänglich und herzlich gewesen. Jetzt war sie eine fremde Frau, die in einem Warenhaus Halstücher verkaufte.

»Hör zu«, sagte Theresa. »Gib mir deine Adresse, und ich schicke dir das ganze Infomaterial, das du brauchst, um Propagandistin zu werden. Ich wünsche dir alles Glück der Welt, aber laß mich in Ruhe. Ich möchte«, sie sah Laura suggestiv in die Augen, »keine einzige Verbindung zu meinem früheren Leben!«

»Okay«, sagte Laura, »aber warum bist du, ohne ein Wort zu sagen, gegangen?«

»Ich habe am Tage X die Hälfte meiner Haare verloren«, sagte Theresa. »Und plötzlich wußte ich, daß ich mit diesem Leben aufhören muß, wenn ich nicht alles verlieren will.«

Sie setzte ein breites Lächeln auf, riß das rote Tuch aus der Schachtel, wirbelte es durch die Luft und schmetterte einer vorübereilenden Frau ein beschwörendes »Guten Tag« entgegen. »Sie sehen hier, meine Dame, ein ganz gewöhnliches Halstuch...«

Das eben noch abwehrende Gesicht der Frau verwandelte sich in Neugier. Sie verlangsamte ihren Schritt und kam näher.

»... wie es auch bei Ihnen zu Hause in irgendeiner Schublade herumliegt ...«

Sie warf der neuen Kundin ein strahlendes Lächeln zu, dessen Ausläufer Lauras Augen streifte.

»Geh weiter«, sagte der Blick.

Während Laura den Ausgang suchte, wurde sie von Theresas Stimme verfolgt: »Opfern Sie hier und heute zwölf Mark und fünfundsiebzig Pfennig, meine Damen. Und Sie werden sehen, wie sich Ihr Leben auf wunderbare Weise verändert ...«

Nachdenklich bummelte Laura nach Hause.

Es war ein warmer Tag.

Die Leute hatten ihre Einkaufstüten gegen die Stühle gelehnt, löffelten Eis und hielten die blassen Gesichter in die Sonne. Laura wäre gern mit Theresa einen Kaffee trinken gegangen oder hätte sich für den Abend mit ihr verabredet; aber Theresa hatte ihr deutlich zu verstehen gegeben, daß sie an ihr altes Leben nicht erinnert werden und über ihr neues nicht sprechen wollte. Aber vielleicht hatte sie ja gar kein neues Leben begonnen, sondern stand noch immer auf der Leiter ihres einstigen Gartens und rüttelte die Äpfel von den Bäumen.

Oder, dachte Laura lächelnd, sie ist heimlich auf den Karren ihrer Großmutter zurückgekehrt, um das alte Lied zu singen: Die-Sche-ren-schlei-fer-in-ist-daaaa ...

21

Die Sonne in Brittas Garten

Es war erst Mai, aber schon so heiß, daß Grits Wimperntusche schmolz und schwarze Tränen über ihr Gesicht rannen. Wie die Nachbarn ringsum hatte sie die Vorhänge zugezogen und nur zum Grundstück der Jakobsens hin einen Spalt offengelassen. Es war zwei Uhr nachmittags, und die Sonne brütete über den Gärten. Am Vormittag war die Putzfrau dagewesen, und alles war sauber und aufgeräumt. Es war still im Haus. In der Küche summte der Kühlschrank, und auf der Wärmeplatte stand der frisch gebrühte Kaffee bereit. Grit war viel allein, seitdem ihr Mann Jonny sie verlassen hatte, aber an ihren Gewohnheiten hatte sich nicht viel geändert.

Jonny war an genau dem Tag zu Vanessa gezogen, an dem das neue Badezimmer fertig geworden war. Aus einer ewigen Baustelle, die das Duschen über Monate hin zu einem Abenteuer gemacht hatte, war ein Traumbad geworden, dessen sanftrosa Beleuchtung einem das Gefühl gab, so schön wie Claudia Schiffer zu sein.

Kein einziges Mal hatte sich Jonny in der ovalen Wanne geaalt, die in den Fußboden eingelassen und von Marmorborden umrandet war. Er war schon zu weit weg gewesen, all die Jahre...

Grit warf einen losen Kimono über und steckte das Haar im Nacken hoch. Barfuß ging sie hinüber in die Küche. Sie spürte den weichen Flor des Teppichbodens unter den Füßen und die Glätte der Küchenfliesen. Sie nahm den Kaffeetopf von der Platte und trug ihn in den Wohnraum.

Dort flimmerte bereits Christine Carsten über den Bildschirm. Sie trug heute rosa Clips in den Ohren, passend zu der rosa Strähne, die sie sich in den Pony hatte einfärben lassen.

»Ich sollte mir auch so eine Strähne machen lassen«, dachte Grit.

Ebenso wie Theresa Wahnmeier reagierte auch sie Unzufriedenheit gern an ihrer Frisur ab. »Oder feine, silberblonde Strähnen ...«

Christine Carsten lächelte Grit komplizenhaft zu und nannte das heutige Thema: »Sex im Urlaub. Wenn die Sommerliebe zum Verhängnis wird!«

Grit dachte an den griechischen Kellner, mit dem sie während ihres letzten Urlaubs geschlafen hatte. Eine kleine Sache, die nicht zum Verhängnis geworden war. Sie hatte nur ein schales Gefühl hinterlassen, weil der Kellner sich einer anderen Frau zugewandt hatte, noch ehe Grit abgereist war. Aber die Nächte mit ihm waren schön gewesen.

»Sonne, Sand, Strand, alles einmal hinter sich lassen«, sagte Christine Carsten, »und dann steht ER plötzlich an der Sonnenliege. Frau Meierbier, wie war das denn im letzten Sommer auf Mallorca?«

Während sich Frau Meierbier darüber ausließ, auf welche Weise sie Juan kennengelernt hatte und warum er ihr zum Verhängnis geworden war, dachte Grit an ihren eigenen Urlaub. Sie wollte in diesem Jahr eine Reise mit dem Singleclub machen, um sich über den Sommer zu retten. Bei diesem Gedanken fühlte sie die Speckringe, die sich in den vergangenen Monaten um ihre Taille gelegt hatten, und schaute auf ihre Hände, an deren Nägeln der Lack splitterte.

»... und dann hab' ich mich in den Kerl verliebt!«

Christine Carsten lächelte. »Na, das sollte ja gerade nicht passieren, das ist ja so wie im Karneval, nach drei Tagen ist alles vorbei. Oder?«

»War's aber nicht«, sagte Frau Meierbier, und Grit dachte an ihre Urlaubsliaison vor vier Jahren. Da hatte es sie so erwischt, daß sie sich acht Wochen nach der Rückkehr nochmals nach Sizilien aufmachte, um Antonio wiederzusehen, der an der Hotelbar bediente. Es war eine katastrophale Ernüchterung gewesen, die sie zweitausend Mark gekostet hatte. Antonio war außerhalb der Sommersaison für den Heizkeller zuständig, und er hatte sie nicht erkannt und mit dem falschen Namen angesprochen. Seine Frau arbeitete inzwischen als Zimmermädchen im selben Hotel.

»Aber ich hab' den dann einfach nicht vergessen können«, erzählte gerade die Nachbarin von Frau Meierbier, um ihrerseits etwas zum Thema beizutragen, »sondern hab' angefangen, Briefe und Päckchen zu schicken, aber er hat nie geantwortet ...«

Christine Carsten wandte sich an die Psychologin.

»Was, Frau Doktor Weingenner, macht man denn, wenn aus einem harmlosen Urlaubsflirt die große Liebe wird und die Sehnsucht nach Griechenland durch einen deutschen Stadtwinter wimmert?«

Frau Doktor Weingenner gab an, daß es sehr leicht passiere, daß man der Illusion erliege, eine flüchtige Urlaubsliebe dauerhaft machen zu können. Dies hätte auch mit dem Wunsch zu tun, dem Alltag zu entfliehen.

Grit schraubte das Nagellackfläschchen auf und dachte an den Ägypter, in den sie im letzten Winter verliebt gewesen war. Sie hatte ihn im Zug kennengelernt und gleich mit nach Hause genommen, um endlich diese Sehnsucht zu stillen, die sich nicht näher definieren ließ. Aber auch der Ägypter hatte einen geheimen Kummer: Er sehnte sich nach seiner Frau und seinen Söhnen, die zu Hause zurückgeblieben waren. Als er Grit zum drittenmal besuchte, hatte er plötzlich die Fotos aus der Tasche gezogen und angefangen zu weinen.

»... einmal ganz abgesehen davon, daß man sich in aller Ruhe vorstellen sollte, wie denn das Leben an der Seite eines solchen Mannes überhaupt aussähe ...«

Grit erhob sich und schaltete den Apparat ab. In dem neuen Bad sprang knallend der Wasserboiler an. Sie hörte das monotone Ticken der Dielenuhr.

Grit schob die Gardine ein wenig zur Seite und spähte zu den Jakobsens hinüber. Sie spürte wieder diese Unruhe von damals, als es ihr zum Zwang geworden war, die nachbarliche Terrasse zu beobachten und auf Phil Jakobsen zu warten. Heute schob Ninon den Teewagen über den Rasen und stellte blaue Teller auf den Tisch, der jetzt unter der japanischen Zierkirsche stand.

Ninon hatte sich die Haare zentimeterkurz schneiden lassen. Sie hatte ihre »Rüstungen« in die Kleidersammlung gegeben und trug weite Kleider in leuchtenden Farben und Sandalen an den nackten Füßen. Sie hatte eine dunkle Stimme, und ihr Lachen schallte über die Hecken hinweg bis in die nachbarlichen Gärten hinein.

Ohne ein Wort darüber zu verlieren, hatte Ninon die Pflichten im Haus übernommen, denen Phil in den letzten Jahren immer seltener nachgekommen war. Sie ölte die quietschenden Türen und schob den Mäher über den Rasen. Sie riß die alten Teppichböden heraus und schliff die Dielenbretter so lange glatt, bis sie die Farbe von Honig hatten. Sie saß nachmittags bei den Mädchen und half ihnen bei den Schularbeiten, und sie pflanzte drei Schmetterlingsbüsche an die Terrasse, als Geschenk für die Zitronenfalter, die den Garten der Jakobsens nie verlassen hatten.

Und Ninon war es auch gewesen, die die winzige Katze aus dem Tierheim befreite, in dem sie gelandet war, nachdem man sie wimmernd im Straßengraben gefunden hatte. Miss Polly war rabenschwarz, ohne ein einziges weißes Härchen, und wenn sie die Augen aufschlug, konnte einem das Herz schmelzen.

Britta hatte inzwischen einen Job in der Stadtteilbücherei angenommen. Sie fuhr mit dem Laserstrahl über die letzte Seite der ausgeliehenen Bücher und gab sie mit einem Lächeln zurück.

Heute hielt sie, ehe sie von der Bücherei nach Hause fuhr, an der Bäckerei an, um für alle Rhabarberkuchen zu kaufen. Dann zockelte sie langsam durch die vertrauten Straßen. Die Häuser waren hinter dichten Hecken und Büschen verschwunden, die Bäume hoch über die Dächer hinausgewachsen. Die früher so heiße Narzissenstraße war nun schattig und kühl. Britta liebte ihr Viertel. Es strahlte Geborgenheit und Wärme aus – Vertrauen.

Sie dachte an den Duft frisch gebrühten Kaffees und an den der feuchten, sauberen Wäsche, wenn Ninon bügelte. Und an die Stimmen ihrer Töchter und ihr Lachen, das zu hören so guttat, und daran, daß Ninon sie mit Sicherheit zu Hause erwarten würde und daß es diese Sicherheit war, die sie mehr brauchte als alles andere. Und daß Miss Polly auf dem linken Pfosten des Gartentörchens sitzen und schnurren würde, wenn sie sie kommen sah.

Grit verließ ihren Fensterposten, legte sich auf das Sofa und blätterte in dem Ordner mit dem aufgeklebten Herzen. Seitdem Jonny sie verlassen hatte, antwortete sie regelmäßig auf Kontaktanzeigen, obwohl sie nicht zu der bevorzugten Zielgruppe gehörte. Mit 44 Jahren war sie zu alt und mit 68 Kilo zu dick für den gutsituierten Fünfziger, der eine Partnerin suchte. Schließlich gab sie selbst eine Anzeige auf, in der sie sich als temperamentvolle Blondine mit musischen Neigungen anpries; aber die Antworten, die sie bekam, machten wenig Appetit auf näheren Kontakt. Im Grunde, das mußte sie sich eingestehen, suchte sie gar keinen Mann fürs Leben. Es kam ihr eher auf den Kitzel an, den das Fremde auf sie ausübte.

Grit schlug den Ordner zu, ging ins Bad und musterte sich vor dem raumhohen Spiegel. Sie schlug den Kimono auseinander und raffte das Haar mit beiden Händen in die Höhe. So direkt von vorne betrachtet, gefiel sie sich ganz gut, aber schon halbseitig gesehen brach das Bild in sich zusammen. In diesem Winter hatte der Bauch deutlich zugelegt und den Busen an Fülle überrundet, und die nach vorn hängenden Schultern ergaben eine Silhouette, von der sie den Blick rasch abwandte.

Grit warf den Kimono ab, stieg in die gläserne Duschkabine und ließ lauwarmes Wasser über den Körper rieseln. Dann schlüpfte sie in ihre Leinenhose und knotete die Bluse unter dem Busen zusammen. Das hatte früher einmal ganz flott ausgesehen, aber im Moment war sie zu dick dafür. Sie ließ die Bluse also locker über die Hüften fallen und malte die Lippen kirschrot an. Ab morgen würde sie auf Süßigkeiten, Weißbrot und Alkohol verzichten. Bis zu ihrer Singlereise waren es noch acht Wochen, bis dahin würde sie alles tragen können, was sexy war und auffiel.

Grit ging zurück ins Wohnzimmer und zog mit einem Ruck die Vorhänge zur Seite. Der Anblick des Gartens traf sie noch immer wie ein Schlag ins Gesicht. Sie und Jonny hatten in den letzten Jahren den größten Teil der Pflanzen geopfert, um die Arbeit zu reduzieren und auf Reisen gehen zu können, ohne jemanden bitten zu müssen, die Pflege zu übernehmen. Jonnys letzte Tat war es gewesen, das lästige Rasenmähen abzuschaffen, indem er eine Fuhre Kies bestellte und die Flächen einfach zuschütten ließ. Dagegen war es ihre eigene Idee gewesen, anstelle der Hecke, die geschnitten werden mußte, eine Reihe Zypressen zu pflanzen und vor die Terrasse ein paar Immergrüne, die keine Blätter abwarfen. Grit setzte im Frühling eine Reihe Stauden vor die Zypressen, die sie jedoch wieder herausreißen mußte, weil der Anblick sie zu sehr deprimierte. In Verbindung mit dem Kies und den Zypressen ähnelten sie einer Grabbepflanzung.

Inzwischen litt Grit unter der Monotonie vor ihrem Fenster und war froh, wenn der Herbstwind bunte Blätter aus Brittas Garten herüberwehte, wie ein Geschenk aus einer Welt, die noch lebendig war.

Als Grit Britta aus dem Wagen steigen und, das Kuchenpaket in der Hand, in ihren Garten gehen sah, verließ sie ihren Beobachterposten und folgte der Nachbarin, den direkten Weg über die Hecke nehmend. Sie stolperte beinahe über Timm Fischer, der auf dem Rasen hockte und den Gartengrill entrostete. Als sie seinem Blick begegnete, begann ihr Herz wie eine gefangene Motte zu flattern.

»Hallo«, sagte Grit. Sie fühlte sich gehemmt, ohne direkt zu wissen, warum.

»Hallo«, sagte Timm Fischer, ohne seine Arbeit zu unterbrechen. Miss Polly, die sonst so Gesellige, machte einen Buckel und sprang auf den Gartentisch. Die drei rothaarigen Mädchen saßen auf der Bank und starrten sie an. Grit kam sich wie ein Eindringling vor, der in eine Idylle einbrach.

»Ihr hättet euch besser kein Tier anschaffen sollen«, sagte sie mit einem Blick auf Miss Polly und spürte, wie ihr der Schweiß in den Nacken rann, obwohl die Hitze nachgelassen hatte und ein kühler Wind durch die Bäume strich. »So ein Vieh fesselt einen ans Haus, wenn man verreisen möchte!«

»Oh, wir werden nicht verreisen«, sagte Britta.

Grit spürte wieder diesen Nadelstich, den sie in Brittas Nähe so oft gefühlt hatte. Diese Frau besaß die Gabe, Stroh in Gold zu verwandeln. Sie verzauberte ein Fertighaus in eine Heimat und eine Schwiegermutter in eine gute Fee. Sie stellte die Dinge auf den Kopf und gab einem das Gefühl, daß zu Hause bleiben besser sei, als eine Weltreise zu machen – aber daß sie, wenn sie denn eine Reise unternahm, mehr Erlebnisse mitbrachte als andere Leute. Aus einem unerfindlichen Grunde schien ihre Zufriedenheit nicht von der Zahl der Männer abzuhängen, die sie in ihrem Bett empfing, und anstatt auf Phils Untreue mit einer Liebschaft zu reagieren, wie es normal gewesen wäre, holte sie sich Ninon ins Haus.

Sie hatte auf Timm Fischers Annäherungsversuche nie reagiert, und plötzlich entrostete er ihr den Gartengrill und spielte mit den Mädchen Federball. Grit wußte instinktiv, was Britta nicht einmal ahnte: daß es eine Leichtigkeit wäre, Timm Fischer zu ködern... Aber Gedanken dieser Art schienen Britta fremd zu sein. Ihr Haar stand noch immer so unverschämt unbändig vom Kopf ab und noch nie, solange Grit sie kannte, hatte sie ihre Frisur geändert.

Grit tröstete sich mit dem Gedanken, daß Britta eben nicht normal war, nicht so wie andere Frauen, und daß ihr etwas Entscheidendes fehlte; aber als einzige hatte sie es geschafft, daß Schmetterlinge über ihrer Wiese tanzten. Und daß ein so attraktiver Mann wie Timm Fischer einfach gern in ihrer Nähe war.

Britta legte ihren Arm um Grits Schulter und warf ihr einen ihrer blauen Strahleblicke zu.

»Komm, bleib hier«, sagte sie. »Wir werden Forellen grillen und hinterher ein bißchen Karten spielen. Es gibt Waldmeisterbowle...«

»Ich bin noch nicht betagt genug, um meine Abende mit Kartenspielen zu verbringen«, sagte Grit und versuchte ihren Worten durch ein Lachen die Schärfe zu nehmen. Aber sie spürte die Angst in der Kehle.

Sie sah zu Timm Fischer hinüber. Er hatte Kohle in den Grill gelegt und war dabei, die Glut zu entfachen. Beim Anblick seiner nackten Arme konnte einem schwindlig werden.

Grit kehrte in ihr leeres Haus zurück und schloß die Vorhänge, um die Abendsonne nicht sehen zu müssen, die die Äste der japanischen Zierkirsche vergoldete und in der Spitze der Lärche hing, während über ihrem Garten schon tiefe Schatten lagen. Sie mischte einen Whisky mit einem Antidepressivum und legte sich auf das Sofa. Durch die Wellen ihrer Phantasien hörte sie Timm Fischers Lachen.

22

Der Zauberring

Es war an dem Abend, an dem Laura zum erstenmal eine Tiefkühlpizza in den Ofen schob und über den Kauf eines Mikrowellengeräts nachdachte. Seit einigen Wochen arbeitete sie als Propagandistin im Kaufhaus, und heute war sie in der Mittagspause in die Sportabteilung hinübergegangen und hatte den Jogginganzug gekauft, den sie jetzt trug, während sie den Tisch deckte. Er war hellblau, eine Farbe, die ihr gut stand; er war sehr preiswert gewesen und hatte auf dem Rücken die schrille Abbildung eines springenden Tigers. Der Anzug war aus billigem Stoff, der rasch ausbeulte, aber die Zeiten, in denen sie aus reiner Lust gekauft und auf den Preis nicht geachtet hatte, waren vorbei.

Sie stellte die Teller auf den Tisch und unterdrückte ein Gähnen. Den ganzen Tag lang hatte sie im *Kaufhof* den Patentzauberring angepriesen, mit dessen Hilfe man jeden rutschenden Schal an seinem Platz hielt. Sie war müde und fühlte sich ausgelaugt. Sie war auch gestern und vorgestern müde gewesen, eine Müdigkeit, die tief in den Knochen saß und der anfänglichen Euphorie gefolgt war, mit der sie die ersten Tage ihres neuen Jobs gemeistert hatte. Dennoch machte ihr die Arbeit Spaß, weil sie ein schauspielerisches

Talent zum Vorschein brachte, von dem sie bisher nichts gewußt hatte. Am Abend gab sie für Phil witzige Kostproben dieses Talents, indem sie neben der eigenen auch die Rollen der Kundinnen übernahm, so daß Phil und sie aus dem Lachen nicht herauskamen.

Aber dann hatten sich die Gags wiederholt, und heute war es soweit, daß Phil mit Mühe ein Gähnen unterdrückte und unvermittelt sagte: »Ich möchte die Kinder einmal sehen!«

»Welche Kinder?« fragte Laura, und vor Schreck stand ihr beinahe das Herz still. Sie warf einen Blick in die Zimmerecke hinüber, aber die Engel waren nicht gekommen.

»Meine und deine«, sagte Phil.

»Oh, ich möchte meine nicht einladen«, sagte Laura rasch.

Phil warf ihr einen prüfenden Blick zu und rückte auf dem Stuhl ein wenig nach hinten. Er verschränkte die Arme über der Brust und sah sie ruhig an.

»Ich meine schon«, sagte er dann. »Es sind drei Stück. Mädchen. Rothaarig.«

»Ich erinnere mich«, sagte Laura ironisch und fürchtete sich vor der Sehnsucht in seinen Augen.

»Wann?« fragte sie.

»Am nächsten Wochenende«, sagte er. »Ich möchte sie noch heute abend anrufen.«

»Ich würde ihnen lieber schreiben«, sagte Laura und dachte, daß sie sich noch die Haare waschen und für morgen das sandfarbene Strickkleid bügeln mußte, das so gut zu den Schals paßte. Und daß ihr im Moment alles zuviel war.

»Ich rufe sie lieber an«, sagte Phil. »Es könnte sein, daß sie auf einen Brief nicht reagieren.«

»Und es muß heute sein?« fragte Laura.

»Das muß es«, sagte Phil. »Morgen fehlt mir vielleicht schon der Mut!«

Er erhob sich und ging zum Sofa, das sie inzwischen gekauft hatten, da sie das Sitzen auf der gußeisernen Bank zu sehr ermüdete. Das Flair der italienischen Sofas, die Laura zurückgelassen hatte, besaß es nicht, aber man konnte sich ausstrecken und den Rücken ausruhen.

»Die Nummer hab' ich noch immer im Kopf«, sagte er. »Komisch, wie eingebrannt.«

Laura fühlte ihr Herz gegen die Rippen schlagen, gleich einem Vogel, der in Panik geraten war und der sich das Genick brechen würde, wenn sie ihn nicht beschützte.

Sie setzte sich neben Phil und legte ihre Hand auf sein Knie. Er nahm den Hörer von der Gabel und wählte die Nummer: 0-6-1-7-1-3-6-5-7-8. Es war Laura, als höre sie eine Zeitbombe ticken. Dann folgte das Besetztzeichen.

»Fünf Frauen, man kann davon ausgehen, daß eine stets telefoniert«, sagte sie und versuchte zu scherzen.

»Britta telefoniert nur, wenn es unbedingt sein muß«, sagte Phil. »Von den Mädchen weiß ich es nicht...«

Laura nahm die Hand, die sich anschickte, die Nummer noch einmal zu wählen, und öffnete den Reißverschluß ihres Jogginganzugs.

»Kinder telefonieren lange«, sagte sie.

Phil fühlte die kühle Haut unter seiner heißen Hand, und der Zauber tat seine Wirkung. Aber nach einem langen Tag erschien es Laura, als würde die Mühsal niemals enden.

Laura war eine hervorragende Propagandistin. Sie hatte eine damenhafte Ausstrahlung, die Vertrauen erzeugte und mit der man sich leicht identifizierte. So wie Laura wollten die Frauen sein, die sich, die Plastiktüten in der Hand, vor dem Verkaufsstand drängten, und wenn eine so elegante Frau diesen Patentzauberring trug und mit seiner Hilfe ihre Schals drapierte, dann waren die neun Mark fünfundneunzig gut angelegt.

Auf eine zurückhaltende Art strahlte Laura Humor, Zuversicht und Optimismus aus. Sie war nicht so marktschreierisch wie Theresa, aber ihre Verkaufszahlen lagen ebensohoch.

Die örtlichen Kaufhäuser hatte sie bald der Reihe nach besucht, so daß sie jetzt gezwungen war, in die umliegenden Städte zu fahren. Sie kam abends später nach Hause als vorher, und es war nicht mehr die Ausnahme, daß eine Tiefkühlpizza auf den Tisch kam.

»Es ist nur vorübergehend«, sagte sie.

»Sicher«, sagte Phil.

Nach wie vor nutzten sie die Wochenenden, um auszugehen.

Auf Dauer war es jedoch ein bißchen langweilig, zu zweit in den Kneipen zu sitzen, und sie hätten gern ein paar Freunde gehabt, so wie früher, als es ganz normal war, gemeinsame Unternehmungen zu planen.

Aber dies schien eine schwierige Sache zu sein. Kontakte, die sich hier und da ergaben, blieben lose.

»Man hört voneinander!«

Aber das Telefon rührte sich nicht.

»Ich ruf' euch an, wenn ich aus dem Urlaub zurück bin!«

Aber dieser Urlaub schien ewig zu währen.

Eigene Versuche, eine neu geknüpfte Verbindung zu festigen, prallten an Anrufbeantwortern ab.

Phil probierte, ein paar Kollegen zu aktivieren, aber die meisten wohnten in der Umgebung und scheuten den Aufwand, am Abend noch einmal in die Stadt zurückzukehren, nachdem sie sich mühsam nach Hause gestaut hatten. Auf Einladungen reagierten sie höflich ausweichend.

»Die Parkplatznot, die Kriminalität...«

»Der Garten, das Haus, die Familie...«

»Später gern einmal, nur im Moment...«

»Sie sind einfach alle total verspießert«, stellte Phil fest, aber in seinen Worten flimmerte ein Gran Resignation.

Das Triumphgefühl des Siegers, das ihn vor kurzem noch beflügelt hatte, war verschwunden.

Deshalb waren sie froh, als sie Norbert und Wilma kennenlernten. Sie hatten sich in einer Apfelweinkneipe einen Tisch geteilt und gemeinsam das Thema Einsamkeit in den Großstädten und die Schwierigkeit, Freunde zu finden, variiert.

Auch Norbert und Wilma waren irgendwann ihre Spießeridyllen in der Vorstadt leid gewesen und hatten den Mut gehabt, gemeinsam noch einmal ganz von vorn anzufangen. Wilma hatte einen Ehemann, einen Sohn, eine Tochter und ein Fachwerkhaus zurückgelassen, das sie in jahrelanger Kleinarbeit restauriert hatte, um es, kaum daß es fertig geworden war, aufzugeben.

Norbert hatte keine Kinder. Deshalb fand er es besonders unfair, daß die Frau, die er Wilmas wegen verlassen hatte, mehrmals versuchte, sich umzubringen.

»Reine Erpressung«, sagte Wilma.

»Auf diese Weise hat sie mich jahrelang am Gängelband gehalten«, sagte Norbert.

»Mit Mitte Vierzig ist es natürlich auch schwer, einen

neuen Mann zu finden«, sagte Wilma, »ab Fünfzig fast unmöglich!«

Sie sah Phil an. Er saß neben Norbert auf der Gartenbank und hielt das geriffelte Glas mit dem Speierling in der Hand. Im Gegensatz zu Norbert sah man ihm sein Alter nicht an. An einem guten Tag wie heute konnte er als Enddreißiger durchgehen.

Norbert war Ende Vierzig, und sein Kinn begann schwammig zu werden. Er hatte einen Bauch, und die hängenden Schultern ließen den Eindruck von Resignation entstehen.

»Phil sieht besser aus als Norbert«, dachte Wilma kühl. »Laura hat zum rechten Zeitpunkt zugegriffen.«

Wilma war seit drei Jahren mit Norbert zusammen, und es gab Tage, an denen sie nicht mehr wußte, weshalb sie seinetwegen so viel aufgegeben hatte.

Sie mochte Laura nicht, weil sie zu den Frauen gehörte, die billige Sachen mit so viel Schick tragen konnten, daß sie wie maßgeschneidert wirkten. Außerdem hatte sie eine gute Figur und strahlende Augen ohne Falten. Trotz ihrer Freundlichkeit ging eine nicht näher definierbare Überlegenheit von ihr aus.

»Aber erotisch ist sie nicht«, dachte Wilma. »Nicht wirklich. Nicht so wie ich.«

Sie fand Phil begehrenswert, aber ebenso lustvoll war der Gedanke, einer Frau wie Laura den Mann auszuspannen.

»Ich bin Propagandistin«, sagte Laura gerade mit ihrer tiefen Stimme, »das sind die, die in Kaufhäusern stehen und unschuldigen Opfern irgendeinen Quatsch andrehen.«

»Und ich hätte gedacht, Sie leiten eine Modellagentur oder so etwas«, sagte Norbert.

Er bewunderte Frauen wie Laura, wobei ihm klar war, daß er sie niemals erobern würde. Für ihn waren die Wilmas reserviert: Massenartikel.

»Und was machen Sie?« fragte Wilma und blickte Phil an.

»Ich arbeite in einem Hochhaus voller langweiliger Menschen«, sagte er und zog sein Jackett aus, um es sich lose über die Schulter zu hängen. »Fachbereich Technik!«

»Aber das ist sehr interessant«, sagte Wilma und fuhr sich mit der kleinen Hand, in deren Finger sich zehn billige Ringe eingegraben hatten, durch die Haare. »Die Technik macht ja so rasante Fortschritte.«

Laura dachte, daß sie selten etwas so Dämliches gehört hatte, und warf Phil einen Blick zu. Aber er nahm den Blick nicht auf, sondern lachte Wilma wohlwollend an.

»Das ist wohl schon seit etlichen Jahren so«, sagte er. »Und der Satz stimmt noch heute.«

»Aber was machen Sie genau?« fragte Wilma und schmiegte wie zufällig ihr Knie gegen Phils Bein.

Phil schenkte sich einen weiteren Apfelwein ein und fand, daß er gar nicht so übel war. Nach dem fünften Glas konnte man Geschmack an dem säuerlichen Gesöff finden.

Während Phil sich über die Märkte ausließ, die seine Firma in Nahost zu erschließen gedachte, dann lange bei der Computertechnik verweilte und elegant über die Datenautobahn surfte, hing Wilma an seinen Lippen und surfte mit.

Laura beobachtete halb verärgert, halb amüsiert Wilmas Bemühungen, Phil anzumachen, und fühlte gleichzeitig Norberts Blick auf ihrem Gesicht.

Sie begann sich unwohl zu fühlen.

»Wollen wir langsam zahlen?« fragte sie.

Wilma umarmte Phil und Laura zum Abschied und schlug ein weiteres Treffen vor, irgendwann, im Laufe der nächsten Woche.

Aber als Wilma dann tatsächlich anrief, schützte Laura Arbeit und eine Reise vor.

»Wir werden uns melden, wenn wir zurück sind...«

Was den gesellschaftlichen Umgang anbetraf, das mußte sie sich eingestehen, so hatte ihr Leben an Niveau verloren, seitdem sie Jan Michaelis verlassen hatte, um mit Phil Jakobsen zu leben. Aber es lag nicht an Phil.

»Wir sollten diese krampfhaften Bemühungen, uns einen Freundeskreis zu schaffen, aufgeben«, sagte Laura. »Auf Leute wie Norbert und Wilma können wir verzichten.«

Vor Phils innerem Auge erschienen Wilmas stämmige Beine und der Ledermini, den sie um ihr kräftiges Hinterteil gewickelt hatte.

»Sicher«, sagte er.

Er drehte das Radio an, aber das Paarverhalten der Amphibien interessierte ihn nicht.

»Vielleicht sollten wir uns doch mal einen Fernseher zulegen«, sagte er und grinste. »Es braucht ja niemand zu wissen.«

»Wen würde es schon interessieren?« fragte Laura zurück.

Er warf ihr einen besorgten Blick zu. »Bist du sauer?«

»Müde«, sagte sie.

Sie machten dann noch einen Abendspaziergang und tranken im Bistro ein Bier.

Auf dem Rückweg kam ihnen der nackte Georg entgegen. Der nackte Georg war ein Original, an das sich jeder gewöhnt hatte. Er ging unbehelligt über die Straße, von niemandem beachtet.

Eine Gruppe heftig diskutierender Japaner in artigen blauen Anzügen folgte ihm. Zwischen den gläsernen Türmen der Deutschen Bank hing silbern der Mond.

»Ich liebe dich«, sagte Laura.

»Ich dich auch«, sagte Phil.

Von dem indischen Lokal in der Brückenstraße wehte ihnen der übliche Curry-Knoblauch-Gestank entgegen, der bei Westwind das Viertel beherrschte und die Luft zum Atmen nahm.

Zu Hause stürzte Laura ins Schlafzimmer und knallte das Fenster zu, aber es war zu spät. Der Gestank nistete bereits in den Kleidern, er steckte in dem samtenen Vorhang, er lag auf dem Teppich und hing an den Wänden, und als sie ihr Gesicht auf das Kopfkissen legte, da war ihr, als schmiegte sie es an das fettige Vlies einer Dunstabzugshaube.

»Hör zu«, sagte Laura an jenem Abend, an dem sämtliche Engel erschienen waren und mit den Flügeln rauschten, vielleicht, weil Phil nie mehr gewagt hatte, die bewußte Nummer zu wählen.

»Ich müßte jetzt weitere Touren machen als bisher, um den Patentzauberring unter die Leute zu bringen.«

»Das würde bedeuten ...?« Phil kämpfte mit den Calamaris, die Laura in zu heißem Fett gebacken hatte, so daß sie zäh wie Gummi waren.

»... daß ich manchmal mehrere Tage unterwegs bin, um ein neues Gebiet zu erobern.«

»Mehrere Tage und Nächte«, stellte Phil richtig.

Er hatte zur Zeit beruflichen Ärger, aber das war es nicht. Seit einigen Tagen spürte er diese Unruhe wieder, die ihn einst in Neuweststein gequält hatte, nur hatte die Unruhe diesmal kein Gesicht. Es gab keine Frau, die sich, bekleidet mit nichts als einem Turban, in einem Schaumbad räkelte.

Was also war es dann?

»Oder«, fuhr Laura fort, »ich mache eine Ausbildung zur Verkaufstrainerin.«

»Klingt verdammt sportlich«, sagte Phil.

Er spürte Lust auf eine ausgiebige Liebesnacht, so wie es am Anfang gewesen war: langsamer Tango mit großem Finale.

»Hat nichts mit dem Sprung übern Barren zu tun«, sagte Laura und dachte, daß sie wieder ein bißchen mehr auf sich achten müsse. Sie hatte den Friseurbesuch wieder einmal verschoben und sich einfach einen Schal um den Kopf gebunden, mit dem sie ihren Kundinnen demonstrierte, daß man den Zauberring auch zum Drapieren von Turbanen nutzen konnte.

»Man bildet selbst Propagandisten aus!«

»Wie lange dauert eine solche Ausbildung denn?« fragte Phil.

Seine Stimme klang leicht gereizt, denn das Thema »Lauras Job« nutzte sich allmählich ab.

Anfangs war er daran interessiert gewesen, wie viele Zauberringe sie verkauft hatte und wie unsäglich komisch es war, wenn am nächsten Tag eine Kundin erschien und Laura bat, sie möge ihr bei der Handhabung des Zauberrings behilflich sein. Und daß die meisten nicht begriffen, daß es die eigene Ausstrahlung war, die Lauras Persönlichkeit ausmachte, und man diese nicht für neun Mark fünfzig kaufen konnte.

Aber er ging, verdammt noch mal, doch auch einem Job

nach, oder? Auch wenn über seine Leistung so gut wie nie gesprochen wurde. Laura schien seinen Beruf als eine Art lästiges Hobby anzusehen, das die Zweisamkeit und die Erotik störte.

»Ich müßte ein paar Seminare besuchen«, sagte sie. »Aber ich denke, es lohnt sich.«

Sie warf Phil einen Blick zu.

»Wie sieht unser Konto eigentlich aus?«

Phil hatte kürzlich einen Blick auf dieses Konto geworfen, und es hatte ihn geschaudert. Genaugenommen ähnelte es diesem Jogginganzug, den Laura jetzt immer trug: nicht anzusehen!

»Würde es dir sehr schwerfallen, diesen Sportbeutel wegzuwerfen?« fragte er. »Er erinnert mich fatal an den Klovorleger, den unsere schöne Nachbarin immer an ihr Trockengestell hängt, du weißt ja, den mit der rosa Schleifenkatze.«

Laura lachte, aber sie hörte die Alarmglocke schlagen.

»Natürlich« sagte sie.

Sie stand auf, kletterte aus dem Anzug und stopfte ihn in den Mülleimer.

Es war ein anregendes Bild, wie sie mit ihren langen Beinen und mit nichts als einem Slip bekleidet in der Küche stand und sich über den Eimer beugte.

Phil fühlte wieder das Begehren von anfangs, das ihn so weit weggetragen hatte von allem, was einmal sein Leben gewesen war.

23

Jans Haus

Als unweigerlich feststand, daß Laura nie mehr zurückkehren würde, begann auf merkwürdige Weise das Haus zu verfallen. Türen quietschten und neigten dazu, sich lautlos zu öffnen, Steinplatten hoben und senkten sich, das Wasser im Seerosenteich begann zu faulen, und die Blätter der Rhododendren verloren ihren Glanz. Die Spitzen der Nadelbäume färbten sich braun, und an den Hauswänden blätterte der Putz.

Jan und Martin hatten sich in eine Art Wohngemeinschaft gefügt, die reibungslos klappte, weil sie, nachdem Jan ein einziges Mal die Hand ausgerutscht war, in höflicher Distanz zueinander standen und sich im übrigen aus dem Weg gingen.

Jan wohnte jetzt in seinem Büro und schlief in dem kleinen Gästezimmer, in das er sich geflüchtet hatte, weil er sich vor dem Bett mit dem grünsamtenen Kopfteil fürchtete. Martin lebte in seinem Zimmer. Gemeinsam nutzten sie die Mikrowelle und die Waschmaschine. Jeder hatte ein Bad für sich.

Die übrigen Räume standen leer, und jede Woche wurden sie von Frau Matzer gereinigt. Frau Matzer hatte die Haushälterin abgelöst, die Martin von klein auf kannte und die ein wenig Wärme ins Haus gebracht hätte; aber sie hatte es nicht lassen können, nach Laura zu fragen und die Zeiten heraufzubeschwören, »als das hier noch ein richtiger Haushalt war«. Ebenso wie Martin erzeugte sie in Jan das Gefühl, an Lauras Verschwinden die Schuld zu tragen.

Frau Matzer dagegen verhielt sich neutral. Sie hatte Laura nicht gekannt und funktionierte perfekt, weil sie Haushalte bevorzugte, in denen ihr keine Frau die Macht streitig machte. Außerdem waren in diesem Haus fast alle Räume unbewohnt und somit leicht in Ordnung zu halten. Ihre Freude an weiterer Rationalisierung fand stets Jans Zustimmung. So hatte Frau Matzer die Küchenregale von all dem italienischen Schnickschnack befreit, und die Espressomaschine, die Designercitropresse und die verchromten Rührschüsseln in Kisten verpackt und in den Keller getragen. Sie plante, auch die Regale selbst zu entfernen und die Andy-Warhol-Graphiken von den Wänden zu nehmen, da sie ohnehin von niemandem mehr angeschaut wurden.

Über den alten Dielenboden hatte sie einen Plastikläufer gelegt, der leichter zu wischen war. Er war so häßlich, daß es Jan hätte auffallen müssen, aber er lebte in einer Art Trancezustand, in dem Dinge wie graugesprenkelte Kunststoffbodenbeläge keine Rolle mehr spielten.

Frau Matzer sorgte dafür, daß zu Beginn einer jeden Woche ein genügend großer Vorrat an Fertiggerichten in dem kleinen Drei-Sterne-Fach des Kühlschranks lagerte, Gerichte, die man so, wie sie waren, in die Mikro schieben und aus der Form essen konnte, so daß am Ende einer Mahlzeit nicht mehr als eine Gabel zu spülen war. Die Geschirrspülmaschine war gereinigt worden und wurde nicht mehr benutzt.

Als feststand, daß Laura nicht zurückkehren würde, hörte

Jan auf, aus Sehnsucht zu kochen. Er versuchte, jede Erinnerung an die gemeinsame Zeit zu löschen. Martin hatte das Stehlen aufgegeben, nachdem sich eine schwere Hand auf seine Schulter gesenkt hatte, als er gerade ein T-Shirt in den Rucksack stecken wollte. Er hatte dem Kaufhausdetektiv in die Augen geschaut und einen so verlorenen Eindruck gemacht, daß der Detektiv ihn laufenließ; etwas, was er noch nie getan hatte.

Wimm und Dora war es gelungen, mit Markus eine kleine Ersatzfamilie zu bilden. Markus schien Laura vollkommen vergessen zu haben. Er fühlte sich wohl bei Wimm und Dora, die warmherzig waren und so viel Zeit für ihn hatten. Jeden Morgen brachte Dora ihn zur Schule, und jeden Mittag holte Wimm ihn ab. Dann hatte Dora schon gekocht, und sie setzten sich in der Küche an den Tisch, und Wimm erzählte, was sich am Morgen zugetragen hatte. Markus berichtete, daß seine Lehrerin, Frau Peters, verschnupft war oder daß sie heute ein rotes Kleid angehabt hatte. Er nannte sie Fräulein Petersilie, und Wimm und Dora konnten sich über so etwas totlachen. Wimm und Dora hatten sich so an Markus gewöhnt, daß manchmal eine leise Angst durch ihre Herzen zog. Was, wenn Laura plötzlich wieder in Erscheinung trat? Was, wenn sie einen der Söhne bei sich haben wollte und ihre Wahl auf Markus fiel? Es sah nicht danach aus, aber konnte man es wissen? Laura war unberechenbar geworden.

Wimm und Dora waren sich darüber einig, daß sie um Markus kämpfen würden, falls Jan oder Laura auftauchen und Besitzansprüche anmelden sollten. Auch bei Jan konnte man sich nicht mehr sicher sein. Er war so fremd geworden, und Martin verhielt sich so höflich neutral, daß er nicht mehr erreichbar war. Er war irgendein Junge von vierzehn Jahren: freundlich, fremd und – austauschbar.

Jan plante seit einiger Zeit, das Haus zu verkaufen, ehe es noch mehr verfiel. Er konnte sich diesen Verfall nicht erklären, aber er hatte auch nicht die Kraft, ihn aufzuhalten. Er brauchte seine Energie für andere Dinge: das Büro über Wasser zu halten, hin und wieder mit Martin zum Italiener zu gehen, Frau Matzer daran zu hindern, nach und nach das Haus leerzuräumen und Dinge wegzuschleppen, die er eigentlich noch hätte gebrauchen können, einmal die Woche quälende Telefonate mit Wimm und Dora zu führen, die ihrerseits etwas zu bedrücken schien, über das sie nicht sprechen mochten – und die Erinnerung an Laura und ihr gemeinsames Leben ein für allemal abzutöten.

Das letzte war besonders schwer. Es gab gute Phasen, aber es gab auch Rückfälle.

An starken Tagen schaffte er es, die Tür zum Wohnzimmer zu öffnen und über die Schwelle zu treten.

Jetzt, wo er von niemandem mehr genutzt wurde, wirkte der Raum wie ein von Künstlerhand geschaffenes Bühnenbild. Die Möbel standen leblos im Raum wie Requisiten, die darauf warteten, daß die Darsteller zurückkehrten und ihre Dialoge wiederaufnahmen. Aber dann kam der Abend, an dem er es zum erstenmal wagte, nicht nur stumm im Raum zu stehen, sondern die zauberhafte Beleuchtung einzuschalten, auf die Laura so viel Wert gelegt hatte, daß eigens ein Lichtdesigner engagiert worden war. Er schenkte sich einen Whisky ein und ließ sich in eines der italienischen Sofas sinken. Der Alkohol hatte heute eine gute Wirkung. Er rann angenehm durch die Adern und erreichte sogar das Herz. Mechanisch schaltete Jan den CD-Player ein, und augenblicklich stürzte aus sämtlichen Lautsprechern eine rauchige Frauenstimme auf ihn zu: »Ich habe viele Männer gekannt, und ich habe ihnen in die Augen geschaut, aber die Liebe habe ich nie gekannt, bevor du durch meine Tür kamst ...«

Jan saß wie erstarrt auf dem Sofa, das Glas in der Hand, und hörte sein Herz gegen die Rippen schlagen. Es war eindeutig Lauras Stimme, die sang: »Ich hatte einen Mann, und ich habe ihm in die Augen geschaut, aber die Liebe habe ich nie gekannt, bevor der andere durch meine Tür kam ...«

An diesem Abend ließ er endgültig die Jalousien herab und trug die Zimmerpalme in sein Büro, um sie aus ihrer Einsamkeit zu befreien. Dann machte er die Tür zum Wohnzimmer zu und drehte den Schlüssel zweimal um. Die CD mit Lauras Stimme blieb im Abspielgerät liegen.

Einige Wochen später fiel sie Frau Matzer in die Hände, als sie im Wohnzimmer staubwischte. Sie nahm sie mit nach Hause und hörte sie an, während sie in ihrer Küche stand und den Sonntagskuchen buk. Frau Matzer hatte immer nur ihren Rudi gekannt, aber die rauchige Stimme erweckte eine Sehnsucht in ihrem Herzen, von der sie nicht hätte sagen können, woher sie kam.

24

Sex im Büro

Martina Schröder stellte die Skala des Bügeleisens auf die niedrigste Wärmestufe und griff nach der schwarzen Satinbluse. Sie wollte diese Bluse morgen zu der Lederhose tragen, die sie sich von ihrem ersten Gehalt gekauft hatte.

Martina arbeitete jetzt in der fünften Woche bei *Klemmer & Söhne*. Sie war als Sekretärin für Phil Jakobsen eingestellt worden, und allmählich mußte etwas passieren. Der neue Chef war zuvorkommend und freundlich zu ihr; aber ob er sie auch als Frau wahrgenommen hatte, konnte man nicht so eindeutig sagen.

Martina legte die Bluse auf das Bügelbrett und zog den Kragen glatt.

Im Fernsehen lief die Goldi-Gotthals-Show, in welcher Frauen zum Thema »Sex im Büro – ich liebe meinen Chef« zu Wort kamen.

Es waren Frauen unterschiedlicher Altersstufen und unterschiedlicher Attraktivität, aber das eine schienen sie gemeinsam zu haben: Ihre Chefs hatten bereits kurz nach ihrem Eintritt in die Firma nicht nur die Familie, sondern auch die Karriere aufs Spiel gesetzt, weil sie den Reizen der neuen Sekretärin verfallen waren.

Bei Ilona Brause war es besonders gut ausgegangen, denn sie hatte es geschafft, daß der Chef sie heiratete – in den anderen Fällen waren aus den Flirts wunderschöne Liebesromanzen geworden: heimliche Treffs, große Reisen, Geschenke und jede Menge Sex im Büro. Nur bei Susi Luftmann hatte das Spiel kein gutes Ende gefunden: Der Chef hatte Susi durch eine andere Sekretärin ersetzt, weil er zu den Männern gehörte, die Sex im Büro grundsätzlich ablehnten, und ihm die Anmache seiner Sekretärin auf die Nerven gefallen war. Außerdem war er um seinen Ruf besorgt gewesen.

Aber in der nächsten Firma hatte Susi Glück gehabt: Gleich nach dem ersten Arbeitstag hatte der neue Chef sie über den Schreibtisch gezogen.

Martina drehte die Bluse um und nahm sich den Rücken mit der silbernen Stickerei vor.

Verglichen mit den Erfolgen, die die heute in die Sendung eingeladenen Frauen zu verzeichnen hatten, war sie mit ihrem Chef Phil Jakobsen nicht gut vorangekommen. Sie hatte die Hände, die ihm das Tablett mit Milch und Kaffee über den Schreibtisch schoben, mit Hingabe manikürt und sich die teuerste Mini-Pli geleistet, die in der Stadt zu haben war; sie hatte Strümpfe mit Naht getragen und verheißungsvolle Blicke über den Computer geworfen und sie hatte das Buch »Chef am Angelhaken« beinahe auswendig gelernt, aber bis jetzt hatte alles nichts genützt. Phil Jakobsen schien für Reize dieser Art unempfänglich zu sein, oder er hatte sich so gut im Griff, daß man ihm nichts anmerkte.

»Datt hat dann sofort am ersten Tach gefunkt«, sagte gerade Babsi, die mit der Locke über dem linken Auge. »Und am nächsten Wochenende lagen wir zusammen im Bett.«

»Ich dachte immer, das Liebesspiel zwischen Chef und Sekretärin fände direkt im Büro statt«, wunderte sich Goldi Gotthals und zwinkerte Martina komplizenhaft zu. Ihr Zwinkern ließ deutlich erkennen, daß sie volles Verständnis dafür hatte, wenn sich eine Frau in ihren Chef verliebte und nach Büroschluß auf dem Nadelfilz wälzte, sie selbst für ihre eigenen Liebesspiele jedoch ein edleres Ambiente bevorzugte.

Sie wandte sich an die Psychologin. »Frau Doktor Rührmann, was macht denn eigentlich die Erotik aus, die da so durch die Büros knistert? Ich meine, so ein Büro ist doch ein eher unerotischer Ort.«

Frau Doktor Rührmann gab an, daß das Verhältnis zwischen Chef und Sekretärin ein sehr enges sei, da sie sich ja häufig sähen. Hinzu käme, daß die Sekretärin den Interessensbereich des Mannes, eben den Beruf, teile. Das schaffe Gemeinsamkeiten. Eine gute Sekretärin habe aus diesen Gründen die Chance, gleich im doppelten Sinne unersetzlich zu werden, nämlich als Kraft im Büro und als Geliebte. Rationell denkende Männer wüßten dies zu schätzen.

Martina überlegte, ob sie im doppelten Sinne unersetzlich werden könnte. Sie war keine gute Sekretärin, weil der Job sie zu Tode langweilte und sie keinen größeren Wunsch hatte, als ihn sobald wie möglich loszuwerden.

Ihr früherer Chef, ein alter Griesgram, hatte keinen Blick für ihre Strumpfnähte gehabt, aber seine Gleichgültigkeit war wenigstens eindeutig gewesen. Bei Phil Jakobsen dagegen wußte man nicht so genau ...

Manchmal blitzte ein Interesse in seinen Augen auf, das ein »Mehr« versprach; aber dann legte sich wieder diese Maske aus höflicher Gleichgültigkeit über sein Gesicht, hinter die er niemanden blicken ließ.

Dabei war Phil Jakobsen, das wurde im Betrieb gemunkelt, wieder zu haben.

Irgendwo in der Provinz hatte er eine Frau und einen Haufen Kinder zurückgelassen und wohnte jetzt mit einer Mieze zusammen, die clever genug gewesen war, sofort zuzugreifen, als sich die Beute anbot. Die Frau arbeitete angeblich im *Kaufhof* als Verkäuferin und sollte auf die Vierzig zugehen, wenn sie es nicht schon war. Es konnte nicht besonders schwer sein, eine so alte Frau auszubooten.

»Was macht man denn«, wandte sich Goldi Gotthals an ihre Frauenrunde, »wenn man bis über beide Ohren verliebt ist und der Chef nicht darauf reagiert?«

Martina stellte das Eisen ab und schenkte der Sendung volle Aufmerksamkeit. Jetzt war man beim Thema.

»Dann muß man watt deutlicher werden«, sagte Babs mit der blonden Locke. »Abends etwas länger bleiben, nie vor dem Chef nach Hause gehen und irgendwann fragen, ob er einen im Auto mitnehmen täte. Ihn einfach zum Essen einladen, weil er so ein netter Chef ist, ist auch gut.«

»Und wenn er ablehnt?« forschte Goldi Gotthals mit einer Stimme nach, die deutlich verriet, daß sie ihren Zuhörerinnen den Erfolg zwar gönnte, es selbst jedoch nicht nötig hatte, ihren Chef zum Essen einzuladen.

»Ja, dann isset eben nix geworden«, sagte Babs mit der Locke.

Goldi Gotthals wandte sich an die Psychologin. »Frau Doktor Rührmann, es gibt doch sicher auch Chefs, die grundsätzlich etwas gegen Liebe im Büro haben.«

Frau Doktor Rührmann führte aus, daß die Persönlichkeitsstruktur mancher Führungskräfte so beschaffen sei, daß sie das private und das berufliche Leben grundsätzlich trennten. Bei diesen Männern habe die Sekretärin keine Chance.

»Eine Frau, die einen solchen Chef hat, sollte entweder die Firma wechseln oder das Spiel aufgeben.«

Martina beschloß, das Spiel zu wagen.

25

Der magische Augenblick

Phil holte die Schale mit dem andalusischen Auflauf aus der Mikrowelle. Er öffnete eine Flasche Bier und lehnte sich gegen den Kühlschrank. Während er die Fleischstückchen aus der gelben Tunke fischte und einen tiefen Schluck aus der Flasche nahm, betrachtete er die Front der schwedischen Küchenschränke.

Nachdem Laura sie mit Silberfolie beklebt hatte, sahen sie ein bißchen futuristisch und weniger spießig aus – aber die Folie hatte sich an den Kanten gelöst, was den guten Eindruck schmälerte.

Die abstehenden Ecken riefen eine Erinnerung wach, die Phils Herz mit Süße erfüllte. Er schaute sie beinahe zärtlich an und durchforschte sein Gedächtnis nach der Ursache dieses Gefühls. Aber erst als er den Auflauf gegessen und die Gabel unter dem Wasserhahn abgespült hatte, wurde die diffuse Erinnerung zu einem konkreten Bild: Er sah plötzlich die abgerissene Holzfolie vor sich, mit der der Kühlschrank in jenem ersten Apartment beklebt gewesen war, das er nach Aufgabe seines alten Lebens bewohnt hatte.

Das war natürlich nichts Besonderes, und Phil fragte sich, weshalb ihn die Erinnerung so tief bewegte.

Er ging ins Wohnzimmer hinüber und schaltete das Radio ein, aber es rauschte zu stark, und er drehte es wieder ab. Noch nie in seinem ganzen Leben hatte er ein Radio besessen, das man klar einstellen konnte.

Britta hatte immer behauptet, es läge an den Wellen, die er selbst ausstrahlte, daß ein tadellos funktionierender Empfänger zu knattern begann, sobald er einen Raum betrat. Das mochte stimmen oder auch nicht.

Er trat ans Fenster und sah hinaus. Das Licht in den gegenüberliegenden Wohnungen war eingeschaltet, und er konnte in die spärlich beleuchteten Räume hineinsehen, deren Trostlosigkeit über die Straße hinweg bis in sein Zimmer drang. Wie um sich vor der Tristesse zu schützen, zog er den Vorhang zu.

Phil setzte sich auf das neue Sofa und starrte die gußeiserne Bank an.

Er wollte sie verkaufen, um Platz für einen Fernseher zu gewinnen, auch wenn er diesen Wunsch bisher vor Laura geheimgehalten hatte. Laura würde diese Anschaffung als Absage an ein Leben werten, das sich von der Trivialität, in der andere ihr Dasein verbrachten, eindeutig unterschied. Ein Fernsehgerät würde die Exklusivität stören, in der Laura ihre Abende mit Phil zu verbringen wünschte.

Aber nun besuchte sie schon wieder eines dieser Verkaufsseminare, wie so oft in der letzten Zeit. Diesmal war sie für eine Woche nach Berlin geflogen, zur Schulung, wie sie es nannte, und hatte ihn mit dem knatternden Radio und den rothaarigen Engeln allein gelassen.

Die vier Engel waren an dem Abend aufgetaucht, an dem Laura zum erstenmal über Nacht weggeblieben war.

Sie waren um den Eßtisch geflogen, und er hatte deutlich das Rauschen ihrer Flügel und ihr leises Lachen gehört.

Vielleicht waren sie ja auch schuld daran gewesen, daß die Lampen angefangen hatten zu flackern und sich der Vorhang vor dem Fenster lautlos blähte.

Phil dachte jetzt öfter an Britta und die Mädchen, öfter als am Anfang...

Er war noch nie allein gewesen. Früher hatte ihn eine ganze Familie erwartet, wenn er am Abend nach Hause kam, und deshalb war er überrascht, als er zum erstenmal wahrnahm, wie laut die Stille in den Ohren brausen kann.

Phil holte sich ein weiteres Bier aus dem Kühlschrank und setzte sich an den Tisch, um noch ein wenig zu arbeiten. Über die Akte flimmerte das Bild seiner neuen Sekretärin, Martina Schröder. Er sah ihren blutrot angemalten Mund vor sich und die blitzenden weißen Zähne.

Phil gehörte zu den Abteilungsleitern, die das private und das berufliche Leben streng zu trennen wußten. Er hätte sich niemals mit Frau Schröder eingelassen, aber ihr Interesse tat ihm wohl. Seit einiger Zeit schien er mehr Sinnlichkeit auszustrahlen als früher.

Selbst in seinen jungen Jahren hatte er nicht so viele eindeutige Angebote von Frauen bekommen wie in der letzten Zeit. Oder das weibliche Interesse an seiner Person war ihm nicht aufgefallen, weil er zu beschäftigt gewesen war, all die Jahre.

Phil grinste zufrieden vor sich hin. Auch wenn er nicht vorhatte, auf die Annäherungsversuche seiner Sekretärin einzugehen, half ihm die Tatsache, so begehrenswert zu sein, doch über den bitteren Abend hinweg.

Die Engel flogen davon.

Am Samstagmorgen rief Laura an. Sie erzählte mit jener hastigen Berufsstimme, die sie immer hatte, wenn sie aus den Seminaren anrief, daß sie noch einen Zusatzkurs belegt habe und aus diesem Grund erst später als geplant zurückkomme. Nicht an diesem Wochenende, erst am nächsten...

»Ich hab' Sehnsucht nach dir«, sagte sie. »Fällt es dir schwer, allein zu sein?«

»Ich halte es schon aus«, sagte Phil, um ihr nicht das Gefühl zu vermitteln, an der Kette zu liegen. »Aber es ist schön, wenn du wieder da bist.«

»Denk an mich«, sagte sie.

»Unentwegt«, sagte er.

Bis zum Mittag kam er ganz gut über die Runden. Er kaufte ein und ließ sich Zeit. Samstag morgens gefiel ihm das Viertel, in dem er wohnte. Es war jung und strahlte Kreativität aus. Leben...

Aber als der Nachmittag kam und der Lärm auf der Straße nachließ, packte ihn das Elend. Er strich durch die Wohnung und wählte schließlich die vertraute Nummer: 0-6-1-7-1-3-6-5-7-8.

Es tutete dreimal.

»Jakobsen?«

Eine helle, muntere Stimme. War es Sandra? Oder Britta selbst?

»Hallo?«

Im Hintergrund hörte er Musik und Stimmen, die er nicht definieren konnte. Die Musik wurde lauter.

»Hallo?«

»Hallo!!!«

Dann wurde aufgelegt.

Phil hielt den Hörer in der Hand. Daß es mitten in der Stadt so still sein konnte. Das Bild neben dem Vertiko hing ein bißchen schief. Auf den Möbeln lag Staub.

Phil verließ das Haus und irrte ein wenig in den Straßen herum. Fast als fühlte er sich genauso heimatlos wie die Asylanten, die ihm gruppenweise entgegenkamen. Nein, heimatloser. Kaum einer der Ausländer lief an einem Samstagnachmittag allein durch die Stadt. Er verließ Sachsenhausen und ging über den Holbeinsteg ins Bahnhofsviertel hinüber. Ohne es recht wahrzunehmen, saß er plötzlich in der S-Bahn Richtung Neuweststein.

Der Zug war fast leer. Gegenüber krakeelte eine farbige Frau, die einen brüllenden Säugling an den Busen drückte. Der halbwüchsige Sohn starrte Phil finster an.

Eine Gruppe Jugendlicher, Bierbüchsen in den Händen, lümmelte sich in den beschmierten Sitzen. Phil fühlte sich unbehaglich.

»Man sollte sich doch wieder ein Auto anschaffen«, dachte er.

Dann fiel ihm das Konto ein.

Er seufzte.

Es war nicht leicht, an sein ehemaliges Heim heranzukommen, ohne gesehen zu werden. Phil wartete die Dunkelheit ab und ging erst dann die Narzissenstraße hinauf.

Das Haus am Ende der Straße erschien ihm im sanften Schein der Straßenlaterne wie ein Zuhause, in dem er als Junge gewohnt hatte. Er betrachtete es mit einer Mischung aus Vertrauen und Rührung. Wie immer fiel goldenes Licht aus dem Wintergarten auf die Straße. Wie viele Jahre war er nach einem langen Arbeitstag auf dieses Licht zugefahren!

Ein wenig fühlte er sich wie ein Voyeur, als er stehenblieb, um einen Blick über die Hecke zu werfen. Der Garten strahlte Ruhe und Geborgenheit aus. Unter der japanischen Zierkirsche standen ein Holztisch und fünf Stühle.

Von der Gartenseite her konnte er gedämpftes Stimmengewirr hören, so als ob im Hause eine kleine Party gefeiert würde. Jemand lachte.

In Grits Haus nebenan war alles dunkel. Aber durch das unverhüllte Fenster sah er das Flimmern des Fernsehers.

Phil wandte sich ab und warf noch einen Blick auf den Eingang. Über der Haustür hatte die Kletterrose ein dichtes Dach aus Blüten und Blättern gebildet. Die bepflanzten Körbe und das getöpferte Schild mit den fünf Namen waren verschwunden. In der Garageneinfahrt parkte Timm Fischers alter Citroën.

Auf der Rückfahrt war Phil allein im Abteil. Die Schlagzeile der Boulevardzeitung, die verloren auf der gegenüberliegenden Bank lag, lautete: *Blutbad im Bahnhofsviertel. Dealer schießt in die Menge*.

Und direkt darunter: *Wunderpille aus Amerika: Professor fand den Stoff für das ewige Leben*.

Als Phil in Frankfurt ankam, war es halb zehn. Er kaufte sich im Bahnhofsmarkt eine Frikadelle und aß sie an einem der Stehtische, während er eine alte Frau beobachtete, die in den Abfällen des Tages nach etwas Eßbarem suchte. Er beschloß, die Sonntagsausgabe seiner Zeitung zu kaufen und dann zu Fuß nach Hause zu gehen.

»Na, das nenn' ich Schicksal!«

Als Wilma ihm scheinbar spielerisch die Hände um den Nacken legte, hatte Phil instinktiv das Bedürfnis, sich mit einem Scherz zu entwinden. Statt dessen ließ er es zu, daß Wilma den leisen Druck ihrer Hände verstärkte und gleichzeitig ihren Blick in seinen Augen versenkte.

»Heute oder morgen?« fragte sie.

Phil dachte an die leere Wohnung, an das falsche gelbe Licht, das am Abend über den Möbeln lag, und an die Melancholie, die von der gegenüberliegenden Häuserzeile ausging. Er dachte an das Rauschen der Engelsflügel und erlag der Magie des Augenblicks.

»Heute!« sagte er. »Bei dir.«

Hinterher hätte er nichts weiter über Wilma zu sagen gewußt, als daß sie zu den Frauen gehörte, die man nicht wiedererkannte, wenn man ihnen unvermutet auf der Straße begegnete. Aber es war geschehen.

Laura brauchte die Schlafzimmertür gar nicht erst zu öffnen, um zu wissen, daß das Bett dahinter unberührt war. Sie wußte es einfach. Sie hatte die Enttäuschung in Phils Stimme gehört, als sie anrief, um ihm zu sagen, daß sie nicht an diesem, sondern erst am nächsten Wochenende kommen würde, und spontan beschlossen, auf den Zusatzkurs zu verzichten. Der letzte Zug aus Berlin erreichte Frankfurt um drei Uhr morgens. Und es war kurz nach vier, als Laura die Lasagne aus der Mikrowelle nahm und in den Abfall warf, weil ihr speiübel war.

26

Männer mögen Rot

Am folgenden Montag wählte Laura die Nummer von Phils Büro. Ohne die Augen von der neuen *frau today* zu nehmen, in der sie sich gerade dem Studium des Artikels *»Junggesellen muß man Fallen stellen«* gewidmet hatte, nahm Martina Schröder den Hörer ab.

»*Klemmer & Söhne*, Schröder am Apparat?«

»Ich hätte gern Herrn Jakobsen gesprochen!«

Laura versuchte ihrer Stimme einen festen Klang zu geben, um das Zittern zu verbergen.

Kein Mann ist so frei, wie es scheint. Wittern Sie die Rivalin!

Martina räusperte sich.

»Wer sind Sie denn überhaupt?« fragte sie schnippisch zurück.

Seien Sie nicht schüchtern, nehmen Sie den Kampf auf.

»Laura Michaelis!«

Martina hob die Augen von der Zeitschrift und richtete sie auf die spärlich belaubte Krone des vor dem Bürofenster stehenden Baumes. Dies war heute die zweite Frau, die den Chef zu sprechen wünschte, und offensichtlich handelte es sich auch diesmal um nichts Geschäftliches.

Ahnen Sie die Gefahr, seien Sie wachsam.

»Herr Jakobsen ist in einer Besprechung!«

Tricks sind erlaubt, schotten Sie ihn ab.

»Und wann kommt er zurück?«

Die Anruferin hatte etwas anmaßend Besitzergreifendes an sich, so als ob Phil Jakobsen ihr gehöre.

»Das kann ich Ihnen nicht sagen!«

Martina Schröder musterte ihre Fingernägel.

Der Lack war frisch aufgetragen und glänzte in der Morgensonne. Aber es war die falsche Farbe.

Männer lieben Kirschrot. Weg mit allen dunklen Tönen!

»Sie können ihm doch sicher etwas ausrichten?«

Gehen Sie niemals ungestylt aus dem Haus. Auf dem Weg zum Supermarkt könnten Sie IHM begegnen.

»Wie bitte?«

»Sie-können-ihm-doch-sicher-etwas-ausrichten!«

Die Dame sprach betont akzentuiert, so als ob sie es mit einer Schwachsinnigen zu tun habe. Die Stimme klang arrogant, von oben herab und irgendwie »hell«.

Männer mögen Blond, aber Schwarz erregt die Leidenschaft.

Martina Schröder hatte schwarzes Haar mit einem rötlichen Schimmer darin, aber über die Seite des Boulevardblatts stöckelte plötzlich eine gefährlich blonde Frau mit langen Beinen, eine jener eiskalten Blondinen im knappsitzenden Kostüm, die ihren Kampf makellos zu führen wußten.

Tragen Sie enganliegende Kleidung. Weg mit dem Schlabberlook!

»Richten Sie ihm doch bitte aus, daß ich bereits heute abend in Frankfurt eintreffe.«

Die Dame machte eine kleine Pause und fügte hinzu: »Herr Jakobsen weiß Bescheid!«

Martinas Augen kehrten zu Punkt fünf zurück:

Tricks sind erlaubt, schotten Sie ihn ab.

»Soviel ich weiß, hat Herr Jakobsen bereits eine Verabredung.«

Zeigen Sie deutlich, daß ER Ihnen gehört!

»Das weiß ich zufällig ganz sicher!«

»Was Sie zu wissen glauben, ist Ihre Angelegenheit«, sagte Laura in einem Ton, der die Architektengattin von einst verriet. »Mir genügt es, wenn Sie Herrn«, sie schluckte, »wenn sie meinem – Freund – die Nachricht pünktlich ausrichten. Legen Sie ihm zur Sicherheit einen Zettel auf den Schreibtisch. Guten Morgen!«

Laura legte den Hörer auf die Gabel zurück und versuchte den flatternden Puls zu beruhigen. Sie fühlte sich wie auf einer Brücke, an der plötzlich das Geländer fehlte, so daß sie gezwungen war, weiterzugehen, ohne in den Abgrund zu schauen...

Martina Schröder holte den Handspiegel aus der Tasche und überprüfte den Schwung ihrer Lippen.

Dann übermalte sie die alte Farbe mit einer neuen: Kirschrot!

Den dunkelvioletten Lippenstift, den sie erst am Samstag gekauft hatte, warf sie in den Papierkorb. Sie überlegte, ob sie Laura Michaelis' Nachricht auf den Schreibtisch legen oder lieber »vergessen« sollte. Sie neigte dazu, sie zu vergessen, ein Vorgehen, das der Autorin des Zehn-Punkte-Programms »*Junggesellen muß man Fallen stellen*« sicher gefallen hätte, aber dann fehlte ihr der Mut dazu.

Phil Jakobsen erschien erst gegen Nachmittag im Büro. Er nickte seiner Sekretärin kurz zu und las den Zettel, den Martina ihm auf den Schreibtisch gelegt hatte. Sofort wählte er die Nummer, dann lachte er in den Hörer. Seine Stimme hörte sich verliebt an, obwohl sich das Gespräch eher um Banales drehte.

»Wollen wir essen gehen, oder soll ich etwas vom Chinesen holen? Ich könnte es gleich mitbringen. Was denn? Rind mit Zitronengras und Familienglück? Salat extra? Gut! Hinterher leeren wir aber endlich die Flasche Champagner, die ... wie?«

Martina konstatierte, daß sein Lachen echt war und ihm die Bilder, die gerade vor seinem inneren Auge vorüberzogen, offensichtlich wohltaten. »Aber sicher – und wie!!!«

Martina stellte sich vor, wie sich die beiden am Tisch gegenübersaßen und erzählten, was sich tagsüber so zugetragen hatte, und wie sie später nebeneinander auf dem Sofa liegen und vielleicht ein bißchen fernsehen würden. Und dann würden sie nebeneinander einschlafen. Hand in Hand.

Zusammensein ...

Sie ging in den Waschraum und betrachtete im Spiegel die Frau mit dem Wickelpulli und dem Mini, der die etwas zu kräftigen Beine freiließ, ein Manko, das sich mit den richtigen Strümpfen und hohen Stöckeln kaschieren ließ. Sie fuhr sich mit den Händen durch die Haare und versuchte den Bauch einzuziehen, um das Gesamtbild positiv zu beeinflussen. Sie starrte auf den perlmuttfarbenen Lidschatten und den kirschroten Mund und fühlte den Kloß in ihrem Hals. In ihrer Phantasie radelte plötzlich ein junges Paar durch blühende Wiesen. Sie drehten sich einander zu und lachten. Die Frau trug Jeans zu einer weißen Bluse. Sie war ungeschminkt und strahlte Frische und Natürlichkeit aus. Ihre blonden Haare wehten im Wind. Aus dem Off erklang eine jugendliche Stimme: »Niveva – mit der Natur im Bunde!«

Martina Schröder ging zurück ins Büro und setzte sich an den Computer. Sie war von vielen Männern begehrt und von ebenso vielen verlassen worden, und wenn nicht bald etwas passierte, dann würde sie es nicht länger aushalten.

Sie versuchte, sich auf das neue Programm zu konzentrieren, in das sie sich einarbeiten sollte, aber es fiel ihr schwer, die flüsternden Stimmen auszuschalten.

Mit der Natur im Bunde. Tricks sind erlaubt. Männer lieben Leder. Ganz In: die natürliche Frau. Blond und Weiß: strahlende Frische. Wahnsinnig aufregend: Schwarz und Blutrot. Weg mit dunklen Tönen.

Martina Schröder warf einen Blick auf die Uhr. Noch zwei Stunden. Dann würde sie nach Hause gehen und eine ihrer Diätsuppen essen und sich einen Krimi ansehen. Und vielleicht würde ja heute abend das Telefon läuten …

Laura packte ihren Koffer aus und blätterte die Unterlagen durch, die sie während des Seminars bekommen hatte. Es war viel von Verkaufstechnik die Rede gewesen: wie man den Kunden anlockte, fesselte, die Aufmerksamkeit hielt und ihn schließlich zum Kauf bewegte, ohne daß er die Chance hatte, die Strategie zu durchschauen. Laura hatte den Vorträgen aufmerksam gelauscht, ohne sich die Einzelheiten zu merken. Ihre Kundinnen kauften den Zauberring, weil sie sich mit der Propagandistin identifizierten, und nicht, weil sie auf irgendwelche Verkaufstricks hereinfielen. Aber wenn auch das Seminar nicht viel Neues gebracht hatte, so dachte Laura doch gern an die in Berlin verbrachte Woche zurück. Ihr neuer Beruf gab ihr ein Gefühl von Sicherheit und Selbstbestimmung. Er war ein stabiles Floß im Strom der Gefühle, die, seitdem sie Phil Jakobsen zum erstenmal gesehen hatte, ihr Leben in ein Chaos zu verwandeln drohten.

Laura neigte dazu, sich auf alles, was sie tat, total einzulassen. Ehe Phil in ihr Leben trat, war sie ganz Mutter gewesen und ganz Ehefrau. Dann ganz Geliebte. Heute, das hatte Phil in den letzten Wochen ein paarmal zu oft denken müssen, schien ihr Leben dem Patentzauberring zu gehören.

Als Phil am Abend kam, hatte sich Laura so gut in der Gewalt, daß sie ihn, neben dem geöffneten Koffer stehend, so herzlich begrüßen konnte wie immer. Sie schaute ihm in die Augen, um herauszufinden, was vorgefallen war; aber Phils Augen gaben das Geheimnis nicht preis. Von dem Chinesen an der Ecke hatte er *Rindfleisch mit Zitronengras* und eine Portion *Familienglück* mitgebracht, und sie tranken Jasmintee dazu und öffneten hinterher eine Flasche Champagner. Phil begehrte Laura so sehr, daß er nicht warten konnte, aber mitten in den Tango hinein schrillte das Telefon. Es läutete dreimal, dann schaltete sich der Anrufbeantworter ein. Laura fühlte, wie Phil den Atem anhielt, und sie hielt ihn fest, als er aufstehen wollte, um das Band abzustellen. Durch die Lustwellen hindurch hörte sie diesmal eine flüsternde Frauenstimme: »Mein Liebling, ich möchte dir für die gestrige Nacht danken, du sollst wissen, daß ich bei dir bin, ganz egal, was du gerade tust!«

Laura hatte es nie nötig gehabt, ihren Mann zu bewachen, und sie war ungeübt in diesen Dingen. Aber jetzt rüstete sie sich instinktiv zum Kampf. Sie hatte Phil nichts von ihrer vorzeitigen Rückkehr erzählt und nichts von dem Schock, das Bett leer vorgefunden zu haben, und jetzt tat sie so, als ob sie die Frauenstimme nicht hörte. Vielleicht würde es immer Phils Geheimnis bleiben, wer die Frau war, mit der er eine so intensive Nacht verbracht hatte, daß sie das Bedürfnis hatte, »immer bei ihm zu sein«, und es wagen konnte, mitten in der Nacht anzurufen.

Aber falls Laura ihr einmal begegnen sollte, dann würde sie sie erkennen.

Auf dem Weg ins Bad löschte Phil das Band mit Wilmas Stimme und dachte, daß er es nicht noch einmal fertigbrächte, Laura zu betrügen. Er hatte in ihren Augen nicht den Schimmer eines Verdachtes gefunden, und er mußte dafür sorgen, daß sie so arglos blieb, wie sie immer gewesen war.

Nach der Nacht mit Wilma, die ihm wie eine Nacht aus einem Schmuddelkatalog erschienen war, mit Tricks, die ihn eher geängstigt hatten, war die Rückkehr zu Laura wie eine Rückkehr in den Frieden.

Aber Phil hatte Wilmas Stimme auf dem Anrufbeantworter erkannt, und es war die Stimme einer Frau gewesen, die verzweifelt war und die sich nicht scheuen würde, alles zu tun, um diese Verzweiflung zu beenden. Phil rieb sich den Nacken, aber es gelang ihm nicht, das beengende Gefühl zu vertreiben, das die Schlinge verursachte, in der er sich verfangen hatte.

Diese Erkenntnis war schuld daran, daß er am nächsten Morgen auf Martina Schröders freundliche Frage, ob er einen Kaffee wünsche, ungewöhnlich gereizt antwortete.

»Frau Schröder, konzentrieren Sie sich endlich auf Ihre Arbeit!«

Ihm war nicht bewußt, woher der Ekel kam, den der Anblick der Strumpfnähte seiner Sekretärin heute morgen in ihm erzeugte.

27

Pulsrasen

Martina hatte das Intensivstudium der *frau today* aufgegeben, da die Tricks, mit deren Hilfe man Männer locken, fesseln und halten konnte, in ihrem Fall nicht funktionierten. Dafür brach ihr fast das Herz, wenn sie mit anhören mußte, in welch zärtlicher Weise Phil Jakobsen und Laura Michaelis über Banalitäten wie das heutige Abendessen und die Frage, wer die Wäsche abholen sollte, plauderten. Martina sah Phil vor sich, wie er abends, lässig gegen den Kühlschrank gelehnt, kleine Anekdoten aus dem Büroleben erzählte, während sie selbst am Herd stand und Steaks in zischendes Fett warf. Wenn sie sich in dieses Wunschbild vertiefte, kroch ihr die Sehnsucht die Kehle hoch, bis sie endlich – es war an jenem Tag, an dem Wilma Papner so unverschämt gewesen war, dreimal anzurufen, und Phil jeden ihrer Anrufe entgegengenommen hatte – den Mut hatte, aufs Ganze zu gehen.

Sie nahm die Schultern zurück, sah Phil direkt in die Augen und fragte, ob sie ihn heimfahren dürfe. Es war ein regnerischer Abend, und es traf sich gut, daß ein kühler Wind durch die Straßen fegte und Phil Jakobsen noch immer kein Auto besaß.

»Ich bringe Sie trocken nach Hause«, sagte Martina und

lächelte Phil mit kirschroten Lippen an, »und Sie laden mich dafür auf einen Drink in die Bar ein.«

Aber Phil Jakobsen reagierte nicht so, wie es die Chefs der Frauen getan hatten, die in der Goldi-Gotthals-Show aufgetreten waren. Im Gegensatz zu diesen Männern, die ihren Sekretärinnen zugeraunt hatten, daß sie ihr schon lange verfallen waren, ehe sie sie über den Schreibtisch zogen, tötete Phil Jakobsen Martinas Begehren mit einem einzigen Satz: »Ein Büro ist kein Kontakthof, Fräulein Schröder. Wenn Sie Anschluß suchen, sollten Sie sich einen anderen Arbeitsplatz suchen.«

Eine Woche später hatte sie die Nachricht erhalten, daß ihre Probezeit nicht verlängert worden sei.

Martina Schröders Nachfolgerin war Rosa Hübner, eine mütterlich wirkende Frau in mittleren Jahren, die adrette Blüschen zu gut gebügelten Röcken trug und Phil mit Calcium und Vitaminpräparaten versorgte. Man konnte ihr volles Vertrauen schenken, und es dauerte keine Woche, und sie wußte, daß man Telefonate von Laura Michaelis immer und die von Wilma Papner höchstens hin und wieder einmal durchstellen durfte.

Sie warf einen Blick aus dem Fenster und sagte so sachlich wie möglich: »Ach, ich glaube, Sie werden abgeholt«, und Phil wußte, daß es heute besser war, den hinteren Ausgang zu benutzen.

Und sie brauchte nicht länger als einen Tag, um sich in das neue Computerprogramm einzuarbeiten.

Ebenso wie durch Martina Schröder wurde Phil auch durch Rosa Hübner an eine Figur aus einer Fernsehserie erinnert, aber er konnte sich nicht mehr erinnern, an welche.

Auf jeden Fall beschloß er, Rosa Hübner als Langzeitserie in sein berufliches Leben zu integrieren.

Laura versuchte sich einzureden, daß sie ihren Job als Propagandistin im Herbst wieder aufnehmen würde, wenn es kühler war und die Frauen sich an die Schals erinnerten, die sie zu Beginn der Hitzeperiode in den Schrank gelegt hatten. Jetzt aber stieg Tag für Tag eine gleißende Sonne am Himmel auf, und die Hitze waberte über den Straßen.

Tagsüber war die Stadt so gut wie menschenleer. In den Kaufhäusern langweilten sich die Verkäuferinnen, und die einzigen, die gut zu tun hatten, waren die italienischen Eisdielen.

Auf Phil hatte Lauras Zuhausebleiben eine positive Wirkung. Ihn beruhigte der Gedanke, daß sie da war, wenn er am Abend heimkam, und daß er den Druck, der an einem einsamen Wochenende auf ihm lastete, nicht würde ertragen müssen. Am Abend war sie ausgeruht, und ihr Kopf war nicht blockiert nach einem Tag voller Zauberringe, so daß sie seinen Geschichten aus dem Büroleben besser folgen konnte als vorher. Wie in der Anfangszeit ihres gemeinsamen Lebens ging Laura am Nachmittag in die Markthalle und wählte sorgsam etwas für das Abendessen und brachte auf dem Rückweg Blumen mit, die sie wie Stilleben arrangierte.

Wenn Phil abends nach Hause kam, war die Wohnung eine Höhle der Geborgenheit und voller Düfte.

Um die zärtliche Atmosphäre nicht zu gefährden, erwähnte Laura weder die Verkaufsseminare noch den Zauberring; aber an einsamen Nachmittagen stellte sie sich vor den Barockspiegel, sprach auf imaginäre Kundinnen ein und probierte die elf Wickelvarianten, die der Zauberring ermöglichte.

Obwohl sie der Verlust ihres Berufs schmerzte, fühlte Laura Phils Zärtlichkeit, die sie statt dessen empfing, wie ein Geschenk; daher war es um so schmerzlicher, daß er gleichzeitig ein geheimes zweites Leben zu führen schien. Die nächtlichen Anrufe hörten nicht auf, auch wenn das Band jetzt abgestellt war, so daß niemand mehr eine Nachricht hinterlassen konnte. Manchmal klingelte das Telefon zur Zeit des Abendessens ein einziges Mal, so als wolle jemand ein Zeichen geben, und manchmal stand Phil abrupt auf und behauptete, jetzt gleich noch einen kleinen Spaziergang machen zu müssen, um sich frische Luft zu verschaffen. Nur ein einziges Mal war Laura so dumm gewesen, ihm zu folgen. Er war in schnellen Schritten die Straße hinaufgegangen und dann links Richtung Schifferbunker abgebogen. Dann hatte er, ohne zu zögern, die Telefonzelle betreten und eine Nummer eingetippt. Das Gespräch war nur kurz gewesen, aber Laura hatte den ganzen Abend mit einer solchen Übelkeit zu kämpfen, daß sie sich schwor, nie wieder einem Geheimnis auf die Spur kommen zu wollen. In dieser Nacht hatte das Telefon nicht geläutet, aber Laura hatte schlaflos auf dem Rücken gelegen, die Augen auf den Barockspiegel gerichtet und den Kopf voller Gespenster.

Sie versuchte sich die Frau vorzustellen, mit der Phil offenbar ein zweites Leben führte, aber sie hatte kein Gesicht. Eine Zeitlang hatte sie Martina Schröder in Verdacht gehabt, und die Tatsache, daß Phil ein wenig zu deutlich betonte, daß die Sekretärin die Probezeit nicht bestanden habe, hatte den Verdacht eher bestätigt. Aber dann kam der Montagmorgen, an dem das Telefon so laut schrillte, daß Laura zusammenzuckte.

»Michaelis?«

»Wilma Papner.«

»Wer?«

Laura hatte so lange nicht an die flüchtige Kneipenbekanntschaft gedacht, daß sie ihrem Gedächtnis erst einen Stoß geben mußte.

»Wilma, Fichtenkränzchen«, half Wilma nach.

»Ach, hallo Wilma«, sagte Laura und dachte, daß es vielleicht doch ganz nett wäre, sich wieder einmal mit Wilma und Norbert zu treffen.

Die Nächte waren so heiß, daß es allemal besser war, auszugehen, als sich zu Hause schlaflos zu wälzen und auf den nächtlichen Anruf zu warten...

Sie lachte.

»Wie geht's denn?«

»Gut«, sagte Wilma. »Ich wollte fragen, ob man sich nicht wieder einmal sehen könnte, vielleicht am nächsten Wochenende? Oder besuchen Sie eines Ihrer Seminare?«

Die Stimme hatte etwas Lauerndes, aber es war viel zu schwül, als daß Laura diese kleine Nuance aufgefallen wäre.

»Ich werde Phil fragen«, sagte sie, und als sie Phils Namen erwähnte, wurde der Hörer in ihrer Hand so heiß, daß sie ihn beinahe fallen gelassen hätte. Sie sah Phil und Wilma auf einem weißen Laken, im siebenten Stock des Hochhauses, in dem Wilma wohnte. Und sie sah sich selbst auf der Terrasse eines anderen Hochhauses, irgendwann, vor langer Zeit.

»Aber ich fürchte, er wird keine Zeit haben. Er besucht jetzt wieder öfter seine Familie.«

Sie beobachtete die Staubflusen, die in dem schräg durch das Fenster einfallende Licht tanzten, und konnte durch den Draht den Stich fühlen, den sie Wilmas Herzen versetzt hatte.

»Er besucht *wen*?« fragte sie.

»Phil hat eine Frau und drei Kinder, wußten Sie das nicht?«

»Nein, das wußte ich nicht«, sagte Wilma.

»Hier in der Stadt«, Laura setzte jetzt die vertrauliche Stimme einer Frau ein, die ihrer besten Freundin ein Geheimnis verrät, »hat er nur ein geheimes Zimmerchen, wenn es abends mal spät wird und«, sie lachte zweideutig, »für das kleine Techtelmechtel dann und wann.«

»Das glaube ich nicht«, sagte Wilma.

»Ich schicke Ihnen ein Foto, das ich erst kürzlich gefunden habe«, sagte Laura und fügte ironisch hinzu: »Ich verstand plötzlich, weshalb er seine Familie nie wirklich verlassen hat.«

»Das glaube ich nicht«, sagte Wilma noch einmal.

»Schauen Sie sich das Foto an«, riet Laura.

Laura war ganz ruhig, als sie auf den Speicher hinaufging und den Koffer öffnete, der Phils Heiligtümer enthielt: Erinnerungen an sein vergangenes Leben, die ihm und niemandem sonst gehörten. Sie ließ die Schlösser aufschnappen und öffnete die längliche Schachtel mit den Familienfotos, und der Anblick des lachenden Glücks, das ihr gleich auf dem ersten Bild entgegensprang, traf sie wie ein Schlag ins Gesicht.

Sie griff sich das Foto, auf dem Phil, umringt von seinen vier Frauen, so strahlend in die Kamera lachte, daß die Vorstellung, dieser Mann könne sich jemals von seinen schönen rothaarigen Engeln trennen, grotesk schien. Laura kauerte auf dem staubigen Boden und starrte das Bild an, und Britta sah ihr direkt in die Augen. Laura fühlte die Schmetterlinge, die gegen ihre Magenwände taumelten. Sie hatte die Tatsache verdrängt, daß Britta so jung und so attraktiv war und zwei ihrer Töchter ihr so verdammt ähnlich sahen.

Noch am selben Abend steckte sie das Foto in einen Umschlag und brachte ihn zur Post.

In dieser Nacht läutete das Telefon noch ein einziges Mal.

Dann hörten die Anrufe auf.

28

Die Einsamkeit im Kopf

Phil ahnte nicht, was geschehen war, aber die Belästigungen durch Wilma hörten auf. Sie rief ihn weder im Büro noch zu Hause an, und er mußte nicht mehr befürchten, daß sie ihm am Firmenausgang auflauerte. Er war glücklich, daß sich die Gefahr scheinbar von selbst verflüchtigt hatte, denn lange hätte er das Geheimnis nicht mehr verbergen können. Phil nahm sich vor, Lauras Vertrauen nie wieder zu gefährden. Zumal auch sie ein Opfer brachte und den Zauberring zu vergessen schien.

Zumindest erwähnte sie ihn nicht mehr.

»Wir könnten den Sommer nutzen und nach Schweden fahren und uns die Styga ansehen«, sagte Laura an einem Sonntagmorgen Anfang Juli.

Es war erst acht Uhr, aber schon so heiß, daß sie die Vorhänge zuziehen und im Halbdunkel frühstücken mußten. Seit Wochen, so schien es Laura, lebte sie schon in diesem Dämmerlicht, gelähmt vor Hitze und bekleidet mit einem schwarzen Seidenhemd, dem einzigen Kleidungsstück, das leicht genug war, daß sie es bei diesen Temperaturen ertragen konnte. In der verdunkelten Wohnung fühlte sie sich wie ein Fisch, der in einem modrigen Aquarium seine Runden drehte; aber jetzt, bei dem Wort »Schweden«, spürte sie förmlich die Frische eines waldbedeckten Landes voller Bläue und kühler Seen.

»Uns fehlt leider das Geld, um zu verreisen«, sagte Phil und wußte im selben Moment, daß er einen Fehler gemacht hatte.

Das Wort »Geld« war Lauras Achillesferse, und sie konnte bei diesem Thema die Farbe wechseln und ungerecht werden. Außerdem barg es die Gefahr, den Zauberring in Erinnerung zu bringen, mit dessen Hilfe sie die »schöne Armut« bannen konnten, in der sie, wie Laura meinte, dahinliebten.

»Obwohl wir«, lenkte Phil ein, »natürlich nur die Flugkosten aufbringen müßten. Das Haus ist ja da, und wir sollten uns vielleicht wirklich einmal um unseren Besitz kümmern.«

Laura hätte nicht sagen können, warum ihr der Begriff »unser Besitz« unangenehm war. Britta hatte Phil die Styga freiwillig überschrieben; sie hatten nicht darum kämpfen müssen, und da Laura Phils Frau war, betrachtete er das Haus als gemeinsamen Besitz. Kein Grund, daß ihr ein säuerliches Gefühl die Kehle zusammenzog.

»Wir könnten dann an Ort und Stelle entscheiden, ob wir das Anwesen verkaufen, vermieten oder ganz für uns behalten«, fügte Phil hinzu.

»Ich möchte es einfach einmal sehen«, sagte Laura, »es muß sehr schön sein.«

»Das ist es«, sagte Phil und sah sich Hand in Hand mit Britta den Waldweg entlanggehen, an dessen Ende die rotgestrichene Styga lag, mit einer überdachten Veranda, einem seitlichen Anbau und zwei Geräteschuppen. Im Hintergrund die flimmernde Bläue des Sees.

»Seid ihr«, Laura versuchte ihrer Stimme einen gleichmütigen Klang zu verleihen, »seid ihr sehr glücklich dort gewesen?«

»Es gab halt immer etwas zu tun«, gab Phil ebenso gleichmütig zurück. »Als alles endlich fertig war, sind wir nicht mehr hingefahren.«

Er lachte, aber es klang bitter.

»Dann sind die Aufenthalte auch nicht schön gewesen«, stellte Laura fest. »Wahrscheinlich ist es deiner Ex einfach zu langweilig geworden.«

Der Eifer in ihrer Stimme verriet das Bedürfnis nach einer Bestätigung, die sie von Zeit zu Zeit, und in den letzten Monaten häufiger als früher, brauchte: daß nämlich Phils Leben erst in der Sekunde begonnen hatte, in der er Laura begegnet war.

Und daß er all die Jahre vorher in einem fatalen Irrtum dahingelebt hatte.

»Wahrscheinlich war es so«, sagte Phil. »Komm, laß uns ein wenig an die Luft gehen, ehe es noch heißer wird. In dieser Bude geh' ich kaputt!«

Laura räumte den Tisch ab und spürte den Kloß in ihrem Hals. Die wochenlange Hitze und die Inaktivität hatten sie überempfindlich gemacht. Sie empfand den städtischen Sommer wie eine Falle, unerträglich drinnen, unerträglich draußen und keine Möglichkeit zu fliehen. Sie sehnte sich nach einem Auto, das sie aus der Glut hinausbringen würde, aber die Finanzlage ließ keinen Spielraum für diesen Luxus, der für alle anderen eine Selbstverständlichkeit war. Voller Haß dachte sie an Britta, die wie ein Vampir in ihrem rosenumkränzten Eigenheim saß, die nichts aufgegeben hatte und sich ein paar Ehejahre mit lebenslanger Sicherheit bezahlen ließ.

Tief drinnen erkannte Laura, daß irgend etwas an diesem Gedankengang nicht stimmte; aber heute konnte sie es sich nicht leisten, die Waage der Gerechtigkeit richtig einzupendeln. Ihr fehlte die Energie dazu.

Am Tag vor ihrem Aufbruch nach Schweden erhielt Phil einen Brief von Brittas Anwalt. Phil wunderte sich, daß sein Herz noch immer zu klopfen begann, wenn er ein Zeichen aus seinem früheren Leben erhielt, und weshalb es ihm nicht gelang, jenen endgültigen Schlußstrich zu ziehen, der Laura längst gelungen war.

Er bewunderte Laura der Konsequenz wegen, mit der sie ihr Dasein meisterte. Ihm kamen immer wieder unerwünschte Gefühle in die Quere, die die klare Sicht vernebelten.

Phil riß den Umschlag auf und überflog die Zeilen. Den Brief in der Hand, ging er zu Laura in die Küche. Er sah ihr eine Weile zu, wie sie mit raschen Bewegungen ein Hähnchen unter fließendes Wasser hielt, es sorgsam abspülte, zerteilte und würzte.

Dann gab sie die Teile in den Fritierkorb und senkte ihn in das brodelnde Öl, wobei sie Phil über die Schulter hinweg zulächelte.

»Gute Nachrichten«, rief Phil, das Geräusch des zischenden Fettes übertönend.

»Britta hat eine gutbezahlte Stelle und Ninon einen Secondhand-Shop eröffnet, der bestens läuft. Ergo: Der monatliche Unterhalt reduziert sich um ein sattes Drittel.«

»Nett, daß man das auch mal mitgeteilt kriegt«, sagte Laura.

Mit einer Holzgabel nahm sie die Hähnchenteile aus dem Fett und ließ sie auf einer Lage Haushaltspapier abtropfen. Dann legte sie sie auf die Platte, die sie im Backofen vorgewärmt hatte.

Verdrossen sah Phil ihr zu.

Alles, was Laura tat, hatte diesen professionellen Touch, den Britta nie gehabt hatte. Aber ihre Hähnchen waren so knusprig wie nirgendwo sonst.

»Dann könnten wir also«, fuhr Laura fort und mischte den Salat, »ich meine das jetzt mal ganz theoretisch, das Haus in Schweden behalten!«

»Theoretisch ja«, sagte Phil.

Er ging ans Fenster und starrte in den tristen Hof hinunter, in dem zwei schwarzlockige Jungen Fußball spielten. Im gleichmäßigen Rhythmus knallten sie den Ball gegen die Garagentore: Peng-peng-peng-peng...

Mürrisch starrte er auf die Kissenbezüge, die heute an den nachbarlichen Trockengestellen hingen. Leinenimitat mit verwaschenen Blumenmotiven. Es konnte einem schlecht werden, wenn man nur hinsah.

Die Nachricht erfreute ihn nicht in dem Maße, wie sie es hätte tun sollen. Britta, Ninon und die Mädchen hatten einen Clan gebildet, der sehr gut ohne ihn zurechtkam. Wahrscheinlich ging es ihnen sogar besser als vorher.

»Komm essen«, sagte Laura. »Wir sollten noch mal ganz in Ruhe über das Haus sprechen!«

»Jetzt nicht«, sagte er.

Sie warf ihm einen fragenden Blick zu.

»Jetzt nicht!« wiederholte er.

Als sie aus Schweden zurückgekehrt waren, trieb Phil den Verkauf des Hauses voran. Er beauftragte eine deutsche Maklerfirma, die sich auf die Vermittlung ausländischer Ferienhäuser spezialisiert hatte. Es dauerte nicht lange, und die Firma meldete einen Erfolg. Ein junges Ehepaar mit zwei Kindern war bereit, den verlangten Preis zu zahlen. Obwohl sie nun aus ihrer finanziellen Misere befreit waren, machte Laura der Verkauf der Styga traurig.

Sie hatte sich auf den ersten Blick in die Idylle verliebt, eine Idylle, wie von Carl Larsson gemalt – aber Phil war nicht glücklich gewesen.

Er hatte keinen Blick für die Schönheit der Landschaft gehabt, sondern fluchte über die schlechten Einkaufsmöglichkeiten und die Mückenplage. Wenn sie abends nebeneinander in den buntbemalten Betten lagen, senkte sich die Schwermut über ihn. Saßen sie morgens am Steg, war die gleiche Schwermut schon da.

»Es liegt an der Landschaft«, sagte Phil.

»Vielleicht«, sagte Laura.

»Diese gräßliche Monotonie. Nichts als Birken und Wasser und wieder Birken und wieder Wasser. Man spürt auch im Sommer immer den Winter.«

»Möglich«, sagte Laura.

»Du kannst wochenlang durch die Gegend fahren und hast doch immer nur diese beiden Farben: Blau und Grün. Die Monotonie macht müde. Du wirst verrückt davon. Kein Wunder, daß die Selbstmordrate so hoch ist!«

Laura wußte nichts über die Selbstmordrate in Schweden, aber daß diese Landschaft keinen guten Einfluß auf Phils Gemüt hatte, das konnte sie sehen.

Nach einigen Tagen spürte auch Laura die Monotonie und die innere Leere, von der Phil gesprochen hatte.

»Es ist kein Land für ein Paar ohne Kinder«, dachte sie.

Und es war kein Haus für zwei Personen.

Es standen zu viele Betten darin und zu viele Stühle um den blaugestrichenen Tisch herum.

Im Schuppen gab es zu viele Angeln und Fangnetze, zu viele Taschen und Körbe. Es hingen zu viele Regenmäntel an den Haken, und die Reihe der Gummistiefel unterschiedlicher Größen hatte Laura von Anfang an irritiert.

Man hätte das alles natürlich loswerden können, indem man die Mäntel und die Stiefel, die Angeln und die Netze, die Bettbezüge und die Betten selbst zu Bündeln schnürte und im See versenkte; aber wie Leichen würden sie wieder in die Höhe treiben und auf der Oberfläche schwimmen. Und die leeren Haken würden einen stumm anstarren.

In diesen Tagen war Phil so wortkarg, wie Laura ihn noch nie erlebt hatte, und wenn er stumm auf dem Steg saß, die Augen auf das jenseitige Ufer gerichtet, dann war er nicht mehr erreichbar.

»Kein Zweipersonenhaus«, dachte Laura und richtete den Blick auf die Regale voller Märchenbücher, Brettspiele und Puppen.

Laut sagte sie: »Kein Land für zwei allein.«

Aber sie täuschte sich. Anders als sie, wäre Phil froh gewesen, allein zu sein, denn er war es nicht. Saß er morgens am Frühstückstisch, hörte er lachende Stimmen, er spürte Küsse auf der Wange, und wenn er an den See floh, waren die Geister schon da: Drei rothaarige Kinder sprangen kreischend vom Steg ins Wasser, und eine Frau voller Vitalität und mit einem Gesicht voller Sommersprossen steckte die Ruder in die Halterung des alten Holzkahns und stieß vom Ufer ab. Er hatte das Gefühl, daß sie alle gleich aus den Wäldern heimkehren würden, die Körbe voll mit Pilzen, die Beine verschrammt und die Gesichter voller Lachen. Sie waren so gegenwärtig, daß ihm Laura täglich fremder wurde, wie ein Gast, der eines Tages ungebeten vorbeigekommen ist und vergessen hat, wieder zu gehen.

»Komm zurück«, bat Laura mit Angst in der Stimme.

»Es ist die Schwermut dieses Landes«, sagte er. »Nichts weiter. Es wird besser sein, wenn wir abfahren.«

»Ja, sicher«, sagte Laura. »Wir wollen alles verkaufen!«

»Und so schnell wie möglich«, sagte er.

Als der Herbst kam und die ersten Blätterleichen in den Rinnsteinen lagen, zog Laura den schweren Vorhang zu und schloß die Außenwelt aus. Sie legte die Winterdecke über das Bett und dekorierte die Vasen mit getrockneten Hortensien.

Sie fühlte sich sicher und geborgen, aber sie hatte eine Narbe behalten, die auf jeden Temperaturwechsel reagierte.

Wenn unvermutet das Telefon schrillte, konnte es vorkommen, daß es ihr kalt durch die Glieder fuhr, und nie wieder würde sie sich dem Apparat in jener arglosen Vorfreude nähern, wie sie es früher getan hatte. Phil hatte seine Depression, die ihn in Schweden gequält hatte, überwunden und bot wieder das Bild, in das sich Laura einst verliebt hatte. Aber als er ihr eines Abends sagte, daß er übers Wochenende zu einem Seminar nach Königstein fahren müsse, zuckte Laura zusammen, als ob er ihr einen Stich versetzt hätte. Phil bemerkte ihr

Erschrecken und hinterließ die genaue Anschrift und die Telefonnummer des Hotels und bat sie, ihn jeden Abend anzurufen.

»Zum Trost für die langweiligen Vorträge, denen ich zu lauschen gezwungen bin«, wie er lachend hinzufügte.

Laura half ihm beim Kofferpacken und wußte, daß sie ihm vertrauen konnte; aber als sie in dem kleinen Erker stand und ihm nachsah, wie er mit diesem typischen jungenhaften Schritt die Straße hinunterging, lag ihr die Einsamkeit wie ein Grabstein auf der Brust. Sie kannte das Gefühl, das Phil so beschwingt einhergehen ließ: zukunftsfroh, leicht, mit Luft unter den Flügeln.

So hatte sie sich gefühlt, wenn sie zu ihren Verkaufsseminaren aufbrach und nach einem Tag, an dem sich der Zauberring wie von selbst verkauft hatte. Aber etwas war geschehen, das ihr den Schwung geraubt und die Flügel gebrochen hatte.

Es war Anfang Oktober, und bald würde das Weihnachtsgeschäft beginnen – Laura wußte plötzlich, daß sie nie wieder hinter ihrem Verkaufsstand stehen und die Magie spüren würde, die sie mit ihren Kundinnen verband.

Um sich abzulenken, hätte es ihr gutgetan, mit jemandem zu sprechen, aber ihr fiel niemand ein, den sie hätte anrufen können. Schließlich wählte sie ihre Nummer von einst.

Doch der Ruf verhallte ungehört.

29

Herzstiche

Im Herbst fuhr Phil regelmäßig zu den Seminaren nach Königstein. Es war ganz normal und, was das berufliche Fortkommen betraf, auch unerläßlich. Laura sah die Notwendigkeit ein, und doch gab es ihr jedesmal einen Stich, wenn Phil Mittwoch abends beiläufig sagte: »Übrigens, am Wochenende bin ich nicht zu Hause. Wenn du den Wagen brauchst, fahre ich mit der S-Bahn.«

Aufgrund der Verbesserung ihrer wirtschaftlichen Lage hatten sie sich einen gebrauchten Peugeot gekauft, mit dem Phil nun morgens in die Firma fuhr. Die beiden Räder standen im Keller, und Laura konnte sich kaum noch erinnern, wann sie sie zum letzten Mal benutzt hatten. Es war so anstrengend, durch den dichten Verkehr zu radeln und dazu die giftigen Abgase einzuatmen.

»Wir sollten uns vielleicht Klappräder kaufen, die man im Auto transportieren kann«, schlug Phil vor.

»Ja, vielleicht«, sagte Laura.

Sie hatte sich damit abgefunden, daß Phil zu den Männern gehörte, die regelmäßig Vorschläge zur gemeinsamen Freizeitgestaltung machten, jedoch nicht das Bedürfnis verspürten, sie auch in die Tat umzusetzen.

Phil hatte ein schlechtes Gewissen, was Lauras Beruf und den Zauberring anging, und es war ihm wohl bewußt, daß er ihr die Aufgabe ihrer eigenen beruflichen Verwirklichung schlecht gedankt hatte. Die Zeit, die er neben seiner Arbeit im Betrieb für sie erübrigen konnte, war allzu knapp bemessen. Er versuchte sich einzureden, daß die Phase, in der es notwendig war, die Fortbildungsseminare zu besuchen, ja begrenzt sei und es im nächsten Jahr ruhiger zugehen würde. Aber tief drinnen glaubte er nicht daran.

Er war jetzt über Mitte Vierzig, und es war die letzte Gelegenheit, im Beruf einen Sprung nach vorn zu tun.

»Was hast du denn früher immer gemacht, ich meine abends?«

Mit dieser Frage verletzte Phil zum erstenmal ein Tabu. Laura und er hatten ein stillschweigendes Übereinkommen getroffen, die jeweilige Vergangenheit des anderen nicht zu erwähnen, und die Frage, wie Laura früher ihre freie Zeit verbracht hatte, zeigte, daß ihn der Gedanke, einen wichtigen Teil des Lebens nicht mit ihr verlebt zu haben, nicht mehr so schmerzte wie früher.

Laura versuchte den Schmerz zu ignorieren und schenkte ihm ein feines Lächeln: »Da hab' ich mich mit Phil Jakobsen getroffen. Er war mein Liebhaber.«

Phil spürte weder den Pfeil noch das Gift an seiner Spitze. Er war damit beschäftigt, die Unterlagen zu sichten, die er für das Seminar brauchte.

»Aber du hattest doch sicher ein kleines Hobby.«

Er warf ihr einen raschen Blick zu und wunderte sich, daß sie schon wieder eine andere Frisur trug. In letzter Zeit ging eine rätselhafte Unruhe von ihr aus, und nichts schien sie länger als ein paar Wochen zufriedenzustellen. Jetzt hatte sie sich die Haare rostrot färben lassen. Die Farbe ließ ihr Gesicht fremd erscheinen, kälter ...

»Ehe Phil Jakobsen in mein Leben trat, habe ich mit meinen Söhnen Spiele gemacht oder ferngesehen«, sagte Laura. »Oder ich habe im Garten gearbeitet.«

»Wenn ich diese elende Wochenendschinderei hinter mir habe«, antwortete Phil, »dann müssen wir unbedingt mal wieder auf die Piste gehen. Zu diesem Chinesen im Bahnhofsviertel zum Beispiel oder in die Alte Oper.«

Er sah sich suchend nach einer Akte um, fand sie und blätterte sie rasch durch. »Vielleicht sollte man sich sogar ein Abonnement kaufen. Theater oder Operette ...«

»Sicher«, sagte Laura und wußte, daß Phil nie wieder von einem Abonnement sprechen würde und sie niemals in die Oper kommen würden, wenn sie die Sache nicht selbst in die Hand nahm.

Versprechungen, die gemeinsame Unternehmungen zum Inhalt hatten, warf er ihr in letzter Zeit wie Durchhalteparolen hin. Oder sie dienten ihm dazu, für kurze Zeit sein schlechtes Gewissen zu beruhigen.

»Laß mir den Wagen am Wochenende da«, sagte Laura. »Vielleicht fahre ich ein bißchen raus.«

»Du kannst auch gern nach Königstein kommen, wenn du dich langweilst«, sagte Phil, aber in seinem Blick lag die Bitte, daß ihr eine andere Möglichkeit einfallen möge, die toten Stunden des Wochenendes hinter sich zu bringen.

»Mal sehen«, sagte Laura. »Aber eigentlich möchte ich mal nach Oberursel fahren.«

Sie beobachtete Phil, um die Wirkung zu überprüfen, die

ihre Worte auf ihn hatten, aber Phils Gedanken waren nicht bei ihr. Er mühte sich ab, ganze Berge von Unterlagen in seinem Aktenkoffer zu verstauen.

»Also allmählich bräuchte man ja doch ein Arbeitszimmer«, sagte er gereizt. »Schrecklich, wenn man nie weiß, wo man seinen Kram lassen soll.«

»Ja, schrecklich«, sagte Laura und schloß sekundenlang die Augen.

»Heute abend gibt's übrigens ›Engel in Seide‹ mit Lilli Palmer und Curd Jürgens«, schlug Phil vor. »Du magst so alte Filme doch gern.«

Sie hatten die gußeiserne Bank verkauft und an ihren Platz einen Fernseher gestellt, den ihr Phil immer öfter als Ersatz für sich selbst anbot.

Aber das war es nicht allein, daß sich Laura am Tisch festhalten mußte, weil ihr schwindlig wurde. Sie spürte zum erstenmal dieses Gefühl der Entwurzelung, das sie fortan begleiten sollte, und wußte plötzlich, daß sie nie wieder irgendwo wirklich zu Hause sein würde.

Über Jans ehemaligem Haus lag eine graublaue Dämmerung, die sich in dem klaren Wasser des Seerosenteichs spiegelte. Durch die Gräser, die Vuong Yen-Keh an den Rand des Wassers gepflanzt hatte, strich der Wind. Der kleine Buddha unter dem entblätterten Rosenstrauch lächelte.

Seitdem die Yen-Kehs das Anwesen der Michaelis' bewohnten, strahlte es wieder Frieden aus.

Unter den Händen der neuen Besitzer hatte sich das Haus, das unter Jans Verzweiflung zu verfallen drohte, wieder erholt.

Es war, als ob ein Seufzer der Erleichterung durch die Mauern gegangen sei, als Jan und Martin die letzten Umzugskisten geschlossen und den Schlüssel an ihre Nachfolger übergeben hatten.

Die Yen-Kehs strichen die Wände des Hauses weiß an und statteten die Räume mit leichten Rattanmöbeln aus. Ohne zu wissen, was sie taten, stellten sie die Zimmerlinde, die sie halbtot in Jans Arbeitszimmer gefunden hatten, wieder an ihren alten Platz, und die Schatten, die die feinen Blätter auf die weißgestrichene Wand warfen, ersetzten die Bilder, die früher dort hingen.

In einer dunklen Kellerecke fanden die Yen-Kehs die schönen verchromten Regale, die Frau Matzer nicht hatte brauchen können und die deshalb zurückgeblieben waren. Wie einst hingen sie nun über der Küchenzeile, aber anstelle der Espressomaschine und der Designercitropresse beherbergten sie heute einen Wok und einen Satz rotlackierter Schüsseln.

Ähnlich wie Laura, wenn auch auf eine viel schlichtere Weise, hatte Frau Yen-Keh die Gabe, Gegenstände des täglichen Gebrauchs so zu arrangieren, daß es wie Kunst wirkte. Die beiden Warhols, die sie ebenfalls im Keller gefunden hatte, kamen jedoch nicht wieder an die Wand. Weder »Campbell's Soup Cans« noch die »210 Coca Cola Bottles« gefielen den Yen-Kehs. An ihre Stelle hängte Frau Yen-Keh einen handgeflochtenen Strohhut, wie ihn die Frauen ihrer Heimat bei der Arbeit auf den Reisfeldern tragen.

Die beiden Warhols schleppte sie in den Keller zurück und legte sie in die Kiste mit den Bildern, die Martin und Markus im Kindergarten gemalt hatten und die Jan ebenfalls zurückgelassen hatte. Die Yen-Kehs nahmen sich vor, Jan gelegentlich einmal anzurufen und an die vergessenen Gegenstände zu erinnern, aber schließlich vergaßen sie es.

So blieben auch die grünsamtenen Kopf- und Fußteile im Keller stehen, zu denen das eigentliche Bett fehlte. Mit der Zeit begannen sie zu modern, und schließlich wurden sie zum Nistplatz für allerlei Ungeziefer, bis Vuong Yen-Keh sich schließlich dazu entschloß, sie zu verbrennen.

Es war der fünfundzwanzigste Oktober, nachmittags gegen siebzehn Uhr, als sich Laura ihrem früheren Zuhause näherte, das sie im Sommer vor drei Jahren verlassen hatte, um nie wieder zurückzukehren. Sie kam zu der Stunde, zu der das Brausen des abendlichen Verkehrs der A 661 deutlich zu hören war und die Frauen unruhig wurden und auf die Uhren schauten. Es war die Stunde, zu der das Licht eingeschaltet wurde und überall die Rollos hinunterratterten. Die Männer steckten um diese Zeit in dem Stau auf der A 5 und starrten ungeduldig auf die Kette der Schlußlichter vor sich, so wie sie es an jedem Abend taten.

Zu dieser Stunde hatten Laura und Jan in ihren italienischen Sofas gesessen und einen Aperitif genommen, sich des Privilegs bewußt, das sie von den anderen unterschied. Ihr Leben hatte immer diesen Hauch des Besonderen gehabt. Sie hatten in den Garten geschaut und beobachtet, wie der Himmel hinter der Zeder dunkler wurde und der erste Stern erschien, »ihr« Stern …

Martin und Markus waren um diese Stunde gewöhnlich nach Hause gekommen, den Kopf voller Abenteuer und der Geborgenheit gewiß, die dieses Zuhause für sie bedeutete.

Laura parkte den Wagen in der Pappelallee und schlenderte an Theresa Wahnmeiers ehemaligem Zuhause vorbei. Sie warf einen Blick über die Hecke und fand den Garten in jener Art von Verwahrlosung vor, wie sie nur tödliche Gleichgültigkeit hervorbringen kann.

Aber als sie dann einen Blick in ihren eigenen Garten warf, hatte sie einen Moment lang das Gefühl, sich in der Adresse geirrt zu haben. Nichts war mehr so, wie sie es in Erinnerung hatte. Die dichte Bepflanzung, auf die sie soviel Wert gelegt hatte, war gelichtet, die Hälfte der Büsche entfernt.

Von den drei hochgewachsenen Bäumen war nur einer geblieben. In der Ecke, in der früher die Gartenbeleuchtung installiert gewesen war, stand eine kleine Buddhastatue, ein Schutzgeist für Haus und Bewohner.

Laura betrachtete die steinerne Figur unter dem Rosenbusch und die letzte Blüte, die im Abendwind zitterte. Auf dem Giebel des Hauses erwartete eine Amsel die Nacht.

Laura spürte die Ruhe, die von dem Anwesen ausging. Es war die Ruhe, die ihr selbst im tiefsten Inneren immer gefehlt hatte, in ihrem früheren Leben ebenso wie in ihrem heutigen.

Hinter dem großen Fenster im Parterre des Hauses erschien plötzlich ein Licht. Die Terrassentür öffnete sich, und eine schmale Gestalt im enganliegenden Etuikleid betrat den Garten.

Die fremde Asiatin lächelte freundlich.

»Suchen Sie jemanden? Ich bin Frau Yen-Keh!«

»Entschuldigen Sie«, sagte Laura. »Wohnte hier nicht früher eine Familie Michaelis?«

»Herr Michaelis ist mit seinem Sohn nach Wiesbaden gezogen!« Frau Yen-Keh schenkte Laura einen unergründlichen Blick. »Die genaue Adresse habe ich leider nicht.«

»Haben Sie dieses Haus von ihm gemietet?«

»Gekauft. Soviel ich weiß, wollte Herr Michaelis in Wiesbaden in eine Eigentumswohnung ziehen.«

»Ach ja?«

Laura spürte wieder jenes Herzflattern, für das sie in letzter Zeit so anfällig war.

»Und Frau Michaelis?«

»Oh, Frau Michaelis ist schon vor einigen Jahren ausgezogen. Deshalb hat er das Haus ja aufgegeben.« Sie sah Laura an. »Haben Sie Frau Michaelis gekannt?« fragte sie dann.

»Flüchtig«, antwortete Laura und fühlte sich tatsächlich wie eine Frau, die mit Laura Michaelis nichts mehr zu tun hatte. Nur: Wer war sie statt dessen?

»Dann waren Sie vielleicht die Nachbarin? Übrigens, möchten Sie auf einen Tee hereinkommen?«

»Nein danke«, sagte Laura. »Aber ich habe tatsächlich früher in dieser Straße gewohnt. Ich war mit den Wahnmeiers befreundet. Lebt die Familie noch hier?«

»Herr Wahnmeier und die beiden Söhne wohnen noch hier«, sagte Frau Yen-Keh. »Frau Wahnmeier ist wohl vor einigen Jahren verstorben!«

Sie schaute über die Hecke hinweg in den nachbarlichen Garten hinein und fügte hinzu: »Schade um das schöne Anwesen!«

»Ja, es ist alles sehr schade«, sagte Laura. »Ich danke Ihnen!« Sie wandte sich zum Gehen.

»Auf Wiedersehen!«

»Auf Wiedersehen!«

Die fremde Asiatin lächelte.

Als Laura nach Hause fuhr, regnete es. Sie fröstelte so stark, daß ihre Zähne aufeinanderschlugen. Jetzt, da sie einmal die Beherrschung verloren und zu weinen angefangen hatte, konnte sie nicht mehr aufhören.

Die Wohnung in der Textorstraße war ihr fremd wie ein Hotelzimmer, das man verließ, ohne eine Erinnerung daran zurückzubehalten.

Solange es ging, vermied es Laura, schlafen zu gehen. Sie wußte, daß sie die ganze Nacht wach liegen würde, umgeben von Gespenstern und einer schrecklichen Stille, die leere Matratze neben sich.

Am nächsten Morgen rief Laura die Auskunft an und ließ sich die Nummer von Jan Michaelis in Wiesbaden geben. Sie fühlte sich ähnlich erregt wie damals, als sie zum erstenmal Phil Jakobsen angerufen hatte.

Sie wählte die Nummer und hörte das Rufzeichen. Endlich nahm jemand ab.

»Michaelis?«

Die Frauenstimme klang frisch und selbstbewußt. Jung.

Langsam legte Laura den Hörer zurück auf die Gabel.

Sie ging ins Bad und hielt die Arme unter den Wasserstrahl, um den klopfenden Puls zu beruhigen.

Dann versuchte sie sich ihre Nachfolgerin vorzustellen. Aber die Frau hatte kein Gesicht.

Laura ging ins Zimmer zurück und stellte den Fernseher an. Gerade machte Lilli Palmer ihrem Filmgatten Curd Jürgens eine Eifersuchtsszene, aber Laura konnte das Geschrei nicht ertragen und stellte den Apparat wieder ab.

Sie starrte auf das Telefon und fragte sich, weshalb sie die Tatsache, daß Jan ihr gemeinsames Haus aufgegeben hatte, um an einem anderen Ort mit einer neuen Frau zusammenzuleben, derart aus der Fassung brachte.

Auch am nächsten Morgen schaffte sie es nicht, noch einmal Jans Nummer zu wählen. Statt dessen schrieb sie ihm einen Brief. Sie bat ihn um ein Treffen an einem neutralen Ort und die Möglichkeit, Martin und Markus wiederzusehen.

Jan antwortete umgehend. Er dankte ihr für ihre Zeilen und lud sie für Samstagabend um acht Uhr ein. Markus wohnte noch immer bei den Großeltern in Paderborn. Aber Martin würde wahrscheinlich zu Hause sein.

Wahrscheinlich?

30

Jans Frau

Laura erzählte Phil nichts von ihrem geplanten Wiedersehen mit Jan und Martin. Sie wollte die schlafenden Engel nicht wecken, die sie seit einiger Zeit in Ruhe ließen. Durch absolutes Totschweigen hatte Laura es geschafft, daß die Engel den Mut verloren und die Wohnung verlassen hatten.

Phil würde an dem bewußten Samstagabend zu Hause sein, und Laura bedauerte, daß sie nicht ein »Königsteinwochenende« für ihren Besuch genutzt hatte. Sie erwog, das Ganze um eine Woche zu verschieben, aber dann ließ sie es.

»Ich bin auf dem besten Wege, jede meiner Handlungen dem Zeitplan Phil Jakobsens unterzuordnen«, dachte sie, wobei ihr erschreckend klar wurde, daß sie es ebensowenig mochte, die wenigen Stunden, die ihnen noch zur gemeinsamen Verfügung standen, für eigene Dinge zu opfern. Sie hatte dann das Gefühl, einen Fehler zu machen, und konnte ihre Aktivitäten nicht wirklich genießen. Verwirrt stellte sie fest, daß die Stunden mit Phil kostbar geworden waren. Die Zeit der sorglosen Verschwendung war vorbei.

Laura log Phil zum erstenmal bewußt an, als sie ihm erzählte, daß sie am Samstagabend eine Verabredung mit Theresa Wahnmeier habe.

»Ist das nicht die Frau mit den Variopatentschals?« fragte er.

»Genau die«, sagte Laura. »Sie ist nur an diesem Wochenende in der Stadt, und ich würde sie gern sehen. Wenn du willst, kannst du natürlich mitkommen, aber du würdest dich langweilen!«

Sie beobachtete Phils Reaktion, ob ihn die Tatsache, am Samstagabend allein zu sein, ebenso träfe, wie es umgekehrt der Fall gewesen wäre; aber im Fernsehen lief eine Sendung über die Möglichkeiten des Internet.

»Lade Theresa doch zu uns ein«, sagte er schließlich. »Wir haben so gut wie nie Besuch.«

»Du würdest dich langweilen«, wiederholte Laura.

»Vielleicht«, sagte er.

Es war ihm nicht wirklich wichtig.

»Daß wir so gut wie nie Besuch haben«, sagte Laura und legte ihm die Arme um den Nacken, »liegt daran, daß du so selten da bist. Die wenigen Stunden, die wir noch für uns haben, möchte ich mit niemandem teilen.«

Er stellte den Fernseher ab und sah sie an.

»Bist du eigentlich glücklich?«

Die Frage traf sie so unvermutet, daß ihr keine Antwort einfiel.

»Wenn ich ehrlich bin, weiß ich es im Moment nicht«, sagte sie schließlich. »Ich bin nicht in Form, aber das gibt sich wieder.«

»Wir sollten einmal ganz in Ruhe über einen Umzug nachdenken«, sagte Phil. »Vielleicht bekommt dir die Stadt nicht.«

»Das Land ist mir ebensowenig bekommen«, erinnerte sie ihn.

»Das lag vielleicht nicht am Land«, sagte Phil, womit er andeutete, daß Laura ihr Leben mit dem falschen Partner verbracht hatte.

»Vielleicht«, sagte sie. »Ich liebe dich, Phil!«

»Ich dich auch«, sagte er und versuchte das schlechte Gewissen zu vertreiben, das ihn in letzter Zeit wieder häufiger plagte.

Es war das gleiche Gefühl, mit dem er sich früher seinem Zuhause in Neuweststein genähert hatte, wissend, daß er die Küsse seiner kleinen Töchter nicht verdient hatte und daß er sie auch an diesem Wochenende enttäuschen würde.

Nachdem Lianne in seinem Leben aufgetaucht war, hatte Jan Laura vergessen. Die lebende Laura.

Die andere, die, mit der er siebzehn Jahre verheiratet gewesen war, war an einem Sommertag vor drei Jahren gestorben. Sie lag irgendwo unter dem weiten Himmel der Wetterau begraben und würde niemals wiederkommen. Jan hatte den Gedanken daran, daß sie, keine zwanzig Kilometer von ihm entfernt, ein Leben mit einem anderen Mann führte, so sehr verdrängt, daß er sie nicht erkannt hätte, wäre er ihr plötzlich auf der Straße begegnet.

Sie war wie eine Flamme erloschen und hatte Grabeskälte in seinem Herzen hinterlassen. Und noch immer konnte ihn der Gedanke, daß ein einzelner Mensch plötzlich aus dem Nichts auftauchen und den Zug zum Entgleisen bringen konnte, in tiefster Seele erschüttern.

Erst als er Lianne traf, hatte er zum erstenmal wieder das Gefühl, noch ein lebendiger Mann zu sein. Aber er liebte Lianne nicht. Das Leben, das er mit ihr führte, erschien ihm wie eine blasse Kopie des eigentlichen. Etwas Wesentliches fehlte, und die Leidenschaft war zu schwach, um den Funken zu zünden.

Aber sie genügte, um ein friedliches Leben zu führen.

Lianne wußte, daß Jan sie nicht liebte, aber sie stand allein in der Welt und hatte in ihm so etwas wie eine Heimat gefunden. Dabei wunderte sie sich bis heute, wieso dieser tolle Mann sie gesehen und in sein Leben aufgenommen hatte. Es gab viel attraktivere Frauen, die ihn gern für sich gehabt hätten. Und noch ein Rätsel hatte Lianne nie lösen können: wieso Jan, der von seiner Frau eines anderen wegen verlassen worden war, niemals schlecht von ihr sprach. Er sprach überhaupt nicht über seine Vergangenheit.

Als Jan Lauras Brief in der Hand hielt, hatte er das spontane Bedürfnis, den Grabstein nicht zu berühren, den er auf Laura und ihrer beider gemeinsames Leben gelegt hatte, aber dann gab er das Schreiben doch an Martin weiter. Martin war knapp sechzehn Jahre alt. Alt genug, um selbst zu entscheiden, ob er seine Mutter sehen wollte oder nicht. Martin warf einen flüchtigen Blick auf Lauras Brief und zuckte gleichgültig die Schultern.

»Von mir aus kannst du sie einladen«, sagte er.

Er führte seit einiger Zeit ein eigenes Leben voller Geheimnisse, die niemanden etwas angingen. Er zeigte sich, was den Besuch seiner Mutter anging, neutral. Die Erinnerung an die gemeinsame Zeit war ebenso frisch wie lange verjährt.

Erst gestern hatte Laura ihm seinen ersten Rucksack gekauft und geholfen, das Zelt im Garten aufzubauen. Sie hatte an seinem Bett gesessen und »Huck Finn« vorgelesen und mit ernstem Gesicht zugehört, als er und Fränki von dem Ufo erzählten, das sie über der Nidda gesehen hatten. Niemand hatte ihm so glaubwürdig das Gefühl vermitteln können, ein toller Typ zu sein, wie sie.

Aber die Bilder gehörten in eine Zeit, die hundert Jahre zurücklag, wie Fotos in einem alten Album, die man wieder vergißt, wenn man es zuklappt.

»Es ist mir echt egal, ob sie am Samstag kommt oder nicht«, sagte Martin einige Tage später zu Jan. »Aber ich hab' vergessen, daß ich abends mit der Clique unterwegs bin. Nachmittags bin ich da.«

Jan rief daraufhin bei Laura an und hinterließ eine Nachricht auf Band. Natürlich könne sie, wie abgemacht, am Abend vorbeikommen, aber Martin sei nur bis achtzehn Uhr zu Hause.

Es war Martin wirklich egal, ob er seine Mutter sah oder nicht. Die Frage, ob die Clique noch Karten für das Popkonzert am Samstagabend bekommen würde, beschäftigte ihn mehr als die Frage, was aus der Frau, die der Mittelpunkt seiner Kindheit gewesen war, geworden war. Sie führte ein neues Leben mit einem anderen Mann.

Jan hatte ein neues Leben mit Lianne begonnen. Er selbst würde die Schule bald verlassen. Danach würde man weitersehen.

Martin hatte nicht vor, jemals in das Zuhause von Jan und Lianne zurückzukehren, wenn er es erst einmal verlassen hatte, so wie er nicht das geringste Bedürfnis verspürte, seine Mutter und den Typ, mit dem sie jetzt lebte, zu besuchen. Wenn er in die Zukunft blickte, so sah er ein Puzzle nicht zueinander passender Bilder, die sich schon zu einem Ganzen ordnen würden – irgendwie. Martin beschloß, seiner Zukunft nicht allzuviel Aufmerksamkeit zu schenken. Das Leben »cool« zu nehmen, das war es, worauf es ankam.

Laura hatte den Mantel noch nicht ausgezogen, als sie bereits wußte, daß sie einen Fehler gemacht hatte.

Jan hatte noch immer das offene Lächeln, das nichts verbarg, nicht einmal die Tatsache, daß er seine Exfrau nicht sofort erkannte. Laura war noch immer so hübsch wie zu der Zeit, als er sie nur anzusehen brauchte, um das Blut in den Adern zu spüren; aber sie hatte eine andere Frisur und einen angespannten Zug im Gesicht. Wenn Laura die Farbe ihrer Haare und den Kleiderstil nicht so radikal geändert hätte, wäre Lianne dem Geheimnis, weshalb ein Mann wie Jan ausgerechnet ihr den Vorzug gegeben hatte, endlich auf die Spur gekommen. Sie hätte begriffen, daß sie die Kopie des Originals war, das Jan verloren hatte, eine Kopie, die ihrerseits ein Geheimnis barg: Die erste Nacht mit Lianne schenkte Jan das berauschende Erlebnis, eine Laura im Arm zu haben, die sich seiner Leidenschaft endlich hingab.

Im Gegensatz zu Laura hatte sich Jan nicht verändert, aber der Mann, der ihr jetzt die Tür zum Wohnraum öffnete, war ein Fremder – und wollte es sein.

Die Frau, die ihr entgegenkam und die Hand ausstreckte, war sie selbst vor zehn Jahren, ein mädchenhafter Typ mit blonden halblangen Haaren und honigfarbenen Augen.

»Meine Frau«, sagte Jan. »Lianne!«

Auch der junge Mann, der sich bei ihrem Eintritt halb aus dem Sessel erhob, hatte nichts mit dem Kind gemein, das sie geboren, großgezogen, geliebt und verlassen hatte.

»Wie geht's?« fragte er.

»Danke«, sagte Laura und starrte diesen jungen Mann an, der sich in der kurzen Zeit so verändert hatte, daß nichts mehr an jenen kleinen Jungen erinnerte, der immer so aussah, als ob man ihn in den Wäldern gefunden hätte: zerkratzt, mit blutenden Knien und leuchtenden Augen, bereit, unter die Dusche zu gehen und sich dann in der Küche über die Spaghetti herzumachen, die Laura genau nach seinen Wünschen zubereitet hatte.

»Möchten Sie ein Glas Wein, oder etwas anderes?« fragte Jans Frau.

»Ein Wasser bitte«, sagte Laura. Sie sah sich verlegen um. »Schön haben ... habt ihr es hier. So luftig.«

Der Raum war spärlich möbliert, die Fenster gaben den Blick in den Himmel frei.

»Lianne mag keine vollgestopften Räume«, sagte Jan. »Sie hat schon vorher hier gewohnt. Die Möbel gehören ihr.«

Erst jetzt fiel Laura auf, daß es kein einziges Stück im Raum gab, das einmal Jan und ihr gehört hatte. Kein Bild, keine Vase, kein Teppich, nichts.

»Ich habe die Einrichtung verkauft«, sagte Jan. »Ich ging nicht davon aus, daß du in deinem neuen Leben eine Erinnerung an früher haben wolltest.«

»Nein«, sagte Laura und hatte das Gefühl, in einem Sturzbach zu stehen, der alles mitriß, das ihr einmal etwas bedeutet hatte. In rasender Geschwindigkeit stürzten Bilder in den Abgrund: die italienischen Sofas und die kleinen Glastische, die Zimmerpalmen und Teppiche, die Bilder und Bücher. Die verchromten Regale, die Designergeräte und die Warhols, die Regale aus der alten Apotheke und die Keramikfliesen.

Sie sah die Bäume und die Büsche, die Rosenkugeln und den Teich mit den Wasserlilien, die Spielsachen der Kinder und das rotlackierte Stühlchen, in dem Markus immer gesessen hatte.

Sie sah den ovalen Eßtisch und die antiken Bestecke zu den weißen Tellern. Sie hörte alle Stimmen von früher und das Zwitschern der Amseln in den Bäumen.

»Es hat leider nicht viel gebracht«, sagte Jan. »Du weißt ja, wie das ist, wenn man eine gebrauchte Einrichtung verkauft. Das geht nur weit unter Neupreis. Ich hab' mich allerdings auch nicht allzusehr bemüht«, fügte er hinzu, »sondern einfach eine Firma für Haushaltsauflösungen beauftragt.«

Laura ließ den Blick durch den Raum schweifen, der mit modernen Möbeln ausgestattet war. Nur der alte Sekretär in der Ecke hatte eine Geschichte zu erzählen, alles übrige war ohne Patina und ohne Erinnerung. Auf sich allein gestellt, hatte Lianne nie wirklich gelebt, und ihr Leben mit Jan hatte noch keine Spur hinterlassen. Auf dem Sekretär stand eine gelbe Vase mit fünf rosa Nelken. Nie im Leben wäre Laura auf die Idee gekommen, rosa Nelken in eine gelbe Vase zu stellen, die fünf Stiele ordentlich ausgerichtet.

Sie wandte den Blick von den Blumen ab und richtete ihn auf Jan.

Er hatte noch immer diese Art, eine Frau anzusehen, als ob er ganz allein mit ihr sei.

»Wie lebt sich's denn so in der City?« fragte Martin höflich. »Ich war öfter mal in der Batschkapp.«

»Oh, warum bist du nicht einfach vorbeigekommen?« fragte Laura und wußte, daß sie einen Fehler nach dem anderen machte.

Sie hatte ihre zurückgelassenen Söhne ein einziges Mal und dann nie wieder eingeladen.

»Was macht Markus?«

Sie hätte nicht gedacht, daß es soviel Mut erforderte, diese Frage zu stellen und dem Aufruhr standzuhalten, den sie in ihrem Inneren erzeugte. Sie sah die kleinen schiefen Zähnchen ihres jüngsten Sohnes vor sich und roch den typischen Duft seiner etwas verschwitzten Löckchen, wenn er sich, noch schwer vom Schlaf, an sie schmiegte.

»Es geht ihm gut«, sagte Jan. »Er hält seine Großeltern auf Trab.«

»Ich würde ihn gerne einmal sehen«, sagte Laura und versuchte, das Bild seiner dicken kleinen Hände zu verdrängen, die sich schutzsuchend an ihr Kleid klammerten.

»Vielleicht fahr' ich mal nach Paderborn.«

»Ich glaube nicht, daß sich Wimm und Dora über einen Besuch freuen würden«, sagte Jan. »Sie sind so altmodisch. Sie haben kein Verständnis für Mütter, die sich alle drei Jahre einmal an ihre Kinder erinnern.«

Es war der einzige Hieb, den Jan sich leistete, aber er traf.

»Natürlich nicht«, sagte Laura und spürte, daß die Kälte, die stetig von unten emporgestiegen war, ihr Herz erreicht hatte.

»Ich kann dich ja mal anrufen, wenn er in den Ferien hier ist«, sagte Jan, »allerdings kommt er nicht immer. Wimm und Dora haben sich so an ihn gewöhnt, daß sie ihn gar nicht fortlassen wollen!«

»Das ist doch gut für alle«, sagte Laura und hakte den Blick wieder an den rosa Nelken fest.

Sie trank noch ein zweites Glas Wasser und knabberte eines der Plätzchen, die Lianne auf den Tisch gestellt hatte. Plätzchen in einer Chromarganschale, Serie: Geschenkartikel.

Nie hätte Jan in früheren Zeiten eine solche Schale ertragen. Sie tranken dann noch einen Brombeerlikör, den Lianne selbst angesetzt hatte, und diskutierten den unerträglichen Verkehr im Rhein-Main-Gebiet und den Unsinn, immer mehr Autobahnen für immer mehr Autos zu bauen, und waren sich einig, daß dies alles nicht mehr lange so weitergehen würde, bis genug Zeit vergangen war, daß Laura aufstehen konnte, ohne unhöflich zu wirken.

»Ich möchte euch nicht länger aufhalten, sicher habt ihr etwas vor.«

Sie erhob sich. Niemand nötigte sie zu bleiben.

Jan und Lianne begleiteten sie zur Tür.

Im Spiegel sah Laura eine fremde rothaarige Frau, die mit den Mantelärmeln kämpfte. Die Kopie jener Frau, die sie einmal gewesen war, stand schräg hinter ihr.

»Vielleicht komm' ich irgendwann mal vorbei«, sagte Martin. »Einfach so!«

»Ja«, sagte Laura. »Tu das!«

Sie reichte Jan und Lianne die Hand.

»Alles Gute, auf Wiedersehn.«

»Tschüs«, sagte Jan. »Du solltest diese Schaukeldinger aus den Ohren nehmen, sie passen nicht zu dir.«

Eine Sekunde lang lächelte er so entwaffnend wie früher.

»Entschuldige, ich rede Unsinn. Ich wollte sagen, sie paßten nicht zu dir, damals!«

Im Treppenhaus warf Laura noch einen Blick zurück.

Jan und Lianne standen in der Tür und warteten ein wenig ungeduldig, daß der Lift kam und sie mitnahm. Jan hatte den Arm mit jener zärtlich beschützenden Geste um die Schultern von Lianne gelegt, die Laura so gut kannte und die ihr immer die Sicherheit vermittelt hatte, daß ihr an der Seite dieses Mannes nichts geschehen könne und alles für die Ewigkeit angelegt sei.

Aber zwischen ihrem ersten Kuß und der Trennung hatten nur neunzehn Jahre gelegen.

Noch ehe sich die Lifttür ganz geschlossen hatte, waren Jan und Lianne verschwunden.

Heute ist Samstag, dachte Laura. Liebesabend – ein Gedanke, der eine Farbe hatte: grün. Und von einem Gefühl begleitet wurde: Abwehr.

In dieser Nacht liebte Laura Phil so leidenschaftlich wie ganz zu Anfang. Sie schlief Hand in Hand mit ihm ein und dachte, daß sie diese Hand nie mehr loslassen dürfe. Nie mehr.

Als sie sich am nächsten Morgen gegenübersaßen, sah sie ihn über ihre Kaffeetasse hinweg an.

»Laß uns heiraten«, sagte sie.

Er schaute sie an und lachte, die Augen voller Fragezeichen.

»Der Liebe, der Steuer und der anderen Frauen wegen«, sagte Laura. »Es ist so anstrengend, dich immer zu bewachen. Und außerdem möchte ich ein Kind mit dir.«

Phil hatte keine Zeit mehr, auf dieses Geständnis einzugehen; aber zum erstenmal in seinem Leben verfuhr er sich auf dem Weg ins Büro, so daß er versehentlich in den Stau auf dem Stadtring geriet. Es blieb ihm nichts anderes übrig, als den Weg durch das Messeviertel zu nehmen, wo er in einen weiteren Stau geriet, so daß er mehr als eine Stunde später als gewöhnlich eintraf.

»Sie sehen blaß aus«, stellte Frau Hübner fest.

»Wie man nach einem Schlag in den Magen halt aussieht«, sagte Phil.

»Ein Baldrian forte?« fragte Frau Hübner und kramte in ihrem Beutel, ein unerschöpflicher Hort für Pillen aller Art.

»Zwei!«

Rosa Hübner nahm sich vor, heute abend den Haupteingang streng zu bewachen. Sicher würde wieder eine der Jägerinnen zuschlagen wollen. Aber sie würde unverrichteter Dinge abziehen müssen.

31

Phils kleine Krise II

Phil und Laura heirateten im Sommer, vier Jahre nachdem sie ihr gemeinsames Leben begonnen hatten.

»Der Liebe, der Steuer und der anderen Frauen wegen«, hatte Laura gesagt, aber es gab noch einen anderen Grund: Die Liebe hatte einen Riß bekommen. Phil spürte seit einiger Zeit wieder die Unruhe, die ihn in Neuweststein fast verrückt gemacht hatte, diese rätselhafte Sehnsucht nach dem Irgendwas und das Bedürfnis, alles stehen- und liegenzulassen und noch einmal ganz von vorne anzufangen. Er hoffte, daß er durch die Heirat mit Laura endlich zur Ruhe käme, denn wenn ihm heute wieder eine Frau begegnete, mit diesem Licht in den Augen und der Bereitschaft, ein »Flammendes Herz« mit ihm zu teilen …

Laura ihrerseits hatte versucht, den Besuch bei Jan und Martin aus dem Gedächtnis zu löschen.

Da war all die Jahre dieses Standfoto im Herzen gewesen, so als ob die Kinder ewig blieben, wie sie zu dem Zeitpunkt gewesen waren, an dem sie sie verlassen hatte. Sie mußte dieses schmerzhafte Bild durch ein anderes ersetzen, mit dem sie sich in schlaflosen Nächten trösten konnte: Phil und sie mit ihrer kleinen Tochter auf einer Wiese voller Schlüsselblumen. Sie hatte sogar einen Namen für dieses Traumkind: Marie-Lies.

Nachdem sie geheiratet hatten, sprachen sie hin und wieder davon, die kleine Wohnung in der Textorstraße durch eine größere zu ersetzen, aber es war ein halbherziges Vorhaben.

»Hier, siebzig Quadratmeter, Neubau, 1400 Mark«, sagte Laura.

»Wo denn?« fragte Phil leidenschaftslos.

»Im Nordend«, sagte sie. »Gar nicht so schlecht!«

»Nordend ist gut«, sagte Phil. »Man könnte da einmal anrufen.«

Aber sie taten es nicht.

»Hinterhof, Gartenanteil, achtzig Quadratmeter, Bornheim«, sagte Phil.

»Hinterhof könnte Spaß machen«, sagte Laura. »Was kostet es?«

»Steht nicht dabei«, sagte Phil.

»Dann lohnt es sich auch nicht, anzurufen«, sagte Laura. »Sicher unbezahlbar.«

Phil legte die Seite mit den Immobilien weg und überflog das Kulturangebot.

»Ins Literaturhaus könnten wir mal wieder gehen«, sagte er ohne rechte Begeisterung.

»Ja«, sagte sie. »Oder in den Tigerpalast.«

»An diesem Wochenende gibt es dreizehn Straßenfeste, aber irgendwie«, er ließ die Zeitung sinken, »fehlt einem die Energie. Es läßt sich das früher Versäumte nicht einfach nachholen«, fügte er resigniert hinzu.

Laura zweifelte inzwischen daran, ob sie wirklich so viel

versäumt hatte, als sie, anstatt in irgendeiner Kneipe zu sitzen und sich die Ohren zudröhnen zu lassen, Kinder geboren und sich und ihrer Familie ein Zuhause geschaffen hatte. Vor ihrem inneren Auge sah sie jetzt oft einen Garten voller Rosen, tiefe Schatten auf einer sonnigen Wiese und goldene Kringel, die auf einer glänzenden Wasserfläche tanzten. Und dann Phil, ein heiteres Lächeln auf dem Gesicht und Marie-Lies auf den Schultern.

Im Hintergrund ein eigenes Haus.

Die schönste Zeit ihres Lebens, das wußte sie jetzt, war die gewesen, als ihre Söhne klein waren und ganz ihr gehörten. Wie glücklich waren Jan und sie damals gewesen. Ihrem Leben mit Phil dagegen fehlte das Wesentliche, ein gemeinsamer Lebensinhalt.

Sie las jetzt wieder regelmäßig *Ambiente* und ergötzte sich an den Fotos voller Stil und Harmonie: Frauen in schönen Kleidern, hingegossen in Möbel aus Rattan. Auf der silbernen Schale geeiste Melone, und der rosa Drink zu den Ohrclips und den Rhododendren passend.

Ihr Blick fiel auf den weißen Leinenvorhang, mit dem sie versucht hatte, dem kleinbürgerlichen Erker ein wenig Flair und sommerliche Frische zu verleihen. Er war vergilbt, und einige der Rollen waren aus der Schiene gerutscht, so daß er seitlich herunterschlappte. Aus einem rätselhaften Grund brachte sie nicht die Energie auf, ihn abzunehmen und in die Reinigung zu bringen.

Sie waren noch nicht soweit, es offen zu sagen, aber heimlich träumten beide davon, das Leben in der City aufzugeben und statt dessen aufs Land zu ziehen, wo man freier atmen und die

Abende im Garten verbringen konnte statt in einem dumpfen Zimmer, das von Schwaden vergifteter Luft und dem Lärm der Durchgangsstraße erfüllt war. Es war ihnen bewußt, daß es ihnen nicht gelungen war, die Bilder, die sie dazu veranlaßt hatten, in die Stadt zu ziehen, zu realisieren. Sie hatten weder Lust auf »City by night« noch auf Oper und Theater. Nach dem ersten Mal waren sie nie wieder bei »ihrem« Chinesen im Bahnhofsviertel gewesen, und als sie sich schließlich doch zu einem Besuch aufrafften, da war in den Räumen des Chinesen ein weiterer McDonald's entstanden.

»Es hat keinen Zweck, sich in dieser Stadt an irgend etwas zu gewöhnen«, sagte Phil, »nichts hat Bestand. Am besten, man bleibt zu Hause.«

Sie nahmen an keinem der vielen Volksfeste teil, vergaßen nach einem einmaligen Besuch alle Museen und verkehrten nicht mit Freunden, die interessanter waren als die, die sie früher gehabt hatten. Sie hatten gar keine Freunde mehr.

»Wir sind aufgeschlossen, unterhaltsam, kommunikationsfreudig, vielseitig interessiert und liberal eingestellt«, sagte Phil ironisch, »was ist los?«

»Ich weiß nicht«, sagte Laura. »Vielleicht passen wir nicht in die Stadt.«

»Das kann sein«, sagte Phil.

An jedem freien Wochenende fuhren sie hinaus in die Wälder, um lange Spaziergänge zu machen, ein Erlebnis, dessen Erholungswert getrübt war, weil die lange Rückfahrt bevorstand.

»Was mich wundert«, sagte Phil, als sie durch die stillen Straßen eines Taunusdorfes voller Fertighäuser gingen, »ist, daß nie jemand in diesen Gärten sitzt. Hier müßten doch Kinder spielen und Omas unter Bäumen sitzen.«

»Die Omas sind auf Mallorca«, sagte Laura, »und die Eltern sind mit den Kindern in die City gefahren, auf eines dieser gräßlichen Straßenfeste.«

»Früher bin ich auch nur selten dazu gekommen, den Garten zu nutzen«, sagte Laura, »heute wüßte ich es besser.«

»Unsere Terrasse hatte viel zuviel Einsicht«, sagte Phil. »Heute würde ich hohe Hecken pflanzen und mich dahinter verstecken.«

»Man war vielleicht einfach zu jung«, sagte Laura.

»Wahrscheinlich«, sagte Phil.

Sie saßen sich an dem ovalen Mahagonitisch gegenüber und schwiegen. Phil fühlte den Riß im Herzen ganz deutlich. Laura spürte eine diffuse Angst. Sie hatten sich gefunden und geliebt, sie waren in die Stadt gezogen und hatten den Mut gehabt, ganz von vorn zu beginnen. Schließlich hatten sie sogar geheiratet.

Was konnten sie noch tun?

»Auch wenn wir vor Hitze umkommen«, sagte Phil und versuchte ein Lachen, »sollten wir am Wochenende doch mal wieder auf die Piste gehen. Auf dem Flohmarkt sind wir seit Ewigkeiten nicht gewesen.«

»Ja«, sagte Laura tapfer. »Und dann gehen wir am Main entlang und rüber ins Guteleutviertel.«

»Ein bißchen Milieu schnuppern«, sagte Phil und hatte wieder einmal den Eindruck, eher eine Prüfung bestehen zu müssen, als sich einem Vergnügen hinzugeben.

Sie drängten sich über den Flohmarkt am oberen Mainufer entlang. Laura hielt die Tasche mit der Geldbörse fest unter dem Arm. Phil versuchte, sie nicht aus den Augen zu verlieren. Es war schwer, an die Stände heranzukommen, denn die nachdrängenden Massen zwangen sie weiterzugehen, aber unten, direkt am Wasser, wo die Polen die Vasen aus Bleikristall und die gestickten Decken feilboten, war es besser. Phil kaufte ein kleines Bild mit einem antiken Rahmen, eine Schneelandschaft, die seine Sehnsucht nach Kühle, Stille und Alleinsein verriet. Laura kaufte bei einer alten Polin handgestrickte Kinderschühchen.

»Für Enkel«, sagte die Frau und lachte.

»Für unseren Sohn«, stellte Phil richtig.

»Unsere kleine Tochter«, sagte Laura. »Sie heißt Marie-Lies.«

»Sie junges Paar, sicher noch viele schöne Kinder«, lenkte die Polin ein und legte einen Dauerlutscher zu den Strickschuhen.

»Marie-Lies«, sagte Phil im Weitergehen, »wo hast du denn diesen Namen her?«

»Sie heißt so«, sagte Laura und dachte, daß es ja doch ganz nett war, hier so mit Phil auf dem Holbeinsteg zu stehen und auf den Fluß zu schauen. Samstag morgens lebte es sich gut in der City. Ohne auf ihre Worte einzugehen, legte Phil den Arm um ihre Schultern, und sie dachte, daß es guttat, zu Phil zu gehören und seine Nähe zu spüren.

Er aber sah den Frachtschiffen nach und erinnerte sich daran, daß er als Junge Flußschiffer werden wollte.

Immer unterwegs sein...

»Ein Kollege hat mir einen Tip gegeben, wo man gut essen kann«, sagte Phil später. »Im Guteleutviertel, Baadener Straße, ein kleines persisches Lokal. Die Lammspieße sollen umwerfend sein, aber vor dem Rotwein hat er gewarnt. Ein Glas genügt.«

Auf der Suche nach dem Lokal irrten sie in den verwahrlosten Straßen umher.

Die Sonne schien grell auf aufgelöste Pappkartons und auseinandergebrochene Stühle, zerfledderte Zeitungen und Sofas mit aufgeschlitzten Bezügen. Die Straßen waren heiß und menschenleer.

Auf den Balkonen heruntergekommener Hotels hatten Asylanten ihre Besitztümer gehortet: Fahrräder und Kartons, Bügelbretter und alte Schränke, Plastiktüten und Matratzen.

Am Wochenende herrschte in diesem Viertel eine seltsame Öde. Endlich fanden sie die »Orchidee«, ein winziges Lokal mit einer kleinen Theke, gußeisernen Säulen und Spiegeln an den Wänden. Die Theke, die Säulen und die Stühle waren türkis gestrichen, die wenigen Tische mit sauberem, weißem Papier belegt. Das Lokal wirkte kühl und frisch. Um diese Zeit war nur einer der Tische besetzt. Eine Großfamilie hatte sich zum Essen niedergelassen.

Der Tisch war bedeckt mit Tellern und Platten, Teegläsern, Früchten und Süßigkeiten. Auf der Theke summte der Samowar. Die Inhaberin, Frau Amiri, schenkte Phil und Laura ein strahlendes Lächeln.

Sie brachte einen Korb mit Brotfladen, ein Schälchen mit Butter und frische Minze. Die Frau vom Nebentisch nahm das Baby aus dem Wagen, und als Laura lachte, setzte sie es ihr auf den Schoß. In vollkommenem Ernst schaute das Kind sie an. In den glänzenden schwarzen Augen spiegelte sich Lauras Gesicht.

Sie nahm die bunten Wollschühchen aus der Tasche und ließ sie hin- und herbaumeln, und das Baby klatschte in die Hände und lachte. Es war ein Lachen, um Eisberge schmelzen zu lassen.

Sie aßen Lammspießchen und wunderbar weißen, nach Rosen duftenden Basmati-Reis. Zum Abschluß brachte Frau Amiri Obst und kleine Gläser mit Tee. Dazu stellte sie ein Tablett mit drei Sorten Zucker auf den Tisch.

Durch das kleine Fenster sah Laura, wie ein Betrunkener versuchte, sich aus einem Haufen alter Lumpen ein Lager zu richten, eine Frau mit aufgedunsenem Gesicht schleppte eine Matratze weg.

Laura holte den Blick von der Straße zurück in das tröstliche Innere des Lokals. Der Sohn der Familie trug gerade eine Kiste mit Gemüse in die Küche. Frau Amiri saß entspannt an dem Tisch neben der Theke. Lächelnd schnitt sie Auberginen in Scheiben.

»Familie ist Schutz«, dachte Laura, »Familie ist überhaupt alles.«

Ob dies hier das Ziel war, als sie ihre Heimat verließen? dachte Phil. Ob sie sich nicht etwas anderes vorgestellt hatten? Durch seine Gedanken blitzten der Fluß und die Frachtschiffe, die langsam ihre Bahn zogen. Wahrscheinlich war dies das Geheimnis des Lebens: niemals den Anker werfen.

Zu Hause hängte Phil das Schneebild an seiner Bettseite auf. Sie hatten ihr Matratzenlager durch ein solides Doppelbett ersetzt, das zu dem Kleiderschrank paßte, der leider zu groß für den Raum war, so daß sie den Barockspiegel verkaufen mußten. Die Wirtin des neuen Bistros, das sich in dem Laden der früheren Wäscherei etabliert hatte, ließ ihn abholen.

In der Ecke, in der er, gegen die Wand gelehnt, Zeuge ihrer Liebesräusche geworden war, stand jetzt ein kleiner Wäscheschrank. Solide und praktisch.

Laura drehte das Licht aus und kuschelte sich eng an Phil. Er vergrub sein Gesicht in ihren Haaren. Laura roch noch immer ganz leicht nach Sonne und Gras. Er hatte ihren typischen Geruch immer gemocht, er mochte ihn noch. Aber es half nichts.

»Ich glaub', ich schau' mir doch noch den Spätkrimi an«, sagte er. »Ich bin noch nicht müde genug, um zu schlafen.«

»Aber es ist bald Mitternacht«, sagte sie erstaunt.

»Kann's leider nicht ändern!«

Sie hörte die Verzweiflung in seiner Stimme und hatte das Bedürfnis, ebenfalls aufzustehen und ins Wohnzimmer zu gehen, um sich neben ihn zu setzen, aber sie wagte es nicht.

Und das war schlimmer als alles andere.

Im Herbst hatte Lauras Unruhe so stark zugenommen, daß Phil ihr riet, wieder berufstätig zu werden.

»Du mußt irgend etwas tun«, sagte er. Sie sah blaß aus, und er spürte, wie die Nervosität, die sie ausstrahlte, auf ihn überging. Er zögerte das Nachhausekommen jetzt öfter hinaus, denn er brauchte eine Pufferzone zwischen dem Streß im Beruf und der Angst in Lauras Augen.

»Wie wäre es, wenn du wieder Zauberringe verkaufen würdest? Das hat dir doch soviel Spaß gemacht.«

»Es ist schwer, jetzt wieder reinzukommen«, sagte sie. »Ich hätte die Sache damals weiter ausbauen sollen, dann wäre ich ...«

»Es war ein Fehler«, gab er zu. »Aber du solltest es trotzdem noch einmal versuchen.«

Aber der Zauberring war vom Markt verschwunden, und für das Propagieren des Gemüsehobels *Blitzfee* war Laura bei weitem nicht so geeignet wie für Artikel aus der Modebranche.

Sie hatte ihren Stand vier Wochen lang in der Eingangstür bei *Hertie* aufgebaut und am Ende so gut wie nichts verkauft. Es gelang ihr nicht mehr, die Aufmerksamkeit ihrer Kundinnen zu fesseln, denn sie hatte die Magie verloren, mit der sie sie früher angelockt, charmant unterhalten und zum Kaufen animiert hatte.

Die Geschäftsleitung hatte nichts dagegen, den Vertrag vorzeitig zu lösen.

Es war Donnerstag und verkaufsoffener Abend.

Seitdem Phil donnerstags Squash spielen ging, um, wie er sagte, »den Frust gegen die Wand zu knallen«, strich Laura durch die Kaufhäuser.

Heute kaufte sie ein elegantes Seidenensemble, das sie niemals tragen würde, und eine Designercitropresse. Nur mit großer Anstrengung schaffte sie es, den winzigen rosa Jeansanzug mit der gestickten Entenparade auf dem Hosenlatz wieder zurückzulegen.

Du bist auf dem besten Wege, verrückt zu werden, Laura Jakobsen, dachte sie, als sie die Tüten mit dem Seidenensemble und der Designercitropresse über den Eisernen Steg nach

Hause schleppte. Sie war erschöpft und wußte, daß sie wieder die halbe Nacht wach liegen und mit den Gespenstern kämpfen würde, die über Phils leerer Bettseite schwebten.

Aber sie kannte auch den tieferen Grund für all das: Sie war kein Typ für die Stadt.

32

Timm Fischer mischt die Karten

Zuerst sieht man es dem Garten an, wenn jemand aufhört, zur Familie zu gehören, weil er sich nach etwas anderem sehnt. In der letzten Zeit vor Phils Trennung von Britta hatten die Bäume den Atem angehalten und die Büsche aufgehört zu wachsen. Vogelnester waren gebaut, aber nicht bezogen worden, und die Schmetterlinge und die Glühwürmchen blieben dem Garten fern. Scheinbar grundlos war die zehnjährige Clematis, die die hohe Westwand hinaufgeklettert war, um ins Schlafzimmer schauen zu können, gestorben.

Erst nachdem Phil das Haus endgültig verlassen hatte und Ninon gekommen war, die keinen Ort auf der Welt hätte nennen können, an dem sie lieber gewesen wäre, waren die Lüge verschwunden und das Vertrauen zurückgekehrt.

Plötzlich waren die Vögel und die Schmetterlinge wieder da, und die japanische Zierkirsche blühte so verschwenderisch wie nie.

Nur die Clematis hatte sich nicht wieder erholt, und mit den Glühwürmchen war der sommerliche Zauber des Gartens verschwunden. Bis plötzlich in der Nacht zu Brittas vierzigstem Geburtstag eine leuchtende Wolke unter der Lärche stand.

Timm Fischer liebte die Frau, die wie ein verzaubertes Kind vor diesem Wunder stand, und es sollte sein Geheimnis bleiben, daß er die goldene Wolke bei einem Versandhaus bestellt hatte.

Das eigentlich Märchenhafte aber war, daß die Glühwürmchen den Transport in einem ganz gewöhnlichen Postpaket überlebt und sofort die alte Stelle gefunden hatten.

Auch Grit bemerkte das Wunder im nachbarlichen Garten. Sie hatte den Kontakt zu Britta aufgegeben, denn sie ertrug es nicht, wenn ein Mann sie als Frau mißachtete, und eine andere Rolle hatte sie nie gelernt. Sie schloß die Ohren vor Timm Fischers Lachen und ließ die Rollos herab, wenn sie ihn im Garten arbeiten sah. Noch machte sie sich geschickt zurecht, ehe sie das Haus verließ, und registrierte zufrieden die Blicke der Männer, wenn sie über die Straße ging, die Trauer in den Augen hinter einer dunklen Brille verborgen. Aber es gab schon Tage, an denen ihr kein Blick folgte, weil sie »unsichtbar« war; dann schnürte ihr die Panik die Kehle zu, und sie zitterte dem Tag entgegen, an dem niemand sie mehr ansehen und sie zum lebendigen Leichnam werden würde.

Aber, und das flüsterte sie sich selbst wie eine Durchhalteparole zu, sie wäre niemals bereit, ein reines Weiberleben wie Britta zu führen.

Niemals!

Es erschiene ihr wie die freiwillige Aufgabe ihrer weiblichen Rechte – und das Zugeben einer riesigen Pleite.

Diesmal traf sie Phil Jakobsen im *Kaufhof* in der Sportabteilung. Er hielt ein Paar Joggingschuhe in der Hand und betrachtete sie prüfend, als sie ihm von hinten die Hände über die Augen legte.

»Rate mal, wer da ist?«

»Grit!« sagte er.

Sie wertete dies als ein gutes Zeichen. Er schien sie noch nicht vergessen zu haben. Vielleicht hatte er sich von dieser blonden Bohnenstange getrennt und irrte nun ziellos durch die Stadt. Dies waren Gelegenheiten, bei denen Männer schwach und leicht zu fangen waren.

Phil drehte sich zu ihr um. Er hatte noch immer diese faszinierende Ausstrahlung zwischen Jungenhaftigkeit und Männlichkeit, die sie einst dazu gebracht hatte, ihn, hinter der Gardine versteckt, zu beobachten. Grits Liebesbedürfnis war wie der Feueranzünder, mit dessen Hilfe man den Gartengrill zum Glühen brachte. Egal, wer das Streichholz hielt, es zündete immer.

Grit spürte die Flammen in ihrer Brust und gleichzeitig die kühle Zurückweisung in Phils Augen.

»Wie geht's?« fragte sie.

»Gut«, sagte er.

»Joggen«, sagte sie mit Blick auf die Schuhe, die er noch immer in der Hand hielt. »Bist du schon wieder soweit?«

»Wie weit?«

»Na, damals bist du doch auch wie verrückt durch den Wald gerannt – in der letzten Phase.«

Sie schaute auf seinen Mund und lachte. »Wenn Männer sich in Sportabteilungen umsehen, hat die Erotik gelitten. Was macht sie denn, die blonde Liebe?«

»Der geht's gut«, sagte Phil. »Es könnte nicht besser sein.«

»Wie schade«, sagte Grit. »Ich hatte gehofft, in eine Lücke zu stoßen.«

»Ich schreib' dir, wenn's soweit ist«, sagte Phil. »Könnte allerdings dauern. Was machen die Nachbarinnen?«

»Du meinst deine Exfamilie, die Jakobsen-Sisters?«

Grit betrachtete das Grübchen in seinem Kinn und dachte, daß Phil zu den Männern gehörte, die scheinbar niemals alterten.

»Die machen auf heile Frauenwelt, einschließlich Kätzin. Timm Fischer ist der Mann im Club!«

Sie hatte ihre Lippen fuchsrot angemalt. Phil haßte diese Farbe.

»Am Tag machen sie Kohle, der Secondhand-Shop läuft wie geschmiert. Am Abend spielen sie Rommé, Timm Fischer mischt die Karten.«

»Timm Fischer scheint dich sehr zu interessieren!«

Phil erinnerte sich an den Trimm-dich-Pfad und Timm Fischers Muskelspiel, wenn er seine Liegestütze machte.

»Und welche Rolle spielt seine Frau – wie heißt sie noch?«

»Elsa? Man hat sich arrangiert. Jeder macht, was er will. Timm spielt bei Britta den Mann im Haus, und Elsa schluckt Valium und wartet auf ein Wunder.«

Phil hakte den Blick an einem Plakat-Beau in silberner Badehose fest. *Swim-Stretch. Nicht nur im Wasser . . .*

»Das tun wir doch alle«, sagte er.

»Ja, aber Timm Fischer hat seins gefunden. Wußtest du, daß er ein bißchen pervers ist?«

»Mir kam er eher cool vor.«

Phil hatte plötzlich Timms Stimme im Ohr: »Sehnsucht: Sitz über dem Magen, auf- und abschwellend . . .«

»Er ist in Britta verliebt.«

»Das war er schon immer. Und sie?«

»Sie merkt es gar nicht.«

»Und was tut er?«

Grit lachte ironisch. »Das ist ja das Perverse. Er ist einfach immer weiter verliebt.«

»Dann ist es keine Verliebtheit, sondern Liebe«, sagte Phil. »Einfach so, nur so für sich. Wenn ich dich liebe, was geht's dich an. Goethe. Ein wunderbarer Satz.«

»Ein saublöder Satz, wenn du mich fragst.« Grit lächelte in der Art, die Phil immer verabscheut hatte. »Ich konnte dieser Art von Liebe nie etwas abgewinnen.«

»Eben«, sagte er.

»Wie?«

»Nichts«, sagte er und fühlte sich plötzlich schlecht gelaunt. »Ich muß gehen. Grüß die Jakobsen-Sisters, wenn du sie siehst.«

»Ich seh' sie nie...«

»Dann grüß die Katze.«

»Ich grüß' Timm Fischer«, rief sie ihm nach und dachte, daß dies eine gute Gelegenheit sei, ihn aufzuhalten, wenn er auf dem Weg zu Britta aus dem Auto stieg.

33

Das Echte und das Falsche

Schon lange, ehe Phil sie verlassen hatte, war Timm Fischer in Britta verliebt gewesen, aber er hatte es nicht gewußt.

Es war an jenem Nachmittag geschehen, an dem er zum erstenmal, über die Hecke hinwegblickend, das Grundstück der Jakobsens begutachtet hatte. Es ähnelte seinem eigenen Grundstück, so wie die beiden Häuser einander ähnelten und die Vorgärten und die Terrassen.

Aber Britta war die allererste in Neuweststein gewesen, die ihren Garten mit Rosenkugeln schmückte, und Timm Fischer war der erste gewesen, der dieses kleine Wunder bemerkte.

»Märchenhaft«, sagte er.

Sein Gesicht spiegelte sich winzigklein neben Brittas Gesicht, und sie hob die Kugel von dem Holzstab und reichte sie ihm mit beiden Händen über die Hecke.

»Ich schenk' sie Ihnen«, sagte sie.

»Aber warum?«

»Ich mag Menschen, die so was mögen.«

War dies der Augenblick gewesen, in dem sich Timm Fischers Leben änderte, und mit ihm das Leben seiner Frau Elsa, die fest damit gerechnet hatte, daß er die Praxis vorzeitig aufgeben und mit ihr nach Elba gehen würde? Das Bauernhaus, in dem sie dann für immer leben wollten, hatten sie ja schon gekauft.

Britta war neun Jahre jünger als Elsa, aber das war es nicht, was ihn fortan zwang, nach den Abendnachrichten zur Leine zu greifen und Astor herbeizupfeifen.

»Ich geh' noch mal mit dem Hund raus!«

Er ging immer die Pinienstraße hinunter und überquerte die Akazienallee, und es dauerte nicht lange, und der Hund bog ganz von selbst in die Narzissenstraße ein, wohl wissend, daß Timm vor dem Haus mit dem Wintergarten anhalten und über die Hecke schauen würde. Es war immer nur ein kurzer Blick, und meist war der Garten leer, wie die meisten Gärten, an denen er vorbeikam.

Aber dieser Weg und der Blick über die Hecke, verbunden mit einer unbestimmten Sehnsucht, wurden zu einem Ritual, auf das er bald ebensowenig verzichten konnte wie auf das Joggen mit Phil Jakobsen am Samstagnachmittag. Wenn er anschließend auf Phils Terrasse saß, ein Bier trank und Britta zusah, die, die roten Haare zusammengebunden, das Gesicht voller Sommersprossen, zwischen ihren Kräuterreihen hin und her ging, hatte er das verrückte Gefühl, in dieses Haus zu gehören, und nicht in sein eigenes.

Erst als allgemein bekannt wurde, daß Phil Jakobsen eine andere Frau liebte, wurde Elsa aufmerksam.

»Mein Gott, wie kann man eine Frau wie Britta verlassen«, sagte sie.

»Im Zimmern seines Unglücks ist der Mensch unschlagbar«, sagte Timm zweideutig und schaute Elsa an, eine attraktive Frau mit einem glänzenden schwarzen Pagenkopf, dunklen Brauen und Augen wie Kohle. In Neuweststein war sie immer eine Fremde geblieben, die sich keinem der nachbarlichen Treffen anschloß.

Elsa trug ausschließlich schwarze Kleidung, die sie mit einigen bunten Zutaten aufmunterte. Heute trug sie einen langen schwarzen Wollrock, einen schmalen schwarzen Pullover, einen rostroten Schal und rostrote Clips in den Ohren. Sie benutzte ein sehr helles Make-up, das den geschminkten Mund betonte. Sie hatte an der Kunstakademie studiert, ihr Studium aber aufgegeben, als sie sich in Timm Fischer verliebte. Fortan hatte er mit dem stummen Vorwurf zu leben, daß sie seinetwegen auf eine große Karriere verzichten und statt dessen ein spießiges Leben in Neuweststein führen mußte. Nicht einmal vor sich selbst hätte Elsa zugegeben, daß sie ihr Studium nicht aus Liebe aufgegeben hatte, sondern aus Angst, für die wirklich große Kunst nicht begabt genug zu sein, und ähnlich wie Laura Michaelis, die ihre Kreativität nicht ausgelebt hatte, schuf sich Elsa einen Ersatz: Anstatt Kunstwerke zu schaffen, stilisierte sie sich selbst zum Kunstwerk. Das Haus, in dem Timm und sie ein kinderloses Leben führten, war reinste Ästhetik, und Elsa war ein Teil davon. Wenn sie abends im schwarzen Kleid, das schwarze Haar glatt in die Stirn gekämmt, den Kopf in die Hand gestützt, auf dem Sofa lag, versah Timm, der zu Ironie und Sarkasmus neigte, die Szene heimlich mit Titeln aus einem der Kunstbücher, die die Regale füllten: »Elsa mit roten Schuhen«, oder: »Die Frau des Künstlers mit grüner Kette«.

Anfangs hatte Timm Elsas Selbstinszenierungen geschätzt.

Er besaß selbst viel Sinn für Stil und einen fast körperlichen Widerwillen gegen gemusterte Kleidung, alles Grelle und Frauen, die sich wie Zirkuspferde aufzäumten; aber irgendwann fiel es ihm immer schwerer, mit einem Kunstwerk zu schlafen.

»Frau im schwarzen Hemd, sich der Liebe hingebend«, hatte er einmal gemurmelt und sich abwenden müssen, weil ihm das Lachen in die Kehle stieg. Irgendwann hatte er sich gegen Gedanken dieser Art nicht mehr wehren können, sie überfielen ihn einfach in den unmöglichsten Situationen. Es war wie ein Zwang, er konnte nichts dagegen tun.

»Hand, schwarze Bluse aufknöpfend«, dachte er. Oder: »Kuß am Kamin«.

Und schließlich: »Mann, sich von der Geliebten abwendend«.

Timm Fischer hatte in Elsas Selbstinszenierungen den Grund für seine nachlassende Leidenschaft gefunden – aber es hätte auch jeder andere Grund sein können.

Elsa litt darunter, daß der Mann, den sie seit langem zu kennen glaubte, plötzlich zu einem Fremden wurde, bis sich das Rätsel von selbst löste. Bei einem ihrer seltenen Abendspaziergänge bog Astor, der ohne Leine vor ihr hertrottete, so zielsicher in die Narzissenstraße ein, als ob er seinem eigentlichen Zuhause zustrebte. Vor Brittas Haus blieb er stehen, blickte sich erwartungsvoll um und wedelte mit dem Schwanz. Dazu wimmerte er leise und sehnsüchtig vor sich hin.

»Ist schon gut, Astor«, sagte Elsa. Sie war heute in einen weiten, bodenlangen Kapuzenmantel gehüllt, und es war ein Trost, daß sie den Mantel eng um sich wickeln und die Kapuze weit ins Gesicht ziehen konnte.

Als Timm später als sonst aus der Praxis nach Hause kam, saß Elsa im schwarzen Seidenkleid, grüne Clips in den Ohren, am Fenster und sah hinaus.

»Frau im Sessel, in den Garten starrend«, dachte Timm.

»Guten Abend«, sagte er heiter.

»Hast du etwas mit Britta Jakobsen?« fragte Elsa, ohne sich nach ihm umzusehen.

»Ja«, sagte er in dem gleichen heiteren Ton, in dem er sie begrüßt hatte. »Aber nicht so, wie du denkst.«

»Wie denn?« fragte sie ironisch.

»Wenn ich das wüßte«, sagte er. »Es ist etwas anderes, etwas Unbegreifliches. Es spielt sich ausschließlich in der Herzgegend ab.«

»So hoch?«

Er bemerkte, daß sie blasser war als sonst und ihre Lippen ein wenig bebten.

»Frau mit grünen Ohrclips, schlechte Nachricht empfangend«, dachte er.

Er bereute den Sarkasmus seiner Gedanken sofort, ging zu ihr und küßte sie auf die Wange. Die Haut war kühl und abweisend wie meistens.

»Ich weiß es wirklich nicht«, sagte er. »Es zieht mich einfach in ihre Nähe. Ich könnte ihr drei Stunden beim Kartoffelschälen zusehen und mich vollkommen glücklich fühlen. Einfach so.«

»Dann werde ich unseren Traum vom Leben auf Elba also allein verwirklichen«, sagte Elsa kühl. »Während du Britta Jakobsen beim Kartoffelschälen zusiehst.«

Sie hatte jetzt die gewohnte Beherrschung wiedererlangt und lächelte ironisch.

»Timm Fischer gehört offensichtlich nach Neuweststein. Lebenslänglich!«

»Ach, dieser Timm Fischer ist so ein gottverdammter kleiner Spießer«, sagte er. »Häuschen, Gärtchen, Törchen, Sträßchen ... Du hättest etwas Besseres verdient.«

»Ich hätte Kunstmalerin werden können!«

»Ich sag' ja, du hättest etwas Besseres verdient!«

Er pfiff nach dem Hund, aber Astor lag auf seiner Matte und rührte sich nicht.

»Er war heute schon draußen«, sagte Elsa.

»Dann geh' ich allein!«

Leichten Schrittes lief er die Straße hinunter in Richtung Akazienallee. Er fühlte sich gut. Er stellte fest, daß das Gewissen unbelastet bleibt, wenn es nur das Herz ist, das man verschenkt. Leise pfiff er vor sich hin. Auf eine nicht näher erklärbare Art fühlte er sich der Welt überlegen.

Wenn Phil sich nicht in Laura verliebt und sie selbst verlassen hätte, hätte Britta niemals erfahren, wer sie wirklich war: Sie war eine eigenwillige Persönlichkeit, die sich selbst genügte und darunter litt, wenn sie das Leben eines anderen führen mußte. Sie war weder die bessere noch die schwächere Hälfte eines Paares, sie war überhaupt keine Hälfte. Nachdem sie den Schock, verlassen worden zu sein, überlebt und die Chance bekommen hatte, das zu werden, was sie war, machte ihr das Leben unbändige Freude. Sie fühlte sich wie ein Baum, dessen Umfeld man gelichtet hatte, so daß er sich frei und ungehindert entfalten und weit übers Land schauen konnte. Vielleicht, dachte sie manchmal, hatte sie in zu jungen Jahren zu viel von sich abgeben müssen.

Britta hatte ihren Job in der Bücherei gekündigt und einen witzig-ironischen Ratgeber geschrieben: »Nach der Scheidung«. In diesem Buch ging es um Dinge des täglichen Lebens, um die sich in den meisten Fällen der Mann gekümmert hatte, so daß vierzigjährige Frauen erschrocken feststellten, daß sie sich nicht zur Bank trauten, und ihnen der Schweiß ausbrach, wenn sie ein Formular unterschreiben sollten – Probleme, die Britta aus eigener Erfahrung kannte und selbstironisch beschrieb. In ihrem Buch ging es um Dinge wie Krankenkassen, Renten, Unterhaltsfragen, staatliche Zuschüsse, Erziehungshilfen und Versicherungen. Es ging um Wiedereingliederung ins Berufsleben, Umschulung und Mieterschutz. Die Frage: »Wie bekomme ich einen neuen Mann« beantwortete Britta nicht. Trotzdem wurde das Buch ein Beststeller, so daß sie ein weiteres schrieb: »Der Zauber des Lebens«, Untertitel: Die Zeit *danach*.

Auch »Der Zauber des Lebens« wurde ein Erfolg. Das Buch begann mit den Worten: »Sex ist unverzichtbar wie Essen und Trinken. Wie wir alle wissen, stirbt man, wenn man nicht genug davon bekommt. Aber in Montana soll eine Frau wohnen, die bereits vierundzwanzig Jahre lang nur mit Essen und Trinken überlebt hat. Nach ärztlichem Gutachten funktioniert sie normal. Die Gehirntätigkeit ist gut. Sie ist nicht einmal depressiv. Und das Erstaunlichste: Sie mag Männer! Aber sie hat so viele Interessen, daß ihr immer die Zeit fehlte, ihnen nachzulaufen.«

Trotz dieses unpopulären Anfangs wurde »Der Zauber des Lebens« noch erfolgreicher als »Nach der Scheidung«!

Die beiden Bücher trugen dazu bei, daß Ninons Secondhand-Shop ebenfalls bekannt wurde. Sie nahm keine Dutzendware, sondern nur teure Markenartikel, die ihr Frauen aus Königstein und Bad Homburg brachten, die sich schämten, dasselbe

Kleid zweimal zu tragen, obwohl es sündhaft teuer gewesen war. In der ehemaligen Garage hatten Mütter überdies die Möglichkeit, Kinderkleider und Spielsachen zu tauschen.

Um Platz für den Secondhandshop zu gewinnen, hatte Britta das Wohnzimmer geopfert. Da, wo früher der Fernseher und die Couchgarnitur gewesen waren, stand jetzt der riesige Eichentisch, ein Monstrum, das, wie Ninon fand, »von Süd nach Nord« reichte. An der »Südseite« stand stets ein Blech mit Kuchen bereit, daneben eine Kanne Kaffee zur freien Bedienung. Erst nachdem Ninon das Geschäft um »Ninonkleider« erweitert hatte, weil immer mehr Kundinnen nach dem schlicht-raffinierten Schnitt und den klaren Farben gefragt hatten, vergrößerten sie den Wintergarten. Jetzt konnte Ninon ihre Kleider wirkungsvoll zur Schau stellen. Aber im Grunde, das war Britta klar, suchten die Frauen von Neuweststein etwas anderes, wenn sie den Weg zu ihrem Haus einschlugen. Es war die heiter-umkomplizierte Atmosphäre, die sie anlockte, und die Möglichkeit, echte Geschichten zu hören. Erlösung vom Christine-Carsten-Talk.

»Sie werden es doch wohl nicht wieder aufgeben?« fragten sie ängstlich und Ninon lachte und sagte, daß es in der Welt der ewigen Veränderungen auch etwas von Bestand geben müsse, das sich nicht über Nacht auflöse wie das meiste heutzutage.

»Es ist so beruhigend, das zu wissen«, sagten die Frauen.

»Wir sind kein Laden, wir sind ein Kommunikationszentrum!«

Sie saßen auf der Terrasse, tranken Apfelbowle und guckten zu, wie die Sterne am Himmel erschienen.

»Jetzt fragen sie schon, ob wir nicht Lust hätten, Nähmaschinen oder Webstühle anzuschaffen.« Ninon lachte.

»Ja, wir sind in Mode gekommen«, sagte Britta. »Aber jetzt sollten wir ein bißchen an uns denken.«

Sie hatte sich ein Angebot aus dem Spessart kommen lassen. Der Makler bot ein stabiles Holzhaus mit Schuppen an, einsam im Wald gelegen. »Ich überlege, ob wir uns ein Sommerhaus kaufen. Die Einkünfte von ›Zauber des Lebens‹ würden gerade reichen.«

Einen Moment lang zuckte die schwedische Styga durch ihre Gedanken, ein Haus voller Liebe, in dem nun fremde Leute wohnten. Zwei Schachteln voller Fotos waren übriggeblieben und ein paar grün-blaue Erinnerungen. Aber das neue Sommerhaus sollte sie den Rest ihres Lebens begleiten, und es sollte in der Nähe sein, damit man oft genug dort sein konnte, um es zu einem wirklichen Zuhause zu machen.

»Wir könnten im Wald eine zweite überdachte Terrasse haben«, sagte Sandra. »Und einen offenen Kamin.«

»Im Sommer könnten wir manchmal draußen schlafen«, sagte Kim. »In einem Zelt auf der Wiese.«

Sie hörten das Geräusch eines Autos, das langsam die Straße herauffuhr.

Timm Fischer stellte den Motor ab und stieg aus. Er konnte es sich noch immer leisten, das grauweiß melierte Haar halblang zu tragen, ohne gequält jung zu wirken. Es paßte zu ihm, ebenso wie die Geste, es rasch und ungeduldig aus der Stirn zu schütteln.

Timm reckte sich und warf einen Blick auf den beleuchteten Wintergarten, in dem die »Ninonkleider« wie heitere Fahnen zwischen den Pflanzen hingen. Er lächelte. Nicht nur nach einem langen Tag tat es gut zu wissen, daß es dieses Haus gab.

»Hallo, ich soll Sie grüßen!«

Timm zuckte zusammen. Schon immer hatte er bei Grits Anblick das Bedürfnis gehabt, die Arme schützend vor die Brust zu halten.

»Von wem denn?«

»Von Phil, ich hab' ihn in der Sportabteilung getroffen.«

Timm lachte gezwungen. »Ach, joggt er noch immer?«

»Schon wieder! Passen Sie auf, daß er nicht zurückkehrt. Zwanzig Prozent aller Geschiedenen heiraten denselben Partner ein zweites Mal. Wußten Sie das?«

Das Licht der Straßenbeleuchtung fiel auf Grits aufgedunsenes Gesicht.

»Sie trinken zuviel«, sagte Timm.

»Ich bin zuviel allein!«

»Dann kommen Sie ein bißchen rüber. Britta hat sicher nichts dagegen.«

Aber Grit wollte nicht zu Britta. Irgendwie war ihr die einstige Freundin unheimlich geworden.

Sie ging zum direkten Angriff über: »Sind Sie nicht auch viel allein, jetzt, wo Elsa auf Elba lebt?«

Timm dachte an die Fotokarte, die gestern gekommen war. Elsa im bodenlangen, über der Brust geknoteten Kleid, schwarz mit gelber Kette. Neben ihr ein Mann, Typ: »Der Künstler mit Pfeife«.

»Grit, ich bin kein Mann für Sie«, sagte er laut. »Geben Sie es auf!«

Er ging direkt durch den Garten auf die Terrasse, setzte sich in den Sessel und sah zu, wie Britta den Tisch deckte.

»Wir werden ein Sommerhaus kaufen«, sagte sie. »Was hältst du davon?«

Sein Herz tat einen erschrockenen Schlag. »Zwei Tagesreisen von hier?«

»Eine Autostunde von hier.«

»Wunderbar!« Sein Herz beruhigte sich wieder. »Wann?«

»Im nächsten Jahr. Hier ist der Grundriß!«

Er sah auf die sommersprossige Hand, die ihm den Plan reichte. Ihre leuchtendblaue Bluse hob sich von der weißen Hauswand ab. Er wußte, daß sie die Idee in die Tat umsetzen und aus dem Entwurf ein richtiges Heim machen würde.

Häuser dieser Art wurden gekauft, restauriert, eingerichtet und wieder aufgegeben, aber Brittas Haus würde werden – und bleiben. Er liebte diese Frau, weil sie keine Rollen spielte, in der Gegenwart lebte und die Sympathie, die sie verschenkte, so echt war wie das Rot ihrer Haare.

Sein Blick fiel auf das nachbarliche Grundstück. Der weiße Kies leuchtete fahl im Abendlicht. Durch die halbgeschlossene Jalousie flimmerte das ewige blaue Licht. Am Nachmittag hatte ein Auto vor dem Haus gehalten, und Britta hatte einen Mann mit einem Blumenstrauß auf die Tür zueilen sehen. Aber er war schon wieder gegangen.

»Ich weiß nicht, was geschehen ist«, sagte Ninon und zündete sich eine Zigarette an. »Fünfunddreißig Jahre lang hab' ich geglaubt, die einzige Möglichkeit, mein Überleben zu sichern, sei die, als Sachbearbeiterin in einem stickigen Büro zu sitzen. Heute würde ich mir zutrauen...«

»Es muß einmal im Leben einen Kick geben«, sagte Timm. »Jemand muß einen Stein werfen, der groß genug ist, die Glaswand zu zertrümmern.«

Britta dachte an den Moment, in dem Phil ihr seine Liebe zu Laura Michaelis gebeichtet, und an die Nacht nach der Party, in der er sie verlassen hatte. Sie hatte diese Nacht überstanden, und dann hatte sie angefangen zu leben.

»Und wenn niemand den Stein wirft?« fragte sie.

»Dann bleibt man lebenslänglich im Kästchen!«

Sie gingen zu zweit in die Küche, und Britta begann den Teig für einen Blechkuchen vorzubereiten. Es war elf Uhr.

Timm lehnte an der Fensterbank und sah ihr zu. Wie war es gekommen, daß er bei ihrem Anblick dieses zärtliche, warme Gefühl hatte und immer nur: »Britta« dachte und niemals: »Frau in blauer Bluse, Äpfel schälend«.

»Wirst du eigentlich nie müde?« fragte er sie.

»Seit einiger Zeit nicht mehr«, sagte sie und lachte. »Ich weiß auch nicht, wie das kommt.«

Sie rollte den Teig aus, und er half ihr, die Äpfel in Scheiben zu schneiden.

»Hältst du die Idee mit dem Waldhaus für gut?« fragte sie.

»Für sehr gut.«

»Und wirst du manchmal kommen?«

»Oft!«

Über die Äpfel hinweg sah sie ihn an.

»Gott sei Dank«, sagte sie.

34

Du hast ein Recht auf dich II

»Hast du eigentlich nie wieder was von deinen Söhnen gehört? Ich dachte, du wolltest sie endlich mal besuchen?«

Laura spürte wieder das Flattern in der Kehle, dessen Ursprung sie sich nicht erklären konnte. Es war das zweite Mal in dieser Woche, daß Phil die Vergangenheit erwähnte. Das Rauschen der Engelsflügel war deutlich zu hören.

Er räusperte sich, wie um sich Mut zu machen: »Ich hab' nämlich vor, mich mit Ninon zu treffen.«

Er stand gegen den Kühlschrank gelehnt und blickte auf Lauras Hände, die Zwiebeln in Ringe schnitten. Im Hof knallten die Bälle gegen die Garagentore. An dem verrosteten Wäschegestell vor dem Fenster der Nachbarin wehte ein Handtuch im Wind.

Laura drapierte die Zwiebelringe in eine gefettete Form, goß Sahne zu und schichtete den Teig darüber. Dann belegte sie das Ganze sorgfältig mit einem Gitter aus Käsestreifen.

»Ninon?« fragte sie.

»Meine Mutter«, antwortete er ironisch.

»Ich erinnere mich«, erwiderte sie ebenso ironisch.

Sie regulierte die Temperatur und stellte die Zeituhr ein.

»Dreißig Minuten«, sagte sie.

Gemeinsam gingen sie ins Wohnzimmer hinüber und setzten sich vor den Fernseher. Es lief eine Vorabendserie, die gerade von einem Werbeblock unterbrochen wurde. Zwei schöne junge Menschen rasten in einem chromglänzenden Auto aus einer Haarnadelkurve.

Lycrana, der Body für den besonderen Anlaß, sagte eine schmeichelnde Stimme.

Sekundenlang trafen sich die Blicke der jungen Leute wie in einem geheimen Einverständnis.

Laura dachte an all die Bodys, die in der neuen Wäschekommode herumlagen: Donnerstagabendfehlkäufe.

Auf diese Steine können Sie bauen!

Ein trautes Heim in der Morgensonne. Rosenumkränzt.

Eine pausbäckige Zweijährige lief kreischend vor Vergnügen über eine Frühlingswiese.

Männerarme fingen sie auf.

Sicherheit – ein Leben lang!

Laura spürte ein sehnsüchtiges Ziehen in der Herzgegend. Ihr Blick fiel auf Phils Arme. Er hatte die Hemdsärmel aufgekrempelt, die Haut war gebräunt. Seine Finger trommelten einen nervösen Takt auf die Sofalehne.

Gel-In! Schönheit aus der Tube!

Grüne Meereswellen brandeten gegen einen Strand, Wellen aus blondem Haar wogten ebenso elastisch und energiegeladen durch eine Männerhand.

Gel-In, das Shampoo für täglich!

Laura strich sich durch ihr eigenes Haar und hatte das Gefühl, müdes Gras in der Hand zu haben. Dann fuhr sie sich über den Bauch, der nicht mehr ganz so flach war wie vor einigen Jahren.

»Du bist nervös«, stellte Phil fest.

»Auch«, sagte sie. »Ich ...« Aber sie erhob sich, ohne den Satz zu beenden.

Sie holte die fertige Quiche aus dem Ofen, schnitt sie in Stücke und legte diese auf eine Platte.

Sie saßen sich schweigend gegenüber und aßen.

Über seinen Teller hinweg sah Phil Laura an, aber sie hielt den Blick gesenkt.

Wahrscheinlich hatte er sie mit der Eröffnung, Ninon treffen zu wollen, erschreckt. Sie mochte es nicht, wenn er die Vergangenheit erwähnte, sein Leben sollte an jenem Tag begonnen haben, an dem sie sich zum erstenmal gesehen hatten.

»Aber verdammt noch mal«, dachte er wütend, »man hat doch auch ein Recht auf sich selbst«, ein Satz, der ihm irgendwie bekannt vorkam. In einer Ecke seines Hirns hatte dieser die vergangenen Jahre unbeschadet überdauert.

Er schob den Stuhl zurück, ging in die Diele und griff nach seinem Mantel.

»Ich geh' noch mal um den Block«, sagte er.

»Ist gut«, sagte sie.

»Komm doch mit!«

»Heute nicht«, sagte sie und stellte die Teller zusammen.

Phil überquerte die Straße und lief ziellos durch das Viertel. Es tat gut, einfach so dahin zu gehen, ohne Ziel und ohne Zeitdruck. Das Gehen milderte die Unruhe, die sich zu einem Dauerzustand ausgewachsen hatte. An manchen Tagen spürte er, wie das Blut durch die Adern pulsierte, und einen stechenden Schmerz in der linken Schläfe. In letzter Zeit fiel es ihm immer schwerer, stillzusitzen, meist merkte er nicht einmal, daß er mit den Fingern trommelte oder manisch die Beine bewegte.

In der Firma wurden zur Zeit Umstrukturierungen vorgenommen, Abteilungen zusammengelegt, die Führung gewechselt.

Man munkelte, daß *Klemmer & Söhne* von einem Großkonzern aufgekauft werden würde. Phil war gefragt worden, ob er sich vorstellen könne, für einige Zeit im Ausland zu arbeiten. Er hatte keine Kinder, war also der ideale Mann.

Phil hatte das Angebot zur Kenntnis genommen und erstaunt festgestellt, daß es genau das war, was er wollte: weggehen! Ein Wunsch, der mit schlechtem Gewissen verbunden war. Gleichzeitig dachte er, daß er das Recht hatte, sein Leben so zu gestalten, wie es ihm gefiel, ein Recht, das er mit allen Menschen teilte. Niemand sollte einem anderen im Wege stehen und seine Entwicklung behindern dürfen. Es war nicht seine Schuld, daß Laura ihm zuliebe alle Kontakte von früher aufgegeben und keine neuen geknüpft hatte.

Tief im Innern wußte er, daß etwas an diesen Gedanken nicht stimmte, aber er grübelte nicht darüber nach, was es war.

Er ging in eine Kneipe, hockte sich an den Tresen und verlangte ein Bier. Nach dem vierten Pils kam ihm die zündende Idee: Er würde Laura einfach vorschlagen, mitzugehen. Nahm sie den Vorschlag an, war es in Ordnung; wenn nicht, konnte er die Herausforderung, endlich zu beweisen, was in ihm steckte, unbelastet annehmen.

Der Plan gefiel ihm, er barg die Lösung des Problems, mit dem er sich seit einiger Zeit herumschlug.

Vage wunderte er sich, wieso ihn die Vorstellung, daß

Laura ihn möglicherweise verlassen könnte, so wenig entsetzte; sie war austauschbar geworden – nicht gegen eine andere Frau, aber gegen etwas anderes.

Was dieses »andere« war, hätte er nicht genau zu sagen gewußt. Es hatte mit Selbstbestimmung zu tun, mit Luft zum Atmen, mit Freiheit.

Hinter seinem Bier hockend, gab er sich dem Gefühl hin, daß sein Leben behindert worden war, solange er denken konnte. Er trank das letzte Glas nur zur Hälfte, stand auf und zahlte.

Es war zehn Uhr, Laura wartete.

Am nächsten Morgen verschliefen sie. Vielleicht hatte es damit zu tun, daß Phil, wie so oft in der letzten Zeit, noch einmal aufgestanden war, nachdem er sich eine Weile schlaflos herumgewälzt hatte.

»Ich seh' mir noch den Spätkrimi an!«

»Ist gut«, hatte Laura gesagt und sich ihrerseits schlaflos gewälzt, die Hand auf das leere Kopfkissen neben sich gelegt.

Jetzt goß Phil im Stehen seinen Kaffee hinunter und küßte Laura im Vorbeigehen auf die Wange.

»Heute abend gehen wir aus«, versprach er ihr ohne rechte Begeisterung. Er hatte vorgehabt, sie zum Essen auszuführen und ihr dann, sozusagen zum Espresso, den Vorschlag zu machen, zusammen ins Ausland zu gehen; aber heute morgen spürte er den Schmerz in der Schläfe so intensiv, daß ihm die Idee nicht mehr so verlockend erschien wie am gestrigen Abend.

Laura öffnete den Mund, um etwas zu sagen, aber Phil

winkte ab. »Jetzt nicht«, sagte er mit einem hastigen Blick auf die Uhr.

Laura hörte, wie sich die Fahrstuhltür hinter ihm schloß, ging ins Schlafzimmer und stellte sich an das geöffnete Fenster.

Unten hielt gerade die Straßenbahn an der Haltestelle. Phil kam aus dem Haus und überquerte suchenden Blickes die Fahrbahn. An Vormittagen wie heute, an denen er sich gehetzt und überfordert fühlte, konnte es vorkommen, daß er sich nicht gleich erinnerte, wo er am vorigen Abend das Auto geparkt hatte.

»Phil!« Wie ein Hilfeschrei drang Lauras Stimme durch den Verkehrslärm.

Er drehte sich um und warf einen Blick zu ihr hinauf.

»Ich bin schwanger!«

Er legte den Kopf in den Nacken und deutete an, nicht verstanden zu haben.

Sie legte die Hände trichterförmig um die Lippen. »Ich-bin-schwanger!«

Die Tram Richtung Flughafen, gefolgt von der Tram, die zum Südbahnhof fuhr, versperrten die Straße. Es folgten zwei dröhnende Laster, die Bauschutt geladen hatten.

Als die Sicht endlich frei war, hatte Laura das Fenster geschlossen.

35

Sehnsucht

Es war klar, daß sie ihr Kind nicht in der Textorstraße großziehen konnten. Der vage Wunsch, die Stadt zu verlassen und wieder aufs Land zu ziehen, hatte endlich einen konkreten Grund.

Phil zog seine Bewerbung für den Job im Ausland zurück. Als er mit der Geschäftsleitung sprach, hatte er einen bitteren Geschmack im Mund, so als ob das Schicksal ihm einen Streich gespielt hätte. Gleichzeitig fühlte er so etwas wie Erleichterung, sich der Herausforderung nicht stellen zu müssen. Auch das quälende Gefühl der Unentschlossenheit war verschwunden.

Als er die Chefetage verließ und mit dem Lift zurück in den zweiten Stock fuhr, fühlte er sich befreit.

Dessenungeachtet spürte er keine Freude bei dem Gedanken, zum viertenmal Vater zu werden; aber so, wie sein Leben mit Laura zuletzt gewesen war, hatte es ihm auch nicht gefallen. Vielleicht würde ein Kind über die Trauer hinweghelfen, die sich in Laura eingenistet und ihr den Schwung geraubt hatte. Und vielleicht würde es dem gemeinsamen Leben endlich einen Inhalt geben.

Auf Laura hatte die Schwangerschaft eine positive Wirkung. Sie betrieb die Haussuche mit jener Energie, die ihr in letzter Zeit verlorengegangen war. Sie spürte wieder die Leidenschaft ihrer jungen Jahre, als sie sich, die Annonce in der Hand, dem Haus näherte, das sie heute besichtigen wollte. Dies war im Grunde immer das Wesentliche gewesen: ein Haus suchen, kaufen, einrichten. Es gab nichts Vergleichbares.

Die alte Villa, die sie heute besichtigte, erschien ihr so vertraut, als ob sie sie schon einmal bewohnt hätte, vor langer Zeit, in einem früheren Leben. Es war das fünfte Objekt nach einer Serie von Fehlschlägen, bestehend aus trüben Gebäuden aus den Siebzigern, billig hochgezogen und ohne jeden Reiz.

Ein Haus aber mußte alt sein, es mußte etwas erlebt haben, Geheimnisse in den Mauern bergen und diesen ganz bestimmten Zauber der Vergänglichkeit ausstrahlen.

Dieses hier hatte sogar einen Namen: *Villa Elfrida*. Laura kannte niemanden, der so hieß; aber allein die Tatsache, daß ein Haus überhaupt einen Namen hatte, zeugte davon, daß es geliebt worden war. Die *Villa Elfrida* hatte zuletzt einem Maler gehört, der aus dem Taunus in die City gezogen war, und stand seit einigen Monaten leer. Der Makler hatte Laura den Schlüssel ausgehändigt und sie gebeten, das Haus allein zu besichtigen, was sie gerne tat. Es gab nichts Schöneres, als ungestört durch alte Häuser zu streifen. Es war mehr als nur spannend, es war abenteuerlich.

Mit klopfendem Herzen öffnete Laura die Tür, betrat die geräumige Diele mit der verblichenen Rosentapete und der geschwungenen Holztreppe und war bereits verloren: Dieses Haus hatte auf sie gewartet.

Sie durchquerte die Küche und trat ans Fenster. Durch einen Urwald kaum gebändigter Pflanzen fiel ihr Blick auf einen überwucherten Seerosenteich. Über dem Spiegel des Wassers flogen Wolkenfetzen hinweg, die Gräser bogen sich im Wind. Laura sah auf die mannshohen Rhododendren, die alten Rosenbüsche und die verrottete Bank unter der Weide.

Dies alles war ihr so vertraut, als ob sie die Rosen selbst gepflanzt, die alte Bank selbst aufgestellt hätte. Sie sah Jan unter der Weide sitzen, zwei kleine Jungen mit verkratzten Knien ließen Papierschiffchen zu Wasser. Sie hörte ihr Lachen.

»Aber die Liebe habe ich nicht gekannt, bevor du durch meine Tür kamst...«

War es so gewesen?

Laura drehte sich vom Fenster ab, um den Schmerz nicht zu fühlen, aber jetzt sah sie die Chromregale in der Küche, sie sah die beiden Warhols an der Wand und hörte das Zischen der Espressomaschine. Sie roch den Duft, der dem heißen Waffeleisen entströmte, und sah den Stoff, der Martins magere Schultern bedeckte.

»Ich hatte andere Männer, und ich habe ihnen in die Augen geschaut ...«

»In diesem Jahr werden wir nicht in die Toskana fahren...«

»Fränkis Eltern lassen sich scheiden...«

Sie verließ die Küche und durchquerte die Diele. Der Duft frischer Waffeln folgte ihr.

Der Wohnraum war großzügig. Er hatte einen runden Erker, vielfach unterteilte Terrassentüren führten in den Garten. Die üppigen Pflanzen wuchsen fast ins Zimmer herein und erzeugten eine diffuse, unwirkliche Atmosphäre.

Unterwasserlicht...

Vor das Fenster, dachte Laura, gehört ein italienisches Sofa und an die Wand eine alte Kommode mit einem Spiegel darüber. Der Spiegel würde den Schein der Kerzen verdoppeln und die Blüten der Rosen, vermischt mit dem dunklen Laub der Rhododendren. Laura lehnte sich gegen die Wand und schloß die Augen.

»Aber die Liebe habe ich nicht gekannt...«

Durch ihre Phantasie flimmerte ein Bett mit einem grünsamtenen Kopfteil, und mit einemmal erschienen ihr die Liebe zu Jan und die Liebe zu Phil als gleichermaßen unbedeutend. Im Grunde waren es immer *Dinge* gewesen, die sie wirklich geliebt hatte.

Am Abend zeigte sie Phil den Grundriß des Hauses und die schöne Außenansicht im Foto.

»Ich will kein Haus, das renovierungsbedürftig ist«, sagte er. »Bis wir die Bude in Schuß gebracht haben, ist unser Sohn groß, und wir sind alt und klapprig.«

»Aber sieh es dir doch wenigstens an«, schmeichelte Laura. »Allzuviel ist gar nicht zu machen, und es hat große Vorteile.«

»Welche denn?« fragte er mißtrauisch.

»Die Lage, das Grundstück, der gewachsene Garten...«

»Hab' mich nie sonderlich für Gartenpflege interessiert«, sagte er. »Außerdem hab' ich schon mal ein altes Haus in Schuß gebracht, die reinste Schinderei. Als alles fertig war, haben wir es verlassen.«

Laura wußte, daß er von der Styga sprach, und die Worte klangen wie ein böses Omen.

»Mit mir wirst du bleiben«, sagte sie. »Laß uns ein wirkliches Zuhause schaffen, es ist so wichtig für uns beide und für...«

»Oh, es lag nicht an Britta«, unterbrach er sie böse.

»Das habe ich auch nicht gesagt.«

»Aber gedacht! – Sag mal, was riecht hier denn so?«

»Wie?«

»Hier riecht's wie auf dem Jahrmarkt, warte – frische Waffeln.«

»Ich rieche nichts«, sagte sie.

»Dann ist dein Geruchssinn nicht in Ordnung!«

»Mit mir ist überhaupt einiges nicht in Ordnung.«

»Scheint mir auch so!«

Sie ging in die Küche und setzte das Teewasser auf. Sie hatte Phil noch nie so verbittert erlebt. Und so ungerecht.

Sie schnupperte in die Luft und knallte das Fenster zu, eine Notwehr gegen die nachbarlichen Küchendünste, aber der Geruch nach frischen Waffeln ließ sich nicht vertreiben. Er umwehte sie wie ein persönlicher Duft.

Sie ging ins Zimmer zurück und stellte die Tassen auf den Tisch. »Wenn du das Haus nicht ansehen willst, dann lassen wir es eben«, sagte sie mühsam beherrscht. »Kein Grund zur Aufregung!«

»Angucken können wir es ja«, lenkte er ein. »Vielleicht ist es wirklich ein Schnäppchen.«

Wie um Verzeihung bittend, fuhr er ihr mit der Hand durch die Haare, die sie in der letzten Woche zentimeterkurz hatte schneiden lassen. Phil beschlich die Ahnung, daß ihre Manie, zum Friseur zu gehen und jedesmal mit einer anderen Frisur nach Hause zu kommen, bereits krankhaft war.

»Warum läßt du dein Haar nicht wachsen?« fragte er sie. »Halblang und blond hat es mir immer am besten gefallen. Weißt du, so wie du damals...«

»Ich weiß, daß ich alles verkehrt mache!«

Unvermutet brach sie in Tränen aus. Sie stürzte ins Schlafzimmer und schlug die Tür hinter sich zu.

Nachdenklich trank Phil den Tee, die Augen auf die geschlossene Schlafzimmertür gerichtet.

Er konnte sich nicht daran erinnern, daß Britta während ihrer Schwangerschaften jemals nervös gewesen war. Sie hatte lediglich einen Heißhunger auf Süßes gehabt, und es war äußerst angenehm gewesen, daß zu den gewissen Zeiten immer eine köstliche Torte, frisch zum Anschnitt, in der Küche stand. In seinem Leben mit Laura hatte es niemals Kuchen gegeben, das fiel ihm jetzt zum erstenmal auf.

Dennoch schwebte heute ein merkwürdig süßlicher Duft in der Luft.

Als sie sich der Villa zum zweitenmal näherte, diesmal zusammen mit Phil, war es ihr, als betrete sie bereits ihr eigenes Zuhause. Mit geheimnisvoller Miene drehte Laura den Schlüssel im Schloß. Liebevoll strich sie mit der flachen Hand über die alte Haustür.

»Echte Handwerkskunst«, sagte sie werbend. »Eiche!«

»Verzieht sich leicht«, brummte er.

Sie betraten die Diele.

In schrägen Bahnen fiel Sonnenlicht auf die alte Treppe und ließ die Rosentapete schimmern.

»Schau nur, wie schön!«

»Hm!«

Wortlos ging er in die Küche und drehte den Wasserhahn auf. Es gurgelte und stöhnte in der Leitung, dann tropfte ein wenig braunes Wasser in den Ausguß. Er drehte den Hahn wieder zu und schaute in den Garten.

»Ohne Gärtner nicht in Schuß zu halten«, sagte er.

Schweigend gingen sie hinauf in die oberere Etage.

Phil warf kurze Blicke in die einzelnen Räume und hastete dann die Treppe hinunter. Er durchquerte die Diele und lief ins Freie.

Draußen lehnte er sich aufatmend gegen die Hauswand.

»Grauenhaft«, sagte er. »Hier würde ich nie einziehen, und wenn es umsonst wäre. Das ganze Haus stinkt nach Vergangenheit. Faul, modrig, gespenstisch, in jedem Zimmer eine Leiche.«

Mit schnellen Schritten gingen sie ans Ende der Straße, wo sie den Wagen geparkt hatten.

Laura ahnte, warum Phil es so eilig hatte, aus der Nähe der alten Villa zu kommen. In Wirklichkeit floh er vor dem Haus, in dem sie siebzehn Jahre lang glücklich gewesen war und in dem sich ihr junges, ihr eigentliches Leben abgespielt hatte, ein Leben, an das sie wieder anknüpfen wollte. Die Zeit in der Textorstraße war nur ein Zwischenspiel gewesen.

Ein Scherz – oder ein Irrtum.

Wie kam es, daß sie das Vergangene suchten, vor dem sie doch geflohen waren?

Nach der Pleite mit der *Villa Elfrida*, die Laura Phil so übelnahm, daß sie sich weigerte, in der nächsten Woche auch nur ein einziges Haus zu besichtigen, übernahm Phil die Begutachtung der Objekte, die der Makler ihnen anbot.

Das Haus, das er schließlich in Erwägung zog, war ein Fertighaus in einem älteren Neuerschließungsgebiet, Neuweststein zum Verwechseln ähnlich. Der Garten war fünfzehn Jahre alt. Die Bäume hoch, die Hecken boten den nötigen Sichtschutz.

»Hier zieh' ich nicht ein«, sagte Laura entschieden. »Ich hasse diese Papphäuser aus dem Versandkatalog, diese Hundehütten, in denen man sich nicht drehen kann.«

»Wir haben zu fünft in einem solchen Haus gewohnt und uns durchaus drehen können«, sagte er.

»Deshalb bist du ja auch geflohen«, konterte sie. »Ich frage mich wirklich, warum.«

Das fragte er sich auch, aber er behielt den Gedanken für sich. Es lag nicht an Laura, es lag an etwas anderem, daß ihm an manchen Tagen die Sehnsucht die Luft zum Atmen nahm.

Auch Laura kannte dieses Gefühl.

Aber mit Hilfe der *Villa Elfrida*, dachte sie, hätte sie es vielleicht stillen können.

36

Zypressen

Das Haus, für das sie sich schließlich, erschöpft vom Suchen, entschieden, war ein Bungalow aus den sechziger Jahren.

Weder für Phil noch für Laura barg es eine Erinnerung. Es war ein Haus ohne Geheimnis, das offen zu seiner Häßlichkeit stand: Vier Wände, ein Flachdach. Pflegeleicht!

Der Garten war auf drei Pflanzenarten reduziert: Rasen, drei Wacholder, als Sichtschutz eine Reihe Zypressen. Waschbetonplatten führten zum Haus.

»Hier werden wir wenig Arbeit haben«, sagte Phil und blickte durch die Panoramascheibe hinaus in den Garten. »Die freie Rasenfläche ist herrlich zum Spielen...«

»Ja«, sagte Laura.

Sie legte den Kopf in den Nacken und musterte die Decke.

Der letzte Besitzer hatte verzweifelt versucht, der Nüchternheit des Hauses etwas entgegenzusetzen, und alle Zimmerdecken mit holzimitierenden Kunststoffplatten beklebt. Für den großen, quadratischen Wohnraum hatte er gelbliche Plastikesche gewählt. An der Stirnwand des Zimmers gab es eine Durchreiche zur Küche, die mit Mosaiksteinen belegt war. Die Steinchen ergaben ein Bild: dampfender Teetopf.

Die Küche selbst war geräumig und hell. Auch die Wand

hinter der Spüle bestand aus einem Mosaik: Ein Fries aus Tassen sorgte für Aufmunterung. Die Arbeitsplatte endete in jenem Schwung, ohne den schon die Fünfziger nicht ausgekommen waren. Durch das quadratische Fenster blickte man auf die Wacholderbüsche.

Im Bad bestand eine ganze Wand aus Glasbausteinen, die den Raum in diffuses Licht hüllten. Die Fliesen, mattbeige, wurden durch Motivkacheln aufgelockert. Über der Wanne standen sich zwei stilisierte Flamingos gegenüber.

»Das Bad werden wir natürlich renovieren«, sagte Phil. »Alles in Weiß, was hältst du davon?«

»Schön«, sagte sie.

»Die Instandsetzung der alten Villa hätte uns ruiniert. Jetzt bleibt uns Geld für eine gemütliche Einrichtung.«

»Gut«, sagte sie.

Sie gingen zurück in den Wohnraum und schauten wieder hinaus auf die Zypressen. Stumm gaben die Bäume den Blick zurück.

»Den Garten können wir natürlich umgestalten«, sagte Phil. »Nach und nach...«

»Klar«, sagte Laura.

»Hast du das Kinderzimmer gesehen?« fragte er. »Ungewöhnlich groß.« Er versuchte zu scherzen: »Da passen glatt drei Kinder rein.«

Er nahm sie in die Arme, und sie schmiegte sich an ihn und schloß die Augen. Sie spürte die Wärme seiner Haut durch den Stoff seines Hemdes.

Bloß nicht heulen, dachte sie. Es ist nur die verdammte Schwangerschaft, nichts weiter.

»Wir müssen künftig eine Stunde früher aufstehen«, sagte

er. »Was den Weg zur Arbeit betrifft, hab' ich's ja nicht mehr so gut wie früher!«

»Ja, schade«, sagte sie.

»Aber«, wieder ließ er den Blick über den Garten schweifen, »die Lage ist gut. Flachhausen liegt nur fünf Minuten von der Autobahn entfernt, eigene Zufahrt, das hebt den Wiederverkaufswert.«

»Aber wir wollen doch bleiben«, erinnerte sie ihn.

»Ich mein' ja auch nur«, sagte er.

Hand in Hand traten sie auf die Terrasse hinaus. Hinter der Zypressenreihe war die Straße, hinter der Straße das freie Feld, am Horizont ein Streifen Wald.

»Unverbaubare Aussicht«, sagte Phil.

»Das ist ein Vorteil«, sagte sie.

Von der A 5 hörten sie das Dröhnen des Abendverkehrs.

»Nur fünf Minuten bis zur Autobahn«, wiederholte er.

Nachdem sie eingezogen waren, nahm Laura das Intensivstudium von Wohnzeitschriften wieder auf. Sie stellte fest, daß der Verschönerungstrieb noch lebendig war, ein Suchtnerv, den man nur anzutippen brauchte. Sie machte Entwürfe, wie man dem Bungalow das Grauen nehmen und ein heiteres Zuhause schaffen konnte. Nachdem sie Phil zuliebe auf die *Villa Elfrida* verzichtet hatte, stellte er sich ihren Wünschen nicht mehr entgegen. Er bemühte sich, jenes Interesse zu zeigen, das Laura von ihm erwartete.

Aber es kam immer öfter vor, daß es Brittas Stimme war, die ihm die Teppichmuster anpries und einzuhämmern versuchte, daß ein großes weißes Segel auf der Terrasse das Optimale sei.

»Nur keine spießige Markise, Phil, das halt' ich nicht aus! Und bitte keine von diesen häßlichen weißen Plastiksesseln.«

»Sind aber wetterfest und bequem!«

Wann hatte er diesen Satz schon einmal gesagt? Es schien ihm, als sei es erst gestern gewesen.

»Und dann dachte ich, daß wir alle Außenmauern mit wildem Wein beranken lassen. Das macht im Herbst ein bißchen Arbeit, nimmt aber dem Haus die Strenge.«

Er hatte nichts dagegen.

Marie-Lies wurde am 10. Oktober geboren.

Phil brauchte eine Weile, ehe er sich daran erinnerte, warum dieses Datum schon einmal eine Rolle in seinem Leben gespielt hatte, bis ihm wieder einfiel, daß an dem gleichen Tag seine erste Tochter, Sandra, geboren worden war. Es war ein ebenso sonniger Herbsttag gewesen wie heute, und Britta hatte ihm, umgeben von einem Meer von Blumen, strahlend entgegengelacht. Wie ein rotbackiger Apfel hatte sie mit ihren roten Haaren und dem Gesicht voller Sommersprossen auf dem weißen Kissen ausgesehen. Er erinnerte sich bis heute an die warme Welle von Liebe, die ihn überflutet hatte, als er sich hinuntergebeugt und sie geküßt hatte. An die Geburten seiner beiden anderen Töchter konnte er sich nicht mehr genau erinnern. Die Bilder dieser Ereignisse flossen ineinander, und nur bei Lisa, seiner Letztgeborenen, war ein weiteres Gefühl hinzugekommen: das einer vagen Enttäuschung.

Laura bemühte sich, die Geburt von Marie-Lies in keinen Zusammenhang mit den beiden Entbindungen zu stellen, die sie schon hinter sich hatte. Sie beteiligte sich nicht an den Gesprächen der anderen Frauen, die detailliert ihre Erfahrungen zum besten gaben.

»Bei Thomas ging es ja schnell, aber bei Felizitas ... nie wieder, hab' ich gesagt, nie wieder!«

»Ist es Ihr erstes Kind?« fragte Lauras Bettnachbarin, und Laura hätte nicht zu sagen gewußt, weshalb sie diese Frage bejahte. Wahrscheinlich fehlte ihr die Kraft, ihre ganze Lebensgeschichte zu erzählen.

»Na, da haben Sie ja Glück gehabt, bei Spätgebärenden bleibt immer ein Risiko, vor allem, wenn es das erste Mal ist!«

»Sicher«, sagte Laura.

»Haben Sie sich ein Mädchen gewünscht? Oder wäre Ihnen ein Sohn lieber gewesen?«

»Ein Mädchen ist schon in Ordnung!« sagte Laura.

»Na, ich sag' immer, Hauptsache gesund!«

»Wie recht Sie haben«, sagte Laura.

Sie überlegte, ob ihr das Entbindungsgeschwätz bei ihren beiden ersten Klinikaufenthalten auch so auf die Nerven gefallen war, aber sie wußte es nicht mehr. Sie erinnerte sich nur daran, daß sie ständig Besuch gehabt hatte und ihr Bett von Familie und Freunden umlagert gewesen war.

Diesmal kam nur Phil.

Er gab sich Mühe, seine Enttäuschung, zum viertenmal Vater einer Tochter geworden zu sein, nicht zu zeigen. Der Anblick des fremden Babys auf dem Arm der Säuglingsschwester berührte ihn merkwürdig wenig. Wahrscheinlich hätte er es nicht einmal bemerkt, wenn sie ihm am nächsten Tag ein anderes Kind gezeigt hätte.

Als Laura den Namen Marie-Lies vorschlug, widersprach er nicht. Obwohl »Lies« ihn stark an »Lisa« erinnerte.

Im Grunde war alles egal.

Phil befand sich in einem merkwürdigen Zustand der Zeitlosigkeit, alles neu Erlebte verband sich mit dem bereits Vergangenen zu einem verschwommenen Bild, und als er Laura und Marie-Lies nach Hause holte, empfand er eher Furcht als Freude. Er hatte im Moment viel Streß im Betrieb, er brauchte seinen Schlaf und fürchtete sich vor den unruhigen Nächten. Als er sich am Abend vorsichtig der Wiege näherte, in der Marie-Lies schlief, war ihm, als könne er dieses fremde Kind nur als sein eigenes betrachten, wenn er es in eine Reihe mit seinen anderen Töchtern stellte; aber die Mutter hieß Laura, und sie erwähnte den Umstand, daß sie beide bereits mehrfache Eltern waren, nicht gern.

Es fiel Phil sehr schwer, die Erfahrungen, die er bereits gemacht hatte, nicht ins Gespräch zu bringen, aber er hielt sich zurück.

»Ich muß sehen, daß er ein guter Vater wird«, dachte Laura, den gleichen Satz, den fünfzehn Jahre zuvor auch Britta gedacht hatte. »Ich muß ihn von Anfang an an die neue Rolle gewöhnen.«

Und so drückte sie ihm das Bündel in den Arm, sobald er am Abend das Haus betreten hatte, und steckte die jeweils neuesten Fotos von Marie-Lies in seine Brieftasche.

37

Am Horizont ein Streifen Wald . . .

Es dauerte lange, bis Laura das Gefühl loswurde, das Haus würde sie persönlich ablehnen. Der vorige Besitzer war ein stumpfer Trinker gewesen, bewacht von seiner Frau, deren Lebensinhalt es gewesen war, nichts von dem Elend, das sich im Inneren des Hauses abspielte, nach außen dringen zu lassen. Manchmal hatte Ria vor dem Fenster gestanden und auf die Zypressen geschaut und sich der Zeit erinnert, als das Haus gebaut und die Bäume gepflanzt worden waren. Nach der Anweisung eines Heimwerkerbuches hatte Erwin die Mosaiksteinchen in der Durchreiche selbst verlegt, und sie hatte die Motivkacheln mit den Flamingos ausgesucht.

Beim Bekleben der Zimmerdecke mit den Platten aus Plastikesche war Erwin von der Leiter gestürzt und hatte sich die Schulter verrenkt. Damals war er zum erstenmal schon am Vormittag betrunken gewesen.

Von diesem Tag an begann Ria ihn zu bewachen. Einmal in der Woche wurde der Rasen gemäht, sonst bekamen die Nachbarn sie nur zu Gesicht, wenn sie neue Flaschen vom Supermarkt nach Hause trug. Das Auto hatten sie aufgeben müssen, nachdem Erwin einen schweren Unfall gehabt und seinen Job verloren hatte. Zur selben Zeit, als der Tante-

Emma-Laden geschlossen wurde, schloß auch der örtliche Supermarkt. Da waren Erwin und Ria gezwungen gewesen, ihr Haus aufzugeben und sich in der Stadt eine Wohnung zu suchen.

»Ein Haus«, dachte Laura tapfer, wenn sie morgens, nachdem Phil abgefahren war, fröstelnd in der noch nicht fertig eingerichteten Küche stand und auf den Mosaikfries mit den Henkeltassen starrte, »ist wie ein Paar Schuhe. Es kneift am Anfang ein bißchen, und es braucht eine Weile, bis es sitzt.«

Man mußte die Geister erst vertreiben, die die Vorgänger hinterlassen hatten. Aber sie litt unter der ungewöhnlichen Stille, die sie hier draußen umgab. Der Wind strich durch die Zypressen und jagte die Wolken über den Himmel, sonst war alles stumm. Laura vermißte das Leben unter den Fenstern der Wohnung in der Textorstraße und das Klingeln der Straßenbahn. Sie war es gewohnt, Einkäufe rasch und nur für den täglichen Bedarf zu erledigen und dabei in das lebendige Treiben der City einzutauchen. Jetzt mußte sie warten, bis Phil sie samstags zu dem großen Dienstleistungs- und Einkaufscenter fuhr, wo sie den ganzen Vormittag brauchten, um für die kommende Woche einzukaufen. Der ewige gleiche Blick in den Garten erzeugte überdies ein Gefühl der Isolation.

An manchen Tagen, wenn das Baby schlief, außer dem Summen des Kühlschranks kein Laut zu hören war und Laura den Eindruck hatte, daß selbst die Flamingos im Bad ihr feindlich gesinnt waren, erinnerte sie sich an jene Zeit, in der der Zauber ihrer Liebe groß genug war, selbst Scheußlichkeiten wie rosa Plastikeinsätze in Schubladen und Gläser mit

Abziehbildern witzig und reizvoll zu finden. Die Dinge hatten keine Macht über sie gehabt, und als sie Phil zum erstenmal in jenem trostlosen Apartment über den Dächern der Stadt besucht hatte, war die Magie groß genug gewesen, das Zimmer so zu verwandeln, daß die Erinnerung daran sie noch heute wärmte. Aber sie waren dort gelandet, wo schließlich die meisten landeten: Äußerlichkeiten übernahmen die Macht.

Was geblieben war, war die Freude, die Laura noch immer fühlte, wenn Phil abends nach Hause kam. Sie hörte den Motor seines Wagens schon von weitem und sah, wie sich die Scheinwerfer näherten, und hörte das Schlagen des Garagentores und der Autotür.

Und noch nie hatte er sie abgewehrt, wenn sie ihm entgegenlief und ihre Arme um seinen Hals schlang.

»Wenn die Möbel geliefert sind, wird es dir bessergehen«, sagte er. »Unglaublich, diese langen Lieferzeiten!«

Die wenigen Möbel aus der Textorstraße standen verloren in den Räumen und wirkten in der Geradlinigkeit des Hauses wie Spielzeug aus einer anderen Zeit.

»Es wird schon werden«, sagte Laura. »Wenn der Frühling erst da ist.«

»Dann werden wir hier richtig loslegen«, sagte Phil. »Die Hälfte der Zypressen fliegt raus, und wir setzen etwas Blühendes in die Lücken, Flieder und Jasmin. Rechts von der Terrasse könnte man einen kleinen Teich anlegen«, fügte er hinzu. »Ich mag es gern, wenn sich der Himmel im Wasser spiegelt.«

»Damit müssen wir warten, bis Marie-Lies größer ist«, sagte Laura. »Für Kleinkinder ist das zu gefährlich.«

»Daran habe ich nicht gedacht«, sagte er.

Laura hob das Baby aus dem Körbchen und drückte es Phil in den Arm. Ohne ein Lachen richtete Marie-Lies die Augen auf Phils Gesicht. Sie war ein stilles und ein sehr ernstes Baby.

Phil wunderte sich sehr, daß sie rote Haare hatte, wie seine anderen Töchter auch. Laura war sogar ein wenig erschrokken darüber. Sie forschte nach, ob irgendein Mitglied ihrer Familie jemals rote Haare gehabt hatte, aber es gab niemanden.

»Blond und schwarz gibt rot«, sagte sie sich schließlich, aber das war natürlich Unfug.

Nach Weihnachten wurde Laura von der Schwermut gepackt. Sie war wie gelähmt, und wenn sie Marie-Lies versorgt hatte, lag sie auf dem Sofa und sah sich Talk-Shows an. Sie fühlte sich außerstande, etwas Sinnvolles zu tun oder den Kinderwagen durch die menschenleeren Straßen zu schieben. In Oberursel waren die Straßen nie so verlassen gewesen, oder doch?

»Beim zweitenmal klappt's besser, heute mein Thema!« sagte Christine Carsten, die in einem nunmehr schneeweißen Studio hofhielt. »Frau Hammerschmidt, Sie sind zum zweitenmal verheiratet und haben die Erfahrung gemacht, daß es besser klappt als beim ersten Versuch, woran liegt das?«

»Mein zweiter Mann ist netter«, sagte Frau Hammerschmidt.

Christine Carsten gab sich erstaunt.

»Wie, netter?«

»Mein erster Mann kam abends erst um elf nach Hause, und am Wochenende hat er sich regelmäßig betrunken.«

»Und Ihr zweiter trinkt nicht?«

»Der geht samstags mit mir essen.«

Christine Carsten lachte.

»Na, daran sollten andere Männer sich ein Beispiel nehmen! Frau Schulze, auch bei Ihnen war die erste Ehe eine Art Generalprobe, und erst die zweite...«

Laura saß auf dem Sofa und strickte. Allein das Berühren der weichen Wolle war wie ein Trost. In Gedanken war sie jetzt oft in ihrem früheren Leben in Oberursel. Sie sah Jan an seinem Zeichentisch sitzen und hörte das Telefon läuten.

Hier blieb das Telefon stumm.

Natürlich hatten sie Britta und Jan die Geburt von Marie-Lies mitgeteilt.

»10. Oktober: Ankunft Marie-Lies!« Ninon starrte die Anzeige an wie ein Rätsel, dessen Sinn sie nicht verstand.

»Fehlen nur noch Kim und Sandra, dann hat er sein früheres Leben wieder beisammen.«

»Er wohnt ja auch wieder in einem Haus im Grünen«, sagte Britta und richtete den Blick hinaus in den Garten. »Und ich dachte, daß es gerade die angebliche Vorstadttristesse gewesen sei, die ihn von hier vertrieben hat.«

»Er weiß einfach nicht, was er will«, sagte Ninon. »Was denkst du, sollen wir die junge Familie einmal einladen?«

»Können wir machen«, sagte Britta, aber sie wußte, daß sie es niemals tun würde. Ein nicht näher erklärbares, dunkles Gefühl hielt sie davon ab. Eine Art Schutzinstinkt, ihr jetziges Leben betreffend.

Sie steckte die Anzeige an die Pinnwand für allgemeine Familiennachrichten.

Die Neuigkeit, eine kleine Schwester zu haben, sorgte ein paar Tage für Gesprächsstoff unter den Mädchen, und sie nahmen sich vor, die »junge Familie« einmal zusammen zu besuchen, aber irgendwie kamen sie nicht dazu. Sie waren zu sehr beschäftigt mit ihrem eigenen Leben. Sandra war im Sommer fünfzehn geworden und in einen Jungen namens Billi verliebt, Kim war im Herbst zu den Pfadfindern gegangen, und Lisa fieberte ihrem Eintritt ins Gymnasium entgegen. Alle, einschließlich Timm Fischer, waren mit den Plänen für das Sommerhaus im Spessart beschäftigt. Immer kam etwas dazwischen, wenn sie sich vorgenommen hatten, die neue Schwester endlich einmal in Augenschein zu nehmen.

Phil schrieb schließlich eine Karte an Britta, auf der er seinen Besuch ankündigte: »Marie-Lies und ich würden Euch gerne einmal besuchen.«

»Wir kommen lieber zu Dir«, schrieb Britta zurück. »Alle zusammen!«

Aber sie kamen nicht.

Auf Jan hatte die Nachricht von Marie-Lies' Geburt eine bestürzende Wirkung. Eine Narbe, die er verheilt wähnte, brach unvermittelt wieder auf. Er fand den rosagefütterten Brief Samstag morgens in seinem Briefkasten vor, als er bepackt mit Tüten aus dem Supermarkt kam. Lianne war zum erstenmal allein verreist, sie besuchte ihre Mutter in Norddeutschland, und Martin verbrachte das Wochenende bei seiner Freundin, einem sagenhaften Geschöpf, das Jan noch nie zu Gesicht bekommen hatte.

Er riß das Kuvert auf und las: »10. Oktober: Ankunft Marie-Lies.«

Die Mitteilung fiel wie ein Bleigewicht in seinen Magen.

Er saß auf dem Sofa und starrte ins Zimmer. Die Decke auf dem Tisch war ein wenig verrutscht, über der Sessellehne hing Liannes Strickjacke. Auf dem Sekretär stand eine Vase mit lila und weißen Astern. Laura hatte die Astern immer mit Rosen gemischt, lila Astern und rosa Rosen, komisch, daß ihm das gerade einfiel.

Ankunft Marie-Lies.

Er hörte noch Lauras Lachen, wenn er gelegentlich davon gesprochen hatte, sich zu den Söhnen eine Tochter zu wünschen, eine Marie-Lies, die ihm gehören sollte, wogegen Martin und Markus immer ein wenig Lauras Söhne gewesen waren.

Ankunft Marie-Lies.

Wieder hörte er Lauras Lachen und fühlte sich wie in einem Sturzbach. In rasender Geschwindigkeit rauschten Bilder jener Gegenstände an ihm vorüber, die einmal zu seinem Leben gehört hatten: die italienischen Sofas und die Glastische, die Zimmerpalmen und Teppiche, die Bilder und Bücher, die verchromten Regale, die Designergeräte und die Warhols, die antiken Spiegel und die Keramikfliesen.

Er sah die Büsche und Bäume, die Rosenkugeln und den Teich mit den Wasserlilien, so als ob er sie gerade erst verlassen hätte. Keinen der Gegenstände, die ihn hier täglich umgaben, hätte er beschreiben können.

Wieder hakte sich sein Blick an der Vase mit den Astern fest. Laura hätte sie mit Rosen gemischt oder mit roten Hagebutten.

Ankunft Marie-Lies.

Die Gedanken wirbelten im Kreis.

Laura hatte kein weiteres Kind mit ihm haben wollen, und sie wollte nie wieder draußen im Grünen leben. Nun schob sie einen Kinderwagen durch einen öden Ort namens Flachhausen.

Jan holte den Atlas und suchte diesen Ort.

Marie-Lies-in-Flachhausen, das ergab fast eine kleine Melodie.

Laura-Phil-und-Marie-Lies-Jakobsen-Sandweg-14-in-Flachhausen.

Er beschloß, den morgigen Tag für einen Ausflug zu nutzen.

»Marie-Lies und Eltern freuen sich über einen Besuch«, hatte Laura auf die Rückseite der Anzeige geschrieben, aber er wollte Marie-Lies nicht besuchen. Er wollte nur das Haus sehen, in dem sie aufwuchs.

Der Bungalow am Sandweg lag wie tot hinter der Zypressenreihe.

In keinem der Zimmer brannte Licht. Es war fünf Uhr nachmittags, und die Straßenbeleuchtung schaltete sich gerade ein. Von dem flachen Dach des Hauses hob sich die Fernsehantenne scharf gegen den Himmel ab.

Jan starrte auf die Zypressen und suchte eine Verbindung zwischen dem Haus, dem Garten und der Frau, mit der er siebzehn Jahre verheiratet gewesen war.

Er ging die Straße hinauf, entlang an Häusern, die ebenso nackt auf ihren Grundstücken standen wie die häßliche Schuhschachtel, in der Laura jetzt wohnte. Keines der Häuser war erleuchtet, bei den meisten sogar die Jalousien herabgelassen.

Wieder starrte er auf das Haus Nummer vierzehn und hörte Doras Stimme: »Aber warum konnte dieser Mann einfach auftauchen und die Macht ergreifen?«

Die Antwort auf diese Frage fiel ihm jetzt, fünf Jahre später, auf einer dunklen Straße in Flachhausen stehend, plötzlich ein: Er hatte all die Jahre nicht gewußt, wer Laura wirklich war.

38

Küchendesign

Mit der Zeit gelang es Laura, aus dem Bungalow in Flachhausen ein wirkliches Zuhause zu machen. Die in der Textorstraße lahmgelegte Kreativität brach sich Bahn. Schon im zweiten Frühjahr blühten Rosen und Rhododendren, eine Clematis berankte die Westwand des Hauses, wilder Wein hatte beinahe das Dach erreicht. Wieder spiegelte sich blauer Rittersporn in glänzenden Rosenkugeln, und wieder blähte sich ein weißes Sonnensegel im Wind.

Wie früher mischte Laura rote Rosen mit dem dunklen Laub der Rhododendren und stellte Kerzen vor einen Spiegel, um das Spiel der Flammen zu verdoppeln. Vor der Panoramascheibe mit Blick in den Garten stand das bescheidene Sofa aus der Textorstraße, aber irgendwann würde es durch ein anderes ersetzt werden. Einstweilen schufen Zimmerpalmen rechts und links des Sofas und üppige Kübelpflanzen auf der Terrasse eine grüne Verbindung zwischen drinnen und draußen.

In der Küche hatte sich Laura zunächst mit der von den Vorgängern zurückgelassenen Einrichtung abgefunden, aber schließlich verschwand der Fries der Henkeltassen unter weißen Fliesen, und die nierenförmige Arbeitsplatte landete auf dem Sperrmüll. Erst als sie die italienische Espressomaschine auf die neuen verchromten Regale stellte, wurde Laura bewußt, daß es ihr nicht gelingen würde, aus dem Bungalow in Flachhausen die Kopie ihres früheren Zuhauses in Oberursel zu machen. Eine leise Trauer nistete in den Räumen, und es würde lange dauern, sie zu vertreiben.

Phil war so glücklich, daß Laura ihre Schwermut überwunden und zu sich selbst zurückgefunden hatte, daß er sie in allem gewähren ließ. Er hatte sich im Winter Sorgen um ihren Gesundheitszustand gemacht, wenn sie ihm beim Heimkommen aus dem spärlich beleuchteten Haus entgegengeflogen war und die Arme um seinen Hals geworfen hatte. Es war wie die Umarmung einer Gefangenen gewesen, die ihren Wärter liebt.

»Wenn wir uns finanziell erholt haben, kaufen wir italienische Sofas«, sagte Laura. »Sie sind klotzig teuer, aber sie halten ein Leben lang.«

»Können wir«, sagte er. »Aber vorher muß ein bißchen Geld in die Kasse!«

»Es gibt da welche mit orientalischen Mustern und vielen weichen Kissen, so eines wäre ideal. Oder gleich zwei im rechten Winkel zum Fenster.«

»Sieht bestimmt gut aus«, stimmte er zu. Er freute sich an dem Eifer in ihrer Stimme und dem Glanz in ihren Augen.

»Und kleine Beistelltische, am besten aus Glas, damit man den Teppich sieht!«

»Den Teppich kaufen wir erst im nächsten Jahr«, sagte er.

Sie hatte die ständigen Friseurbesuche aufgegeben und trug

das Haar wieder glatt und blond wie am Anfang ihrer Beziehung.

»Zuerst müssen natürlich die Sofas stehen«, sagte Laura. »Damit der Teppich dazu paßt. Vielleicht nizzablau oder rostrot!«

»Nizzablau«, stimmte er zu. »Aber im Augenblick sind wir ziemlich pleite!«

Er erinnerte sich nicht mehr, ob er mit Britta auch diese lästigen Geldschwierigkeiten gehabt hatte. Hinter seinem Leben mit Laura jedenfalls hatte immer der finanzielle Abgrund gelauert.

»Manchmal denke ich, daß es ein Fehler war, die Styga zu verkaufen«, sagte sie. »Ein eigenes Sommerhaus wäre nicht schlecht, vor allem für Ferien mit Kleinkind!«

»Man kann ja Häuser mieten«, sagte er.

»Wir hatten ein sommerliches Stammquartier in der Toskana«, sagte sie. »Es war einsam und preiswert«, sie sah ihn träumerisch an, »und wunderschön.«

»Das wird sich mit den Jahren geändert haben«, sagte er. »So wie sich alles ändert.«

»Das ist wahr«, sagte sie.

»Im nächsten Jahr nehmen wir das Bad in Angriff, Tod den Flamingos!« Tod dem letzten Notgroschen, dachte er. »Man muß ja nicht alles überstürzen«, sagte er laut.

»Natürlich nicht«, lenkte sie ein. »Es wird nur eine Erleichterung sein, zu baden, ohne daß diese Viecher einen anglotzen.«

»Mir werden sie fehlen«, lachte er.

Er selbst wünschte sich einen Wintergarten.

Laura war dagegen.

»Aber wozu denn, Phil? So ein Kasten ist stickig und heiß und nimmt dem Wohnzimmer das Licht.«

Aber Phil blieb stur. Mit einer Verbissenheit, die er sich selbst nicht erklären konnte, kämpfte er um die Realisierung dieses einen Wunsches. Schließlich einigten sie sich darauf, die Fensterwand der Küche aufzureißen und den Wintergarten an der Nordseite zu bauen.

»Ich bin gespannt, wie oft wir darin frühstücken«, sagte Laura ironisch, und sie sollte recht behalten. Als er erst einmal gebaut und eingerichtet worden war, schien Phil den Wintergarten zu vergessen. Er betrat ihn ein einziges Mal und dann nie wieder.

An Marie-Lies' drittem Geburtstag standen auch die beiden italienischen Sofas vor der Panoramascheibe. Der Platz, an dem in spätestens zwei Jahren der Teich angelegt werden sollte, war bereits markiert. Anstelle der Wasserlilien würde Laura diesmal Seerosen pflanzen. Sie waren nicht so empfindlich und vermehrten sich schneller. Unter dem weißen Sonnensegel standen ein Tisch und vier Korbstühle mit gelben Kissen. Im nächsten Sommer würden sie die Pergola bauen, um die Terrasse vor fremden Blicken zu schützen.

Zu ihrem Geburtstag bekam Marie-Lies ein Schaukelpferd und eine Party geschenkt, zu der die Kinder aus der Spielgruppe eingeladen waren, der Laura beigetreten war. Sie war die Älteste unter den Müttern, aber sie fühlte sich wie damals, als Martin und Markus in die Spielgruppe gingen.

Der zehnte Oktober war ein warmer Herbsttag, ähnlich dem Tag, an dem Marie-Lies geboren worden war. Die Sonne schien schräg durch die Bäume, und noch immer summten ein paar Bienen in den Büschen.

»Komm heute ein wenig früher, wenn es geht«, hatte Laura beim Frühstück zu Phil gesagt. »Marie-Lies' kleine Freunde wollen doch den Papo kennenlernen.«

Das Wort »Papo« war Marie-Lies' eigene Erfindung, und manchmal neckte Laura ihn mit dem Namen.

»Als Überraschung könntest du das Eis mitbringen, das ich bestellt habe. Und die Tüte mit den Negerküssen.«

Phil mochte keine Partys. Im Grunde hatte er sie nie gemocht, ganz egal, zu welchem Anlaß sie gefeiert wurden. Er konnte keinen Reiz darin sehen, im eigenen Haus von lauter fremden Leuten umgeben zu sein, für deren Wohlergehen er verantwortlich war. Entmutigt dachte er an die Reihe der Kindergeburtstage, die noch vor ihm lagen, als er den Supermarkt und die Eisdiele ansteuerte, um seine Aufträge zu erledigen.

Hatten Sandra, Kim und Lisa eigentlich auch Geburtstagspartys gefeiert? Er erinnerte sich nicht mehr daran.

Marie-Lies kauerte, ohne sich zu rühren, im Schlafzimmer ihrer Eltern in der Lücke zwischen Schrank und Wand und hatte sich den Vorhang vor das Gesicht gezogen. Es war ein wunderbares Versteck, das sie erst heute nachmittag entdeckt hatte. Sie hielt ihren Schlafhasen Kuscha wie ein Baby im Arm und sang leise vor sich hin. Ebenso wie Phil mochte auch sie keine Partys und war noch immer ganz erschrocken über all die Kinder, die plötzlich aufgetaucht waren und sich schreiend über das Haus ergossen hatten. Laura hatte heute eine ganz andere Stimme als sonst und klatschte dauernd in die

Hände und rief die Kinder zusammen, damit sie irgend etwas spielen sollten. Marie-Lies hatte verstanden, daß etwas geschehen war, demzufolge all dies passierte, aber sie wußte nicht, was es war. Und sie hatte ganz und gar keine Lust, sich daran zu beteiligen. Am besten, man hielt sich versteckt, bis es vorüber war.

Marie-Lies liebte andere Dinge, zum Beispiel den Geschmack von gelben Gummibärchen und Orangensaft und wenn Phil mit ihr Verstecken spielte. Sie stellte sich dann immer hinter den Vorhang im Wohnzimmer und hörte, wie ihr Herz vor Aufregung gegen die Rippen pochte. Phil fand sie fast nie. Sie liebte seine Stimme, wenn er verzweifelt nach ihr rief, bis sie es nicht mehr aushielt und schreiend auf ihn zustürzte. Dann wirbelte er sie durch die Luft und riß die Augen auf und sagte, daß er sie nie von selbst gefunden hätte. Phil selbst versteckte sich meistens hinter dem Sofa, aber so, daß man seine Schuhe sehen konnte. Er machte sich ganz flach, damit Marie-Lies auf seinen Rücken klettern und über seinen Kopf vornüberpurzeln konnte, wenn sie ihn gefunden hatte. Aber manchmal tat Marie-Lies so, als ob sie die Schuhe nicht sähe, um das Spiel in die Länge zu ziehen, und der arme Phil mußte sehr lange warten und wurde ganz ungeduldig. Vor allem, wenn er schließlich seine Beine lang ins Zimmer streckte und zusätzlich laut brummte und Marie-Lies ihn immer noch nicht fand. Das war dann immer das Schönste von allem.

Anstelle vieler Menschen mochte Marie-Lies die Stille. Schon als Baby hatte sie es geliebt, ruhig dazusitzen und sich einfach nur im Zimmer umzusehen. Sie war glücklich, wenn alles so war wie immer. Ganz wunderbar fand sie es, wenn

Laura sie auf den Küchentisch stellte und die Schranktür öffnete, damit sie sich selbst die blaue Dose mit den gelben Enten darauf greifen konnte. Die Dose war so groß, daß sie sie fest im Arm halten mußte, um den Deckel herunterzuheben und an die Schokolade zu kommen, die darunter lag. Neben der Dose waren die Pakete mit den langen Nudeln, die man aber erst in einen Topf tun mußte, um sie essen zu können.

Marie-Lies hörte plötzlich Lauras Stimme und sah unter dem Vorhang die roten Schuhe ihrer Mutter. Laura schob den Vorhang zur Seite und hob Marie-Lies in die Höhe.

»Da haben wir ja das Geburtstagskind«, rief sie laut. »Will Marie-Lies denn gar nicht den Papo begrüßen und einen Negerkuß haben?«

Sie nahm Marie-Lies an die Hand und führte sie ins Wohnzimmer, und Marie-Lies sah, daß das Zimmer noch immer voller Kinder war und daß alle Negerküsse in den Händen hatten und sie anstarrten. Sie begann zu weinen und vergrub das Gesicht in Lauras Rockfalten, damit die Kinder sie nicht mehr sehen konnten.

Zum Glück nahm Phil sie auf den Arm, und jetzt durfte sie die fremden Kinder von oben betrachten und fühlte sich ein bißchen sicherer, so daß sie aufhören konnte zu weinen.

»Komm, wir gehen ein bißchen spazieren«, sagte Phil.

»Aber sie hat doch Geburtstag«, sagte Laura.

»Eben«, sagte Phil. »Heute kann sie machen, was sie will.«

Marie-Lies wußte nicht genau, was Geburtstag war, etwas ziemlich Schreckliches jedenfalls, das hoffentlich vorübergehen und sich nie wiederholen würde. Aber Phil hatte sie gerettet.

Zusammen gingen sie auf die stille Straße hinaus und wanderten Hand in Hand an den Hecken entlang, und an der Stelle, wo sie den Altglascontainer sehen konnte, begann ihr Herz bereits voller Vorfreude zu schlagen, wie immer, wenn sie sich daran erinnerte, was als nächstes geschehen würde. Als nächstes würde Phil sich nämlich hinter der großen grünen Kiste verstecken, aber so, daß sie seine Schuhe sehen und ihn bestimmt finden konnte.

Als sie zurückkamen, waren die Kinder immer noch da. Sie waren jetzt im Garten versammelt und trugen große spitze Papierhüte, die ihnen über die Augen rutschten. Sie rannten in einer Reihe hintereinander her, und ein fremder Junge stand auf dem Rasen und schlug mit einem Stock auf Marie-Lies' kleine grüne Trommel.

Phil sah sofort ein, daß sie aus all diesen Gründen noch nicht nach Hause zurückkehren konnten, und deshalb fuhren sie im Auto zum Dienstleistungszentrum, wo vor der Eisdiele ein paar Tische standen. Phil kaufte ihr ein großes Eis, das mit einem gelben Schirmchen garniert war. Das Schirmchen fand Marie-Lies am schönsten. Es ließ sich auf- und zuklappen, und man konnte es hinter Phils Ohr stecken, wo es ihn kitzelte, so daß er lachen mußte. Das wiederholten sie ein paarmal.

Aber dann fiel Marie-Lies ein, daß dies hier nicht ihr Zuhause war und alles überhaupt ganz anders war als gewöhnlich. Und daß sie Laura und das neue Schaukelpferd vielleicht nie wiedersehen würde. Da konnte auch das Spiel mit dem Schirmchen nicht mehr helfen.

An diesem Abend ging Phil mit einem guten Gefühl ins Bett. Er war heute früher als gewöhnlich nach Hause gekommen und hatte das Eis und die Negerküsse geholt und mit den fremden Kindern Blindekuh gespielt und seine verzweifelte kleine Tochter gerettet. Er war mit ihr Eis essen gefahren und hatte eigens für sie ein neues Spiel erfunden. Und am Abend, als alle weg waren, hatte er ihr noch eine extra lange Geschichte vorgelesen, weil sie Geburtstag hatte und um Laura zu versöhnen, die ein wenig beleidigt gewesen war, weil er Marie-Lies »entführt« hatte. Aber er fühlte sich dennoch sehr erleichtert, als er am nächsten Morgen den Weg zur A 5 einschlug und auf die vertraute Skyline zufuhr, so wie jeden Morgen um diese Stunde.

Zur selben Zeit beseitigte Laura die Spuren der Party, während Marie-Lies still mit Kuscha spielte. Die Sonne schien durch die Fensterscheibe, und der Teppich, auf dem sie saß, war ganz warm. Das Grauen von gestern war verschwunden und alles wieder wie immer.

Laura füllte den Müll in große Plastiksäcke und wischte den Küchenboden auf. Sie verstand dieses dritte Kind nicht. Markus und Martin hatten mit Begeisterung Geburtstag gefeiert, und es wäre undenkbar gewesen, das Ereignis ausfallen zu lassen. Ihre Söhne waren ihr überhaupt sehr ähnlich gewesen. Marie-Lies' Verhalten dagegen war Laura so unerklärlich wie das Rot ihrer Haare.

Wie um sich zu trösten, strich Laura mit der Hand über die Designerbrottrommel, die ihr die Mütter der Spielgruppe geschenkt hatten. Sie stellte sie auf das verchromte Regal zu der Espressomaschine und der Citropresse.

39

Kreisverkehr

In der Adventszeit hängte Laura einen Kranz aus Tanne und Buchsbaum an die Haustür und besteckte ihn mit getrockneten Hortensien. Nach Jahren kam sie wieder einmal dazu, eine Pastete nach dem Rezept eines alten französischen Kochbuchs zu machen; man brauchte Zeit und die richtige Stimmung dazu, sonst wurde die »Terrine Maison« nicht so, wie sie sollte.

Auch Marie-Lies war gern in der Küche, wo sie Plätzchen ausstechen und einen Nikolaus backen durfte, den Laura später an das Fenster hängte, damit der richtige Nikolaus wußte, wo Marie-Lies wohnte. Sie half Laura gerne, indem sie Gewürze und kleine Küchengeräte holte und genau an den Platz zurückbrachte, von dem sie sie genommen hatte. Marie-Lies war sehr penibel und konnte es nicht ertragen, wenn Laura die Sachen, die sie gebraucht hatte, einfach irgendwo abstellte.

Wenn Phil abends nach Hause kam, brachte Marie-Lies sofort das Buch mit den Weihnachtsgeschichten, das Laura ihr geschenkt hatte; aber es konnte vorkommen, daß Phil keine Lust zum Vorlesen hatte und sich erst einmal ausruhen wollte.

Dann warf Laura ihm einen Blick zu, so daß er es doch tat, wobei er stets ein bißchen seufzte und »also gut« sagte, ehe er das Buch aufschlug.

Er sagte so regelmäßig »also gut«, ehe er anfing zu lesen, daß Marie-Lies glaubte, jede Geschichte beginne mit diesen beiden Wörtern.

»Ich möchte am nächsten Samstag zum Weihnachtsmarkt auf den Römer gehen«, sagte Laura in der Woche vor dem zweiten Advent zu Phil. »Am besten fahren wir gleich mittags, dann sind wir am frühen Abend wieder zu Hause.«

Phil legte das Buch, aus dem er gerade vorgelesen hatte, zur Seite.

»Beinahe alle Orte in der Umgebung veranstalten Weihnachtsmärkte«, sagte er. »Ich finde die dörflichen Märkte hundertmal schöner als dieses Massenrennen am Römer.«

»Du kommst täglich in die City«, sagte Laura, »aber ich brauche auch hin und wieder ein bißchen Stadtluft.«

»Es muß aber doch nicht unbedingt ein Spektakel sein, zu dem die Massen in Bussen angekarrt werden«, sagte er. »Man wird ja verrückt davon!«

»Einmal im Jahr ein paar Menschen zu sehen macht mich nicht verrückt«, sagte Laura. »Keine Angst!«

Sie warf einen Blick in den winterlichen Garten hinaus. Eine hauchdünne Schneedecke bedeckte den Rasen. Auf dem Dach des Vogelhäuschens hockte stumm eine Amsel.

»Also gut«, sagte Phil und griff wieder zu dem Buch mit den Weihnachtsgeschichten, »werde ich also den Samstag opfern.«

Marie-Lies kletterte auf seinen Schoß und legte die Arme um seinen Hals. »Ich bleibe hier«, sagte sie bestimmt.

Ihr anfangs glattes Haar hatte sich in der letzten Zeit gekräuselt, so daß sie wie ein Rauschgoldengel aussah. Laura hatte versucht, es mit Hilfe von Bändern und Spangen zu bändigen, aber es war nicht viel dabei herausgekommen. Eines Morgens hatte sie zur Schere gegriffen und es kurz geschnitten, so daß es jetzt nach allen Seiten abstand.

Immer wenn sie ihre verschandelte kleine Tochter ansah, fragte sie sich, warum sie das getan hatte.

»Ich will nicht auf den Weihnachtsmarkt«, sagte Marie-Lies. »Ich will hierbleiben.«

»Du mußt nicht mitkommen«, sagte Laura gereizt. »Aber es wird lange dauern, bis wir zurück sind. Überleg es dir.«

Sie ging ins Schlafzimmer und zog die Gardinen zu und dachte, daß sie mit Markus und Martin nie so gereizt umgegangen war. Die These, daß man im Alter mehr Geduld aufbringt als in der Jugend, schien auf sie nicht zuzutreffen.

Kaum daß sie am Samstagmittag den Weihnachtsmarkt betreten hatten, fiel Marie-Lies erneut ein, daß sie eigentlich gar nicht hatte mitkommen wollen. Sie wollte zu Hause sein und mit Kuscha spielen und vielleicht ein bißchen fernsehen oder Laura beim Kochen zuschauen. Helfen wäre auch schön. Tisch decken und Sachen hin- und hertragen machte immer Spaß, sie wurde es nie leid. Dagegen wollte sie sich keinesfalls auf ein Holzpferdchen setzen und in der Runde fahren lassen oder in eines dieser Stühlchen, die an Ketten durch die Luft flogen. Als Phil sie mit anderen Kindern zusammen in eine grüne Raupe heben wollte, die in einen dunklen Schacht hineinraste, begann Marie-Lies zu schreien. Sie warf sich auf den Boden und wollte nicht mehr aufstehen.

»Ich geh' mit ihr in den *›Bembel‹*«, sagte Laura zu Phil. »Wenn du dich noch ein wenig umschauen willst...«

Phil hatte auf der Autobahn eine halbe Stunde im Stau gestanden und eine weitere nach einem Parkplatz gesucht. Er war nicht bereit, sich von der Launenhaftigkeit seiner dreijährigen Tochter in die Knie zwingen zu lassen.

»Ich geh' ein bißchen rum und hole euch dann ab«, sagte er.

Er stellte sich an eine der Buden und versuchte die schlechte Laune mit einem Glühwein hinunterzuspülen, derweil sein Blick auf den Menschen ruhte, die an ihm vorüberzogen.

»Die Jahre vergehen, aber die Masse auf der Piazza Navona ist immer gleich alt.«

Wer hatte das noch gesagt? Wie in jungen Jahren wünschte er sich, endlich genug Zeit zu haben, all die Bücher zu lesen, die er schon immer lesen wollte.

»Phil?«

Er fuhr zusammen und drehte sich um.

Drei rothaarige Mädchen, wie vom Himmel gefallen, lachten ihn an.

»Was machst du denn hier?«

Sandra, Kim und Lisa!

Ohne eine Spur von Verlegenheit umarmten sie ihn.

»Das gleiche wie ihr!«

Übergangslos fand er den kumpelhaften Ton wieder, in dem er immer zu seinen Töchtern gesprochen hatte.

»Möchtet ihr etwas trinken? Erzählt, was macht ihr so?«

Unbefangen berichteten sie: Lisa war ins Gymnasium gekommen, Kim war viel mit den Pfadfindern unterwegs, Sandra noch immer in Billi verliebt. Ninon hatte viel Erfolg mit ihrem Laden, ihre Ninon-Kleider waren ein Renner. Halb

Neuweststein lief in diesen bunten Fahnen herum. Timm Fischer hatte sein Haus verkauft und eine kleine Wohnung bezogen, aber er war ohnehin mehr bei ihnen als zu Hause. Sie bauten gerade ein Holzhaus im Spessart, das im nächsten Sommer fertig werden würde.

»Wir können uns nur noch nicht einigen, wie wir es streichen lassen sollen, welche Farbe würdest du nehmen?«

»Rot«, sagte Phil, »mit weißen Fensterumrandungen.«

»So was hatten wir doch schon in Schweden«, sagte Sandra, »dieses Haus soll ganz anders werden!«

»Hellblau«, schlug er vor, »so zum Silbrigen hin, ein bißchen wie verwittert.«

»Könnte Britta gefallen«, sagte Sandra.

Dann erzählte sie, daß sie plane, im nächsten Sommer zum Schüleraustausch nach Amerika zu gehen.

»Dann kommt die ganze Familie zu Besuch! Du kannst auch kommen!«

»Mal sehen«, sagte Phil und dachte, daß er Timm Fischer nicht in die Quere kommen wollte. Und dann Laura, Marie-Lies...

Er wunderte sich, wie gering das Bedürfnis war, etwas von seinem jetzigen Leben zu erzählen.

»Aber wie geht's denn dir?« fragte Kim, wartete die Antwort jedoch nicht ab. »Wir wollten immer mal vorbeikommen, die neue Schwester ansehen, aber irgendwie hat es nie geklappt. Wie heißt sie noch?«

»Marie-Lies.«

»Ach ja, so ähnlich wie Lisa, hat sie auch rote Haare?«

»Ein bißchen, ja.«

»Ist ja witzig! Na, wir müssen los, es war schön, dich zu

sehen. Jetzt treffen wir uns aber öfter mal, was? Ruf einfach an, wenn du Zeit hast.«

»Oder ihr meldet euch mal«, sagte er. »Laura und ich würden uns freuen ...«

»Und überleg dir das mit Amerika, es wird bestimmt lustig.«

»Aber ja ...«

Sie umarmten sich, Sandra warf ihm noch eine Kußhand zu, dann waren seine Töchter im Gewühl verschwunden. Voller Sehnsucht sah er ihnen nach.

Ihm war, als ob er an dem Tag, an dem Laura in sein Leben getreten war, den Film zurückgedreht und, nachdem er den ersten Teil bereits gesehen, auf den zweiten verzichtet hätte, um den ersten zu wiederholen. Er wußte plötzlich, daß er zu alt sein würde, wenn die Wiederholung an jene Stelle kam, an der der neue Teil begann. Er ließ den Glühwein stehen und kämpfte sich zu dem Lokal durch, in dem Laura auf ihn wartete. Sie hielt Marie-Lies auf dem Schoß und sah ihn mit ängstlichen Augen an.

»Hast du was? Du siehst so anders aus!«

»Es ist nichts, ich kann nur diese Menschenmassen nicht ertragen.«

»Du hast recht, wir hätten nicht erst hierherfahren sollen.«

Sie zwängte Marie-Lies in den Anorak und stülpte ihr die Mütze auf den Kopf.

»Ich muß Marie-Lies am Montag im Kindergarten anmelden, es gibt nicht genügend Plätze, man muß sich früh darum kümmern.«

Er sah geistesabwesend zum Fenster hinaus.

»Die Jahre vergehen, aber die Menschen auf der Piazza Navona sind immer gleich alt.«

War es überhaupt die Piazza Navona gewesen?

Er nahm sich vor, zu Hause nach dem Buch zu suchen, in dem er diesen Satz einmal gefunden hatte. Es mußte ewig her sein. »Die Jahre vergehen ...«

»Du hörst nicht zu«, sagte Laura voller Angst. »Phil!!!«

Phil holte seine Gedanken zu ihr zurück. »Alles klar«, sagte er. Er lächelte sie an und griff nach ihrer Hand.

Im nächsten Sommer war der Bungalow ganz mit wildem Wein berankt, und die neu gesetzten Büsche bildeten eine dichte Hecke, so daß man nicht mehr in den Garten hineinsehen konnte. Das Haus war endlich vollständig eingerichtet, und auch die Flamingos im Bad waren weißen Fliesen gewichen.

Wenn Laura jetzt durch die Räume geht, hat sie nicht mehr das Gefühl, bei wildfremden Leuten zu Gast zu sein.

Mit dem Mosaikfries in der Küche und den Flamingos im Bad, dem Holzimitat an den Decken und den Zypressen im Garten ist auch der dumpfe Geist der Vorgänger gewichen. Er hat das Haus verlassen, um nie wieder zurückzukehren.

Laura hat keine Zeit mehr, nachmittags den Christine-Carsten-Talk anzuschauen. Sie ist jetzt Vorsitzende einer Elterninitiative, die sich für die Erhaltung des einzigen Kinderspielplatzes in Flachhausen einsetzt und dafür kämpft, daß die Höchstgeschwindigkeit auf dreißig Stundenkilometer herabgesetzt und der Sandweg zur Spielstraße erklärt wird.

Auch Phil hat sich an sein Leben in Flachhausen gewöhnt. Wie früher fährt er täglich um die gleiche Zeit über die A 5 Richtung Kassel, aber anstelle der Ausfahrt Obermörlen nimmt er jetzt die Ausfahrt Weitershof-Flachhausen. Er fährt dann die Waldstraße entlang, fädelt sich in den Kreisverkehr am Taunusplatz ein und biegt gleich anschließend nach rechts in den Sandweg ab. Dann leuchtet ihm das Licht aus dem Wintergarten schon entgegen. In der Garage muß er erst das Dreirad zur Seite räumen, ehe er hineinfahren kann, und es kommt vor, daß er noch eine Minute hinter dem Steuer sitzen bleibt, ehe er aus dem Auto steigt. An Tagen, an denen der Stau vor dem Homburger Kreuz über zehn Kilometer lang ist und der alte Schmerz in der Schläfe hämmert, rechnet er sich aus, daß er auf die siebzig zugehen wird, wenn Marie-Lies die Schule verläßt, auf die achtzig, wenn sie ihr Studium beendet haben wird.

Aber das sind Gedanken, die er sofort vergißt, wenn die Bahn wieder frei ist und er den Wagen auf hundertachtzig hochjagen kann.

Dann fühlt er sich wie stets in guten Momenten: wie Ende Dreißig ...

Am Samstagmorgen schlendert er jetzt wieder wie in alten Zeiten mit einem Kind auf den Schultern über den Markt.

»Seht her, ich bin der junggebliebene Vater«, während Laura mit jenem stillen, stolzen Lächeln hinterhergeht, mit dem auch Britta ihm einst gefolgt war.

In schlaflosen Nächten wie dieser steht Laura leise auf, um Phil nicht zu wecken, und geht in die Küche, um etwas zu trinken oder eine Zigarette zu rauchen.

Sie setzt sich an den Tisch und blättert ein wenig im Gemeindeblatt. In der heutigen Ausgabe ist ein kleines Ferienhaus auf Rügen annonciert. Sie nimmt sich vor, mit Phil darüber zu sprechen. Es ist soviel angenehmer, ein eigenes Haus für den Sommer zu haben.

Vielleicht könnte man ja am Wochenende hinfahren und es anschauen.